밤이슬 수집사,
묘연

밤이슬 수집사,
묘연

제1판 1쇄 2023년 8월 23일

지은이 루하서
펴낸이 이경재

펴낸곳 도서출판 델피노
등록 2016년 8월 11일 제2020-000082호
주소 서울시 양천구 신정중앙로 86, 덕산빌딩 5층
전화 070-8095-2425
팩스 0505-947-5494
이메일 delpinobooks@naver.com
ISBN 979-11-91459-65-4 (03810)

루하서 장편소설

밤이슬 수집사,
묘연

델피노

목차

어둠의 순간에도 빛은 생긴다
- 미다스 대저택

유독 안개가 짙은 처연한 밤이다. 마치 작위적으로 무대 연출을 해둔 것처럼. 그렇다면 오늘이 극의 마지막 장면이다.

　보잘것없는 내 인생극의 최종회.

　죽는 것에 대한 두려움은 딱히 없다. 실패하긴 했지만 몇 번의 연습도 마쳤고 이제, 실전만이 남았다. 완벽한 마침표를 찍기 위해 낡은 점퍼 안으로 손을 집어넣으니 이내 서슬이 퍼렇게 날이 선 칼이 그 모습을 드러냈다. 죽음을 위한 무기가 나타나자 차디찬 밤공기 속에 서늘한 긴장감이 감돌았다. 그 사이에 안개는 더욱 짙어져 눈앞이 뿌옇다 못해 시야가 잔뜩 흐려졌다. 근거리도 보이지 않을 정도로. 오히려 다행이었다. 관객이 없어야 할 이 무대에 오롯이 나 혼자 설 수 있어서. 질기게 이어 오던 극을 오늘로써 끝내야만 한다.

　"오늘 밤이 가혹한 세상과의 마지막이다."

　더 이상의 실패는 없도록 양손에 충분히 힘을 실었다. 날 선

칼을 제대로 꽉 쥔 채 비장한 눈빛을 장착하고 죽음의 무기를 높이 쳐들었다. 파국의 절정을 향해서 달려가던 그때, 순간적으로 나를 멈칫하게끔 만드는 것이 있었다. 어머니의 마지막 가는 길. 비참하게도 나는 어머니의 장례를 제대로 치러 주지 못했다. 단지 돈이 없어서라는 서럽고 초라한 이유였다. 단단하게 굳어져 버린 내 심장을 사정없이 뒤흔드는 유일한 존재. 그렇게 상념에 잠기자 다 말라비틀어졌다고 생각했던 눈물이란 것이 내 의지와 상관없이 두 눈동자에 가득 차올랐다. 하지만 죽음의 시나리오에 그딴 건 적혀 있지 않았기에 지금 이 순간 눈물을 보여서는 안 된다. 무엇보다 삶에 미련이 남은 것처럼 보이긴 싫다. 처량해 보이는 모든 것을 차단하기 위해서 허락도 없이 끼어든 그것을 매몰차게 쳐냈다. 행여나 겉으로 새어 나오지 않도록 안간힘을 써 가며 쓰디쓴 눈물을 간신히 삼켜 냈다. 그 순간, 어디선가 들려오는 낯선 목소리. 침울한 어둠과는 전혀 어울리지 않는 카랑카랑하고 신경질적인 그 목소리가 칠흑 같은 어둠 속에 닫혀 있던 내 두 귀를 자극했다.

"젠장. 이번에도 실패네. 도대체 이게 몇 번째야?"

뿌연 안개와 흐린 시야 사이로 알 수 없는 물체가 잠시 보이는 것 같더니 금세 사라졌다. 그리고 또다시 들려오는 그 목소리!

"다음 루인은 무슨 일이 있어도 성공해야 해! 요즘 실적이 저

조해서 이러다 백로 징벌소에서 옥살이를 하게 될지도 모르니. 나는 염라국에서 급한 호출이 있어서 먼저 가봐야겠군. 여긴 자네가 알아서 마무리하고 와."

작아 보이던 그 물체의 그림자가 순식간에 사라지고 또 다른 물체의 그림자가 새롭게 보였다. 이번에는 길쭉하게 늘어트린 것 같은 모습이었다. 죽음에 다다르니 헛것이 보이는 것일지도. 그게 아니라면 저승에서 나를 데리러 온 사자일지도 모른다. 하지만 불청객이 등장했다고 해서 내 죽음이 크게 달라질 건 없다. 헤집어진 마음을 다잡고 하던 것을 다시 하려던 그때,

"젊은 것이 죽음이 뭐가 그리 급해서…. 쯧쯧. 한심하기 짝이 없구나."

이번에는 조금 달랐다. 앞서 들었던 높은 톤의 목소리와는 달리 낮고 굵은 톤의 목소리. 세월의 무게가 담겨 있는 그 소리는 내가 있는 곳에서 꽤나 가깝게 느껴졌다. 첫 번째 목소리는 잘 모르겠지만 두 번째 목소리는 꼭 나에게 말을 거는 것 같았다. 문득, 누군가가 나의 죽음을 엿보고 있다는 생각이 들자 온몸에 소름이 쫙 끼쳤다. 사방을 경계하며 주위를 둘러보니 방금 봤었던 길게 늘어트린 그 물체가 서서히 움직이는 것이 아닌가! 그것도 나를 향해서!!

의심스러운 그 물체는 나에게로 거침없이 다가왔고, 막처럼 겹겹이 쌓여 있던 안개를 뚫고서 드디어 모습을 드러냈다. 그

것의 정체를 알기 전까지 손에 땀이 흥건해질 정도로 극도의 긴장 상태였던 나는 물체의 진짜 모습을 확인하고서 깜짝 놀라고 말았다. 무서운 저승사자, 혹은 흉측하게 생긴 귀신, 그것도 아니면 보기 힘들 정도의 끔찍한 괴생물체일 거라는 걱정이 무색하게 매우 점잖아 보일 만큼 말끔히 양복을 차려입은 노신사가 나를 마주 보며 서 있었다.

"하는 꼬락서니를 보니 조만간 명이 끊길 것 같아서 도저히 나서지 않을 수가 있어야지 원. 썩 곤란하게 됐군."

느닷없는 만남이었다. 죽음을 앞둔 나에게 낯선 노신사가 찾아오다니. 그것도 하필 내 손목을 가차 없이 그으려고 하던 그 찰나에.

"네가 이안인가?"

노신사는 나지막하게 내 이름을 확인했고, 그 말에 나는 소스라치게 놀라고 말았다. 분명히 처음 보는 사람인데 어떻게 내 이름을 알고 있는 거지? 그것보다도 내 손에 들려 있는 칼이 더 신경 쓰였다. 꼭 들키지 말아야 할 것을 누군가에게 들킨 것만 같아서 식은땀이 얼굴을 타고서 주르륵 흘러내렸다. 그런 나와는 다르게 노신사는 내 손에 들려 있던 서슬이 퍼런 칼을 보고도 그다지 놀라거나 괘념치 않는 것 같았다. 마치 다 알고 왔다는 듯이. 그의 눈빛은 결연한 의지를 드러냈고, 오히려 당황한 건 내 쪽이었다.

"누, 누구세요?"

"이안, 너를 오랫동안 찾아다녔다."

"나를 왜⋯."

"묘연 아가씨께선 너를 '루인'이라고 생각하셔서 여기까지 찾아오신 거다. 내가 그렇게 거짓 보고를 드렸으니."

"그게 무슨⋯."

"하지만 나는 다른 이유로 너를 찾아왔다. 네가 루인이 아닌 것을 알면서도 밤이슬 수집 명부에 너의 신상을 추가로 넣어서 올렸지. 묘연 아가씨를 기만하면서까지. 나를 대신해 집사가 되기 전에 한 번쯤은 봐야 할 것 같아서. 이건 특별 채용에 앞서 사전 심사 정도로 해 두지."

루인? 그게 무슨 뜻이지? 밤이슬 수집 명부는 또 뭐야? 특별 채용? 사전 심사?⋯ 도저히 내가 알아들을 수 없는 말들을 줄줄이 늘어놓는 노신사.

"그러니까 그쪽이 누구냐고요?"

"네 할아비."

낯선 자에게 경계를 늦추지 않기 위해 칼을 꽉 쥐며 한껏 긴장하고 있던 손이 '할아비'라는 말을 듣자마자 맥없이 힘이 빠져 버렸고, 매섭도록 날이 바짝 서 있던 칼은 초라하게 바닥에 내동댕이쳐졌다. 그제야 노신사의 얼굴을 자세히 살펴보니 조금은 낯익은 느낌이 들었다. 그렇다고 해도 절대 방심해선 안 된다.

속이 시커멀지도 모르니까. 노신사의 이상한 말에 동요되지 않으려고 고개를 세차게 저었다. 정신 바짝 차려야 해! 조작이 판치는 세상인데, 사칭하려고 마음먹으면 얼마든지 가능하다고!

"할아비라니! 빌어먹을. 그딴 개소리할 거면 썩 꺼져요!! 난 할아버지 같은 거 없으니까."

절대 그럴 리가 없다. 나는 태어나서 여태껏 어머니 외에는 다른 가족을 본 적이 없었다. 아, 어린 기억에 아주 잠깐 스쳐 지나간 아버지라는 작자도 봤다고 쳐야 하는 건가. 가족이라는 이름에 발만 잠시 담근 정도의 나쁜 인간.

"생각했던 것보다 말버릇이 고약하구나. 쯧쯧. 바로 현장에 투입되려면 교육이 필요하겠군."

또 한 번 혀를 끌끌 차더니 노신사는 미간을 잔뜩 찌푸리고서 손에 쥐고 있던 지팡이를 바닥에 두 번 내리쳤다. 그러자 큰 굉음을 울리며 빛의 광선이 번쩍였다. 정말 순식간에 일어난 일이었다. 뭐야, 이거? 지금 나 겁주는 거야? 몹시 화가 났다는 뜻인가? 분명 그 모습이 일반적이진 않았다. 신묘한 광경에 사람이 아닐 수도 있다는 생각이 들었다. 하지만 그렇다고 해서 먼저 쫄 것도 없다. 어차피 목숨까지 끊어내기로 결심한 나인데, 세상 무서울 것도 없다. 원래 가진 것이 없으면 더 겁이 없는 법이니까.

"더한 쌍욕 퍼붓기 전에 썩 꺼져요! 사기든, 도를 아십니까

든, 절대 사절이에요. 어차피 나한테 사기 쳐봤자 먹고 죽을 돈도 없으니까. 지금 이 꼬락서니 보면 모르겠어요? 행여 사람이 아닌 잡귀라 해도 상관없어요. 나도 조만간 그쪽 세상으로 갈 몸이니까."

담대한 척 말을 내뱉고는 다시 바닥에 떨어진 칼을 주워 들어 손목으로 가져갔다. 그러자 노신사가 들고 있던 지팡이로 내 손에 든 칼을 소리가 날 정도로 세게 쳐내며 바닥에 툭 떨어트렸다. 떨어진 것은 분명 칼이었는데, 이상하게 내가 죽고자 하는 의지를 꺾은 것처럼 느껴졌다.

"아이씨! 이 노인네가 진짜 노망이 났나? 이게 대체 뭐 하는 짓이야?"

두 번이나 노신사 때문에 칼을 떨구자 화가 머리끝까지 치밀어서 버럭 소리를 질렀다. 하지만 노신사는 아랑곳하지 않고 검은색 중절모를 푹 눌러쓰더니 나를 나무라듯 말했다.

"버릇없이 이젠 할아비한테 반말지거리냐?"

"남이사, 반말을 하든 말든. 갑자기 나타나서 할아비는 무슨!! 나한테 어른 따위는 없어! 다들 이기적이고 남 등쳐 먹는 인간 같지 않은 것들뿐이니까."

노신사가 다시 고개를 들어 나를 뚫어져라 쳐다봤다. 이상하게 그 눈빛이 따가웠다. 인상이 고약해지며 눈썹을 씰룩거렸고, 눈썹 위로 깊고 주름진 이마가 오랜 세월을 대신 말해 주었다.

"더 볼 것도 없으니 나를 따라가자! 어디라 해도 썩은 내가 진동하는 여기보다는 나을 테니."

"싫어! 내가 왜 처음 보는 당신을 따라가? 당신이 누군지 알고?"

"두 번 말해주랴? 네 할아비라고. 젊은 게 귀가 꽤 어둡구나. 그런 귀로 저승 문턱에 가면 잡귀들이 달라붙어서 빙의하기 딱 좋지."

"대놓고 저주를 뿌리네. 젠장. 할아범인지 사기꾼인지 내가 알 게 뭐야. 다 필요 없으니까 가던 길 그냥 지나가시지. 더 험한 꼴 보이기 전에."

"고얀 놈! 내가 이대로 가면 그 몹쓸 죽는 거나 마저 하려고?"

"당, 당신이 뭔데 참견이야? 꺼져! 난 지금이라도 당장 혀 깨물고 죽어도 상관없어!!"

스스럼없이 죽음을 말하는 나를 보고 노신사의 눈빛이 매섭게 돌변했다.

"사람이 오가지 않는 낡은 골목이라…. 이런 곳에서 죽으면 떠돌이 귀신이 돼서 구천을 정처 없이 떠돌아야 해! 사자들도 이런 곳은 부정 탄다고 피해 다닌다. 죽지 못해 사는 것보다 죽어서 더 비참한 꼴이 된다고! 알아들어? 네 몸이 문드러져 썩어 들어갈 때까지 아무도 못 찾는다는 말이다! 그런 참담하고 비루한 꼴이 돼도 지금처럼 상관없다고 당당히 말할 자신이 있는 거면 그대로 죽든지. 쯧쯧."

그랬다. 오늘 이 어둡고 좁은 골목길을 내 관으로 삼으려고 했다. 삭은 쓰레기들로 가득 차서 구역질이 나는 썩은 내, 파리가 꼬이는 오물이라도 갉아 먹고 살기 위해서 굶주린 쥐와 징그럽고 하찮은 벌레들만이 찾는 곳, 사람의 발길이 완벽하게 끊겨 버린 곳. 애초부터 멋들어진 무대 따위는 없었다. 어차피 장례비조차 없으니 이 정도 인적 없는 골목이면 기다란 관에 넓은 공원묘지쯤으로 쳐도 나쁘지 않겠다며 그렇게 혼자 위안을 삼았었다. 남들이 찾지 않는, 오래도록 발견되지 않아도 전혀 이상하지 않은, 그럴 만한 곳으로 나름 까다롭게 고른 장소였다. 누군가 나를 찾아 줄 기대가 없어야 쓸데없는 미련도, 시린 외로움도 없을 테니까. 그런데 저 노신사가 갑자기 나타나서 나의 죽음을 미리 보고 온 것처럼 말하자 온몸이 파르르 떨려 왔다. 그런 내 모습에 노신사가 확답이라도 받으려는 듯이 한 번 더 단호한 목소리를 꺼냈다.

"이딴 후진 골목길에서 내 핏줄이 허망하게 죽도록 내버려 둘 순 없다! 그러니 시간 낭비 말고 얼른 나를 따라나서자!"

죽는 게 시간 낭비라니…. 반은 틀렸지만, 반은 그 말에 동의했다. 사실 이 골목을 찾아온 것이 오늘이 처음은 아니었다. 늘 죽고 싶었지만, 사실 죽고 싶지 않았다. 모순이 가득한 이 말을 스스로 경험해 보지 않는 자들이 이해하려나…. 오히려 그 말보다 핏줄이라고 제멋대로 들먹거리는 게 더 거슬렸다. 그딴 게 뭔 대수라고! 아무짝에도 쓸모없는, 고리타분하기 짝이 없는 '핏줄'이라는 그 단어가 차갑게 식어서 응고되어 있던 나의 피를 절절 끓게 했고, 내 심기를 사정없이 할퀴어서 피가 거꾸로 치솟게 했다. 결국, 제대로 빡쳐서 눈이 돌아 버렸다.

"닥쳐! 처음 보는 노인네가 건드리지 말아야 할 것을 건드려? 사람 완전 미치게 하네! 그래, 그쪽 말대로 당신이 내 할아버지라고 치자. 그러면 여태껏 어디서 뭐 하고 있다가 이제야 나타난 건데? 평생 모르는 척 남남처럼 살아와 놓고 어느 날 갑자기 등장해서 느닷없이 핏줄 운운하면 내가 좋아하면서 당신을 고분고분 따라갈 줄 알았어? 거짓말도 정도껏 해야지. 하, 재수 옴 붙었네. 노인네가 미칠 거면 곱게 미치던지! 제기랄! 당장 내 앞에서 꺼지라고!!"

흥분한 내 말이 끝나자마자 노신사가 버릇처럼 다시 지팡이를 두 번 내리쳤다. 역시나 굉음과 함께 바닥에 큰 빛이 일었다. 기분이 몹시 언짢다는 표현인 것 같았다. 그놈의 지팡이 수백 번도 더 쳐보든지, 그래 봤자 눈도 깜작하지 않을 테다. 언짢기는 나도 마찬가지라고!!

"흠, 네 입장에서는 어느 날 갑자기 나타난 할아비라는 작자가 썩 달갑진 않겠지. 그렇게 부정할 거라고 예상은 했다. 원래

계획에서 조금 어긋나긴 했지만, 차라리 오늘 네 앞에 모습을 드러낸 게 그나마 다행이군. 묘연 아가씨 앞에서 이랬다면 아무리 나라고 해도 너를 특별 채용하기는 힘들었을 테니."

"아까부터 특별 채용이니 뭐니 자꾸 알 수 없는 말만 지껄이는데, 그게 대체 무슨 뜻이야?"

"지금은 내가 아무리 설명해도 귀에 들어오지 않겠지. 그러니 다르게 말하마. 돈!! 내가 있는 곳으로 오면 상상 이상의 큰돈을 주지! 어때? 이 정도면 꽤 솔깃한가?"

"뭐라고? 지금 장난해?"

"돈! 필요하지 않나? 충분히 그래 보이는데."

알고 말하는 건지 모르고 말하는 건지 노신사는 나의 정곡을 콕 찔렀다. 극단적인 선택에 돈이 포함된 것은 맞았다. 하지만 그것을 인정하기엔 내 자존심이 허락하지 않았다.

"아이씨, 진짜 뭣 같네! 지금 나한테 적선이라도 한다는 거야? 뭐야? 재수 없는 영감탱이."

일부러 세 보이는 척 욕을 지껄여 봤지만 노신사는 꿈쩍도 하지 않았다. 그리고는 재킷 안쪽에서 무언가를 꺼내더니 나에게 건넸다. 노신사가 건넨 것은 번쩍거리는 금색 명함이었다. 내가 받지 않고 가만히 명함을 보고만 있자 노신사가 억지로 내 손에 쥐여 주며 말했다.

"돈이 필요하면 내가 있는 곳으로 오거라. 단, 3일 안에는 와야 한다. 그 이후에는 다신 기회가 없을 테니."

◊◊◊

적막하기 그지없는 방 안, 구석 한 모퉁이에 앉아서 노신사가 남기고 간 명함을 만지작거리며 물끄러미 보고 있었다.

"문현남⋯."

나와 같은 성씨를 가진 이름. 내 이름은 문이안. 사람들은 내 성을 '이 씨'로 알고 있다. 아버지의 성인 '문 씨'를 꺼내고 싶지 않아서 누군가 내 이름을 물을 때면 나는 항상 '이안'이라고 답했다. 오랜만에 나의 진짜 성씨를 발견하니 가슴 한편이 저릿해졌다. 그리고 명함에 적혀진 세 글자. 나는 그 이름을 이미 알고 있었다. 어머니가 떠나기 전에 내게 마지막으로 전하고 간 이름이기 때문이다.

<이안아, 엄마가 이 세상을 뜨거든, 네 할아버지를 찾아. 그분의 존함은 문, 현자, 남자, 쓰신다. 문현남⸱⸱.>

그렇게 한참을 뚫어져라 보고 있던 명함을 한 손으로 아무렇게나 구겨 버렸다.

"그래서 뭐 어쩌라고!"

나는 사람을 믿지 않는다. 하루아침에 연기처럼 사라져 버린 아버지 때문에 어머니와 나는 단둘이서 죽지 못해 살아왔다. 입에 풀칠한다는 그 말을 몸소 체험하며. 순진한 어머니는 툭하면 나쁜 사람들에게 사기를 당하기 일쑤였다. 아이가 불치병이라 병원비가 부족하다며 한 달만 돈을 빌려 달라고 사정하던 진호 아줌마는 그 돈을 받아서 해외로 도망가 버렸다. 시세보다 싸게 나와서 좋은 집이라며 이번 기회 놓치지 말라고 부추기던 부동산 사장님은 어머니를 포함해서 여럿을 등쳐 먹었고, 2층에 보험 이모라는 사람은 힘들수록 더 노후를 준비해야 한다면서 착한 어머니를 꼬드기더니 명의를 빌려서 보험이 아닌 다단계에 가입시켰다. 어머니 이름으로 얼마나 많은 다단계 물건들을 사들였는지 집으로 수십 개의 청구서가 날아왔다. 우리를 가족처럼 여긴다고 했던 집주인은 정이 아닌 욕정으로 어머니를 탐내며 몹쓸 짓을 하려다가 추잡스러운 그 민낯을 들켜서 경찰에게 끌려갔다. 그 사건으로 인해 동네가 떠들썩해지자 진실과 다르게 소문은 더럽고 추악하게만 퍼져 나갔다. 그 누구 하나 어머니의 편을 들어주지 않았고, 오히려 돌아온 건 어머니에 대한 질타뿐이었다. 온 동네에 사실인 양 역겨운 소문이 돌자 정작 피해자였던 어머니가 도리어 손가락질을 당하며 입에 담지도 못할 소리까지 들어야만 했다.

"누구도… 믿을 수 없어. 세상 쓸모없는 게 믿음이란 거니까."

그 모든 죄악을 옆에서 지켜봐 온 나는 믿음처럼 하찮은 건 없다는 것을 뼈저리게 경험했다. 그딴 건 다 부질없고 초라하기 그지없다. 왜 우리 주변에는 인간 같지도 않은 것들만 있는 건지…. 나는 그 탓에 점점 인류애를 잃어 갔지만, 반대로 어머니는 그들의 죄를 제대로 묻지 않았다. 어머니의 그런 답답한 성격이 내 속에 점점 화가 쌓이게 만들었다. 그토록 호되게 당하고 속았으면 학습이 될 법도 한데, 어머니는 좀처럼 바뀌지 않았다. 우리가 도움을 받아야 하는 상황에서도 오히려 남들을 도우러 다녔고, 노숙자들이 있는 곳이라면 어디든 가서 음식을 나눠 주고 왔다. 그럴 때마다 나는 가지 말라며 화를 냈지만, 사실은 어머니가 왜 그렇게까지 하는지 알고 있었다. 행여 그 노숙자들 중에서 사라진 아버지를 발견하지 않을까 하는 의미 없는 희망을 버리지 못한다는 것을. 나에게 그것은 희망이 아니다. 버림받았다는 것을 수시로 깨닫게 하는 비참한 절망일 뿐. 미련하기 짝이 없는 어머니의 모습에 한없이 속이 쓰라렸고, 깊숙이 난 상처도 곪아 버렸다. 매번 속고 당하는 게 처음에는 순진하고 착한 사람이라서 그렇다고 생각했지만, 잊을 새도 없이 그 여파가 내 생활까지 위협하자 점차 어머니가 한심하고 어리석은 사람처럼 여겨졌다.

"빌어먹을 미련 따위 지나가는 개나 주지. 왜 그 사람처럼 냉정하게 버리질 못하냐고…."

착한 것도, 미련한 것도, 이 험난한 세상을 살아가는 데 아무런 도움이 되질 않는다. 하지만 나는 평생을 기다리는 것밖에 할 수 없는 어머니를 온전히 미워할 수도 없었다. 내가 아는 한 세상에서 가장 가엾은 사람이니…. 한없이 측은해서 내 안에 분노가 저절로 생겨났다. 그런 어머니를 버린 지독한 아버지를! 불쌍하기만 한 어머니를 속인 잔인한 사람들을! 그래서 세상 모든 이들을 증오하게 됐다. 우리 모자에게 철저히 적이나 다름없으니.

그렇게 다 사라지고 감당하기 힘든 빚만 고스란히 남게 됐다. 빚은 어둠이 되었고, 낮이 되어도 빛 한 줄기조차 들어오지 않았다. 급기야 비가 새고 곰팡이로 얼룩진 지하 단칸방에서 살게 되자 오래도록 참고 참았던 울분이 터져 버렸다.

"이제 뭐 남았어? 보이스피싱만 당하면 돼? 아니, 벌써 그것도 당했나?"

어차피 내내 참아 온 거 그날도 참을 것을.

"이안아…."

그때, 나를 보던 어머니의 처연한 눈빛을 외면하지 말 것을.

"엄마는 도대체 왜 그러고 살아? 엄마 보고 있으면 속이 터져서 미치겠어. 자식인 내 생각은 조금도 안 해?"

"그런 거 아니야. 이게 다 널 생각해서…."

"내 생각? 도대체 뭐가? 엄마 속이고 사기 치는 사람들한테 복수는커녕 신고조차 하지 않는 게 내 생각하는 거야? 제발 좀 바보처럼 살지 마! 그렇게 착해 빠졌으니까 다들 만만하게 보는 거라고!!"

"그건… 엄마가 없을 때 너 혼자 남게 하지 않으려고…."

모든 것에는 복선이 있다. 그것을 알아채느냐, 못 알아채느냐에 따라 깊은 후회를 동반한다.

"이럴 바에 차라리 혼자 남는 게 낫겠어. 어디 갈 거면 더는 속 안 끓이게 영영 내가 보이지 않는 곳으로 가버리던지!"

결국, 어머니는 영원히 볼 수 없는 곳으로 떠나고 말았다. 복선을 알아차리지 못했던 나는 씻을 수도 없는 후회를 가지게 됐다. 한 달 전, 어머니가 허망하게 눈을 감았고, 누구도 찾지 않는 어머니의 장례식장은 쓸쓸하기 짝이 없었다. 평생 어머니를 기다리게 했던 아버지는 끝끝내 나타나지 않았다. 장례비가 부족해서 삼일장도 마저 치르지 못했다. 슬픔보다 앞선 건 비참함이었다. 마지막 가는 길까지도 이토록 처량하고 애처롭다는 것이….

먼 곳으로 떠나기 며칠 전, 어머니는 나에게,

<이안아, 엄마가 사람들을 벌하지 않은 건, 세상에 적을 만들어 놓고 내가 떠나면 혹시나 네가 위험해질까 봐 ‐ 나쁜 사람에게 해코지라도 당할까 봐 ‐ 그래서 그런 거야. 아버지를 찾아다닌 것도 혼자 남을 네가 걱정돼서 같이 있게 해 주려고 ‐. 미안해. 엄마가 많이 부족해서 ‐.>

끝까지 애잔한 사람…. 그 말을 하며 나를 바라보던 어머니의 애달픈 눈빛이 아직도 잊히지 않는다. 하지만 그런 걱정은 아무런 소용이 없었다. 어머니마저 세상을 떠나던 날, 힘겹기만 했던 내 삶을 이어 가야 할 이유도 사라졌으니…. 게다가 노신사가 말한 금전적인 문제도 엉킨 실타래처럼 얽혀 있었다. 어머니가 사기를 당해 남은 빚들이 삽시간에 불어난 탓에 이제 더 이상 내가 감당하기도 힘든 상황에 처해 있었기 때문이다. 모두가 나에게 어머니를 따라가라고 세상 끝에서 등을 떠미는 것 같았다. 그래서 마지막으로 내가 누울 자리를 찾아다닌 거였는데…. 그토록 어둡고 누추한 골목에서 스스로 내 할아버지라고 말하는 사람을 만난 것이다. 마치 어머니가 내게 보내준 것처럼…. 당장 내 앞에서 꺼지라며 큰소리쳤지만, 실은 죽음의 경계 끝에서 처음으로 나에게 손을 내밀어 주는 마지막 끈을 만난 것 같았다.

◊◊◊

"여보세요?"

"……."

전화를 걸어 놓고 선뜻 목소리를 내지 못하는 나를 바로 알아차린 듯이 수화기 너머에 있는 할아버지가 내 이름을 먼저 불러 주었다. 그날처럼.

"… 이안이냐?"

"얼마… 줄 거예요?"

"뭐?"

"돈 필요하면 오라면서요. 제가 할아버지 있는 곳으로 가면 얼마나 줄 수 있냐고요?"

내가 생각해도 몹시 뻔뻔한 말이었다. 하지만 딱히 다른 대안은 없었다. 비굴한 것보다는 뻔뻔한 게 그나마 낫다고 생각했다. 초라해질수록 버틸 힘이 사라지니까. 그렇게 염치없는 질문을 던졌고, 할아버지의 답을 듣기 전까지 긴장이 목구멍까지 차올라서 침을 꼴딱 삼켰다.

"30억."

몹시 긴장한 내 모습과 대조적으로 할아버지가 태연하게 툭 내뱉은 어마어마한 금액에 화들짝 놀라고 말았다. 기껏해야 몇 백 정도일 거라고 생각했는데, 내가 생각했던 것보다 훨씬 더 높은 금액을 들으니 눈이 휘둥그레졌다.

"바, 바, 방금 30억이라고 말한 거 맞아요? 서, 설마 그럴 리가 없잖아요. 제가 잘못 들은 거죠?"

"아니. 제대로 들은 거 맞아. 분명 30억이라고 말했다."

이 노인네가 단단히 미친 게 틀림없다. 아님 노망이라도 났거나. 무슨 30억이 만 원짜리 세 장인 줄 아는 건가? 그렇게 큰

돈을 이토록 쉽게 말한다고? 그럼에도 나약한 인간인지라 생전 듣도 보도 못한 30억이란 거액 제시는 단숨에 솔깃해질 수밖에 없었다.

"단, 조건이 있다."

그럼 그렇지. 또 등신같이 뱀의 혀 같은 사람의 말을 믿으려 했던 내가 바보다. 나한테도 엄마의 피가 흐르는 게 맞았어. 어리석기 짝이 없는 피. 어김없이 사기였던 건가.

"조건이요? 하, 역시나 그런 거였어. 더 들을 것도 없겠네요. 이만 끊을게요."

또 속았다는 생각에 짜증이 확 몰려와서 깊은 한숨을 내쉬고는 전화를 끊으려던 찰나, 수화기 너머로 할아버지의 진지한 목소리가 들려왔다.

"딱 석 달만 나를 대신해서 집사가 되는 조건이다."

집사라고? 요즘도 집사가 있어? 다 늙은 노인네가 드라마에서나 보던 재벌 집에서 일하는 건가? 그러기에는 나이가 너무…. 혹시 시니어 채용? 아무리 그래도 뭔가 좀 이상한데…. 다소 생소한 '집사'라는 단어가 내 머릿속을 마구 헤집어 놓았다. 조건 자체도 말이 되지 않지만, 그래도 쓸데없는 궁금증이 생겨서 다시 휴대폰을 들어 귀에 가져갔다.

"집사를 하라니 그게 무슨 말이에요?"

"석 달만 아르바이트하는 셈 치고 나 대신 집사 일을 하거라.

그럼 내가 너에게 30억을 줄 테니. 그것도 전액 현금으로. 나머지는 직접 만나서 이야기하자."

전화를 끊고도 선뜻 믿기지 않았다. 흔치 않은 집사라는 것도 이해하기 힘들지만, 그것보다도 석 달만 아르바이트를 하면 30억을 준다는 것이 과연 말이 되는 것인가. 로또도 이런 로또가 없다. 진짜라면 완전 대박이긴 한데, 덥석 물기에는 석연치 않은 점이 많았다. 무슨 금수저 알바도 아니고, 그렇다고 재벌 3세 체험도 아니고, 세상에 엄청난 거액을 주는 알바가 어디 있다는 말인가! 할아버지의 파격적인 제안은 하룻밤을 꼴딱 지새우게 만들었다. 하지만 내가 오래 고민할 여유는 없다. 이놈의 노인네가 분명 3일 안에는 와야 한다고 했으니. 3일의 기한이 특별한 이유가 있는지는 모르겠지만, 그 기한 탓에 마음이 더 조급해졌다. 동이 트고 새날이 밝아올 때쯤, 나는 굳은 결심을 내렸다.

"그래, 해 보자! 내 돈 걸고 하는 것도 아니고, 크게 손해 볼 일도 딱히 없잖아."

기나긴 고민 끝에 내가 내린 결론은 밑져야 본전이라는 것. 어차피 죽기로 했던 몸이니 죽기 아니면 까무러치기다. 딱 석 달 정도 늦게 죽는다고 저승에서 나를 잡으러 쫓아오지는 않을 테니까.

그 순간, 띠링하고 휴대폰 알림음이 울렸다. 할아버지가 있는 곳에 가기로 결론을 짓고, 조금은 머쓱해서 전화보다 문자 메시지를 먼저 보냈더니 할아버지와 만날 약속 장소가 답장으로 왔다. '잘 생각했다'던지, '네가 오기를 기다렸다'던지, '손주를 만나서 기쁘다'던지, 그런 정겨운 내용은 1도 없었다. 이런 시크한 할배 같으니. 그런 걸 살짝 기대한 내 모습도 우스워서 머리를 긁적이다가 문자에 보내온 장소를 확인했다. 우리 동네와 꽤나 먼 거리였다. 문자를 보고 있던 그때, 또다시 알림음이 울렸다.

『한 가지 더 조건이 있다. 이곳에 오면 내 손주라는 사실은 비밀로 해야 한다.』

두 번째 문자를 읽고 자동으로 인상이 고약해졌다. 오랜만에 만나서 할아버지라고 부르지도 말라는 건가? 내심 서운한 기분이 들었다. 그런 내 생각을 아는 듯이 연달아 문자가 왔다.

『호칭은 할아버지라고 불러도 괜찮다. 이안이 네가 내 지인의 손주라고 다들 알고 있으니.』

세 번째 문자 속 '지인의 손주'라는 글자를 보고 헛웃음이 나왔다.

"이렇게까지 숨길 거면 나더러 왜 오라는 거야? 여우 같은 노인네, 대체 무슨 생각인 거지?"

더럽고 치사해서 안 간다고 큰소리치고 싶었지만, 통장을 확인하고 나서야 현실을 직시했다. 얼마 남지 않은 잔고가 고민하던 나를 비웃었고, 현재 나의 처지를 바로 깨닫게 해 줬다. 남은 건 한숨뿐인데 그마저도 길게 새어 나왔다.

"하, 노잣돈…. 그게 필요해서 하는 거라고 치자. 죽는 것도 다 돈이더라."

사실 30억까지는 기대도 안 했다. 다 늙은 노인네가 남의 집에서 집사를 할 정도면 할아버지의 형편도 썩 좋지는 못할 테니까. 딱 일한 만큼 석 달 치 알바비 정도만 받으면 나와 어머니의 3일 치 장례비는 벌 수 있어서 그거면 충분하다고 생각했다. 그래도 할아버지가 먼저 핏줄을 운운했으니 편의점 알바보다는 시급을 더 쳐주겠지 싶은 마음이었다. 죽을 때 죽더라도 삼일장조차 제대로 마치지 못하고 떠나보낸 어머니의 장례가 내내 마음에 걸렸었다. 손목을 긋기 직전에 나를 마지막으로 붙잡았던 그것을 제대로 마무리 짓고 떠나고 싶었다. 그래야 하늘에서 어머니를 다시 만나도 미안하지 않겠지. 그렇게 해야 어머니 얼굴을 편하게 마주할 수 있을 테니.

"석 달 후에 아들과 합동 장례식 정도면 엄마도 그나마 덜 외로울 거야. 조금만 기다려줘. 내가 곧 따라갈 테니까…."

◊ ◊ ◊

주소를 아무리 봐도 생소한 곳이라 길을 물어물어 약속 장소에 겨우 도착했다. 그런데… 분명 이곳이 주소가 맞는데… 맞기는 한데… 이게 뭐지? 우와! 대박!! 우리나라에 진짜 이런 곳이 있다고? 내 앞에 펼쳐진 믿지 못할 광경에 두 눈을 의심했다.

"여기가 진짜 맞는 거야?"

혹시나 싶은 마음에 받았던 메시지를 재차 확인했다. 문자에 적힌 주소의 번지수가 건물 벽에 곱게 새겨져 있었다.

"와! 미친. 돌았….."

도저히 믿기 힘들 만큼 태어나 처음으로 보는 호화스러운 외관이었다. 건물 외관 전체가 번쩍거리는 황금색 띠로 둘려 있고, 보통의 문보다 훨씬 커다란 대문도 눈이 부실 정도의 황금으로 온통 도배되어 있었다. 게다가 일반적인 저택이라고 하기에는 건물의 규모도 굉장해서 자동으로 입이 떡하니 벌어졌다. 으리으리하단 말이 현실화되어 있는 곳이랄까? 주위를 두리번거리면서 사람이 없는 것을 확인하고 본능적으로 황금색 빛을 뽐내고 있는 대문을 손으로 쓱 만져 봤다. 내가 언제 또 이런 문을 만져 보겠어? 사람도 아닌데 부가 느껴지는 대문이라니!

"설마, 이게 다 진짜 금은 아니겠지? 이 정도 대저택이면 집사… 쓸만하네. 인정!"

고급스러움과 화려함을 잔뜩 풍기는 건물을 보자마자 단박에 납득이 됐다. 그렇지만 자연스레 동경하게 되는 대저택의 모습에 한편으로는 씁쓸하기도 했다.

"누구는 태어나서 이런 곳에 살고, 누구는···."

괜스레 서글퍼지던 그때, 황금색 대문이 나를 향해서 활짝 열렸다. 마치 내가 오기를 기다린 듯이. 아직 벨을 누르지도 않았는데, 내가 도착한 것을 꼭 아는 것처럼 대문이 자동으로 열리자 어지간히 당황하고 말았다. 그 순간, 인터폰을 통해서 낯익은 목소리가 들려왔다.

"그러고 있지 말고 안으로 들어오거라."

바로 할아버지의 목소리였다.

"네. 알겠습니다."

이상하게 절로 공손해졌다. 건물의 외관에 압도당해서인가? 열린 황금색 대문 안으로 들어가니 넓은 잔디 정원과 황홀한 분수가 그 자태를 뽐내고 있었고, 바로 앞에는 앙증맞게 생긴 차가 나를 기다리고 있었다. 크기는 작은데, 차마저도 황금빛으로 번쩍거렸다. 내가 어색하게 두리번거리자 차에서 누군가 내리더니 나를 보고 90도로 몸을 숙이며 정중히 인사를 했다.

"이안님, 반갑습니다. 미리 기다리고 있었습니다. 이 차에 타시지요."

눈동자가 보이지 않을 정도의 짙은 블랙 선글라스를 끼고 깔끔하게 정장 차림을 한 남자는 나에게 깍듯이 존대를 했다.

"아··· 네. 안녕하세요. 그런데 여기서 차를 타고 들어가야 하나요? 집에 들어가는데?"

"네. 걸어가기에는 이곳이 워낙 넓으니까요."

그 남자의 말이 맞았다. 차를 타고도 한참 안으로 들어가야 했다. 놀이동산에 투어 버스를 탄 듯이 황금 차는 코스처럼 그곳의 풍경을 차례로 보여 줬다. 잔디 정원이 얼마나 넓은지 끝이 보이지 않을 정도였고, 그 옆에 더 넓은 골프장을 보고 나도 모르게 감탄이 새어 나왔다. 여러 종류 동물들과 희귀 새가 날아다니는 동물원도 차를 타고서 구경할 수 있었다. 황홀하고 멋진 조명 쇼와 물 쇼를 선보이는 분수를 보고 입이 떡하니 벌어졌고, 거기다 큰 수영장까지 보이자 놀라서 턱이 빠질 지경이었다. 어떻게 집 안에 골프장과 수영장, 동물원과 분수까지 있다는 말인가! 절로 대박이라는 말이 입 밖으로 튀어나왔다. 기막힌 광경에 좀처럼 다른 표현이 떠오르질 않았다.

"근데 이 차가 진짜 금은 아닌 거죠?"

에이. 그럴 리가 없….

"맞습니다."

"네? 설마 그럼 저 대문도…?"

이거는 아니겠….

"그것도 맞습니다."

아무렇지 않게 답하는 남자의 모습과 또다시 입이 턱까지 내려와서 다물어지지 않는 내 모습이 매우 대조적이었다. 남자는 내 모습이 흔한 반응이라는 듯, 농담 아닌 농담을 건넸다.

"이 차의 문짝 하나만 떼서 가져가도 몇 년은 거뜬히 먹고 살 수 있습니다. 반대로 그런 차에 조금이라도 흠집을 내면 콩밥을 먹고 살아야 합니다."

뭐지? 고급 차니까 흠집 안 나게 조심하라는 말을 이딴 식으로 하는 건가?

"하.하.하. 지금 웃으라고 하는 농담이죠?"

"네. 농담입니다."

무슨 AI냐고. 즉답에 단답인 이 남자. 농담을 던져 놓고 웃음기 하나 없는 남자의 정체가 궁금했다. 사실 남자의 정체만 궁금한 게 아니었다. 으리으리한 건물을 보는 순간부터 이 안에 있는 모든 것이 궁금해졌다. 그리고 여기 사는 주인의 정체도. 남자의 말대로 대문과 차가 진짜 금이라면 건물 외관을 빛내던 그 황금색 띠도? 어떻게 그럴 수가 있지? 상상만으론 도무지 가늠이 되질 않는다. 대체 이런 집은 누가 사는 거야? 호기심을 참지 못해서 질문을 던졌다.

"여기 주인분은 나이가 많으신가요?"

"직접 만나보시죠."

"그럼 남자분이세요? 여자분이세요?"

"직접 만나보시죠."

AI 맞네, 맞아. 벽보고 말해도 이거보다는 훨씬 낫겠다 싶었다. 오히려 아까 농담이라고 던진 게 신기할 정도로. 하, 유통성

없는 시키…

"그럼 머리가 하얗고 키가 이 정도 되는 할아버지 알아요? 여기 집사라고 하던데… '문현남'이라고…."

"도착했습니다."

내 질문을 들은 건지, 못 들은 건지, 남자는 오로지 자기 말만 했다. 정작 가장 궁금했던 건 답을 듣지도 못한 채, 도착했다는 남자의 말과 동시에 광채를 뿜내는 호화스러운 저택 앞에 차가 멈춰 섰다.

"저… 방금 제가 물어본 거…."

남자는 내 말을 다 듣지도 않고 차를 타고서 홀연히 사라졌다. 어이가 없어서 멍하니 바라보고 있던 그때, 대저택의 문이 활짝 열리더니 그 안에서 할아버지가 걸어 나왔다. 사뭇 반가워하는 얼굴로.

"왔구나. 이안아."

할아버지는 골목에서 만났던 날 입었던 양복과는 살짝 다른 느낌의 멋들어진 턱시도를 말끔히 차려입고 있었다. 거기다 나비넥타이까지. 파티에 어울릴 법한 옷을 입은 사람을 실제로 처음 봐서 조금은 낯설었다. 그리고 그날과 다르게 할아버지가 나를 부르는 말투도 한층 살가웠다.

"… 네."

대답을 하면서도 자연스레 어깨가 움츠러들었다. 그만큼 긴장했다는 뜻이겠지. 어색해 보일 정도로 경직된 내 어깨를 살며시 쓰다듬으며 할아버지가 생각보다 다정한 말을 건넸다.

"여기까지 찾아오느라 고생했겠구나. 이안아."

"고생까진 아닌데… 그것보다 제가 일해야 하는 곳이 이런 곳이라곤 전혀 상상도 못 했어요."

내가 조심스럽게 말하자 할아버지가 처음으로 내게 옅은 미소를 보였다.

"말투가 지난번보다 부드러워졌구나."

"아… 그게….”

오히려 나보다 부드럽게 느껴지는 건 할아버지였다. 그럼에도 내가 쑥스럽다는 듯 머리를 긁적이자 할아버지가 좀 전처럼 인자한 웃음을 보였다.

"집사 일을 하기에 네 거친 말투가 조금 걱정이었는데, 그 정도면 나쁘지 않겠구나. 조금만 더 교육을 받으면 되겠어. 그리고 내가 보낸 문자는 잘 기억하고 있겠지? '비밀' 말이다."

할아버지는 신신당부하듯 내게 말했다.

"네. 기억해요."

"그래, 여기 있는 동안 아무에게도 그 사실을 말하면 안 된다.”

"…네. 할아버지. 아! 그런데 우리 사이가 비밀인 거면 호칭은 이렇게 불러도 되는 건가요?"

"문자에도 말했듯이 지인의 손주로 미리 말을 해 둬서 괜찮다. 내 손주든, 남의 손주든, 머리가 하얗게 센 나를 보고 할아버지라고 부르는 건 똑같으니. 그럼 호칭도 정리됐고, 이제 나를 따라오거라."

할아버지를 따라 들어간 건물의 내부는 상상 그 이상이었다. 외부에서 1차 충격, 내부를 보고 2차 충격을 받았다. 긴 터널을 지나가는 것처럼 내부는 얼마나 넓은지 들어가고, 또 들어가도, 끝이 없어 보일 정도였고, 모든 소품과 가구도 매우 고급스럽게 보였다. 그런데 인테리어가 다소 특이했다. 계단 형태의 지그재그로 쌓인 기둥이 이상하게 많았고, 곳곳에 기다랗고 부드러워 보이는 깃털 장식이 가득했다. 더 특이했던 건, 값비싼 소품과는 어울리지 않는 골판지 같은 장식이 벽마다 여기저기 붙어 있다는 것이다. 어찌 보면 방음벽처럼 보이기도 했다. 잘 모르는 내가 봐도 고급 인테리어와는 거리가 멀어 보였다.

이 집주인 취향이 독특하네. 외부 벽은 비싼 금으로 떡칠을 해놨더니 오히려 내부 벽은 왜 이렇게 촌스러운 걸로 꾸민 거지? 그리고 무슨 깃털이 저리도 많아? 정원에 새를 키우는 걸 보면 조류를 좋아하나? 저 기둥도 꽤나 이질적이고…. 속으로 혼자 생각을 하다가 갑자기 현타가 왔다.

재벌 걱정은 하는 게 아니지. 오지랖도 병이다. 문이안. 이 정도로 부자면 어련히 알아서 고급 자재로 만들었겠지. 쓸데없는 걱정은 넣어둬. 이상해 보여도 상당히 비싼 거일 텐데.

그렇게 정신없이 두리번거리며 한참을 안으로 들어가자 화려하고 넓은 응접실이 나왔다.

"여기에 앉아 있으렴. 내가 차를 내올 테니."

엄청 큰 테이블과 건물만큼 번쩍거리는 황금색 의자가 수십 개 있는 고급스러운 공간이었다. 그곳으로 나를 안내하고 직접 차를 내온다는 할아버지의 말이 좀 의아했다. 이렇게 큰 저택에 다른 일을 하는 사람이 하나도 없다는 건가? 그러고 보니 입구부터 여기까지 걸어오는 중에도 나와 할아버지 말고는 다른 사람이 보이질 않았다. 차를 태워 주던 그 의문의 남자 밖에는.

"왜 할아버지가 그런 일까지 직접 하는 거예요? 다른 직원은 없어요? 이렇게 큰 저택에?"

내 질문에 할아버지는 미간을 찌푸렸다. 다행히 지금은 지팡이를 들고 있지 않아서 그날처럼 바닥을 내리치진 못했다. 인상을 쓴 채 잠시 머뭇거리던 할아버지가 무겁게 입을 열었다.

"먼저 물으니 답을 해주마. 어차피 너도 다 알게 될 테니까. 이곳에서는 일하는 사람이 나 외에 두 명이 더 있다. 이제 너까지 포함되면 세 명. 기존 직원 중의 한 명은 부득이한 사정으로 휴직 중이고, 한 명은 아까 입구에서 너를 태워 준 사람이다. 우리는 이곳에서 묘연 아가씨를 모시며 일을 하고 있단다."

"에게? 대저택이라면서 겨우 세 명? 할아버지를 포함해도 네 명뿐인데…. 그리고 아가씨요?"

"대저택 '미다스'의 주인."

미다스라고? 그리스 신화에 나오는 그 미다스? 손에 닿으면 황금으로 변한다는…. 그래서 집이 온통 황금 칠갑을 한 건가? 그럼 묘연 아가씨라는 그 사람 손에 닿아서 온통 황금으로 변한 거란 말이야? 에이. 설마…. 그럴 리가 없잖아. 근데 저택을 보니 묘하게 매치가 된단 말이지. 이름도 그렇고. 그것보다 주인의 정체를 알고서 놀라지 않을 수가 없었다. 이렇게 으리으리한 대저택 주인이면 재력을 과시하며 우쭐대는 중년의 누군가이거나, 아니면 백년해로하는 노부부 정도를 상상했는데, 아가씨라고 하면 기껏해야 나이가….

"뭐… 제가 딱히 편견이 있는 건 아니고요."

사실은 있다.

"그렇다고 제가 지금에 와서 뛰쳐나갈 것도 아닌데요."

그럴 마음도 있다.

"혹시 아가씨라면 나이가…."

"스물셋."

"네?????"

이런. 썅!! 삐삐삐삐삐---------.

한꺼번에 욕이 튀어나왔다. 진짜 입 밖으로 나오진 못했지만, 목구멍 안에서 거친 쌍욕들이 세상 밖으로 나오지 못해 아우성이었다. 이토록 굉장한 대저택의 주인이 고작 나와 동갑이라니!!

"그 정도라고 나도 알고 있다. 확실하진 않지만."

"왜 확실하지 않아요?"

"그건 사람일 때 나이니까."

사람일 때 나이? 그럼 다른 나이도 있다는 말인가? 계속 쌓여만 가는 미스터리가 속 시원히 풀리지 않는 와중에 할아버지가 애써 말을 돌렸다.

"마실 차를 내올 테니 이곳에서 잠시 기다리거라. 서재에 가서 계약서도 가져와야 하니."

"저는 차 필요 없는… 데…."

나의 말이 채 끝나기도 전에 할아버지는 빠르게 응접실을 벗어났다. 노인네, 성격 급하기는. 혼자 남은 그곳에서 저택의 자태를 찬찬히 둘러보다가 은근히 배가 아팠다. 이렇게 좋은 집의 주인이 나와 동갑이라고 해서인지 속에 있던 심술보가 마구 터져 나오는 것 같았다. 사촌이 땅을 사면 배가 아프다더니 그건 다 거짓말이다. 사촌이 아니어도 배가 무지 아프다.

"진짜 세상 불공평하네. 금수저 말로만 들었지. 이렇게 눈으로 진짜 보게 될 줄이야. 어린 게 지가 일하면 되지. 어디 싸가지 없이 늙은 노인네를 부려 먹고 난리야! 말세다, 말세야."

어울리지 않게 세상 꼰대 같은 말을 내뱉으며 푸념하고 있던 그때, 테이블 밑에서 뭔가 부스럭거리는 소리가 들려왔다. 느닷없는 기척에 화들짝 놀라서 소리가 들리는 곳을 봤지만, 그곳엔 아무것도 보이질 않았다. 혹시나 해서 테이블 아래 바닥까지 몸을 숙여 찾아보다가 다시 테이블 위로 고개를 들었을 때, 빛의 속도로 스쳐 지나간 무언가에 질겁해서 소름이 쫙 돋았다. 그 탓에 의자가 뒤로 확 나자빠지며 엉덩방아를 세게 쿵 찧고 말았다.

"아야! 방금 뭐였지? 엄청나게 빨랐는데…."

바로 그 순간, 모양 빠지는 나를 하찮게 내려다보는 따가운 시선!! 나를 비웃듯 테이블 위에 도도히 올라와 있는 그건…

"뭐, 뭐야? 고양이잖아!!!"

"야옹!!"

◊◊◊

꿈이다. 이건 다 꿈일 것이다. 이건 꿈이어야만 한다고!!!

"네? 할아버지! 지금 저더러 뭘 하라고요?"

몹시 당혹스러워서 큰 소리로 되묻는 나를 보면서도 할아버지는 그저 태연하기만 했고, 마치 지금 이 순간을 기다린 사람처럼 빽빽이 쓰인 계약서를 앞으로 내밀며 단호하게 말했다.

"여기 계시는 고양이님, 그러니까 묘연 아가씨를 모시라고 했다."

"네?! 할아버지 미쳤어요? 노망이라도 나신 건가? 사람이 고양이를 왜 모셔요? 머리가 진짜 어떻게 된 거 아니에요?"

단단히 미친 게 틀림없다. 30억 준다며 터무니없는 말을 할 때부터 바로 알아봤어야 했다.

"미친 것도, 머리가 어떻게 된 것도 아니다. 그리고 말조심하거라. 지금 우리가 나누는 말을 묘연 아가씨께서 다 듣고 계신다."

내 불량한 언행에 대한 사과의 뜻으로 할아버지는 방금 전 도도해 보이던 그 고양이를 향해 머리를 숙였다. 고양이는 하얗고 부드러워 보이는 풍성한 털을 뽐내면서 기다란 꼬리를 살랑거렸고, 에메랄드 보석이 박힌 금목걸이를 목에 걸고 있었다. 디자인과 보석이 특이해서 그 목걸이가 한눈에 들어왔다. 고양이는 인사를 받듯이 할아버지를 향해서 고개를 끄덕였다⋯⋯⋯가 아니잖아! 정신 차려! 이건 아니라고!! 나도 같이 미칠 수는 없지. 고양이가 무슨 인사를 받아? 사람도 아닌데. 정신줄 단단히 붙잡아! 문이안!! 너까지 정신 줄 놓지 말란 말이야!!

"저는 절.대.로. 못해요. 30억이고 나발이고, 애초에 다 믿은 것도 아니지만, 툭 까놓고 말할게요. 솔직히 할아버지한테 30억도 없는 거잖아요. 그렇죠? 그런 큰돈이 있는 거라면 여기서 집사 따위나 하고 있을 리가 없잖아요. 진짜 그 돈을 주는 건지, 아닌지도 모르는 상황에서 사람도 아닌 저런 고양이를 모시라니…. 그게 말이 돼요? 이딴 말도 안 되는 하찮은 일을!"

"집사 따위가 아니다. 미다스 저택의 집사는 네가 생각하는 그런 집사가 아니야! 하찮다니!!"

"그래도 못해요!! 아니, 절.대.로. 안 해요!!"

다른 곳에 가도 알바비는 받을 수 있다. 차라리 사람 밑에서 일하는 게 낫지. 고양이 밑에서 일을 하라니. 젠장. 최악이다! 내가 격앙된 말투로 흥분하자 할아버지는 아래에 내려놓았던 하드케이스 재질의 큰 가방을 들어서 테이블 위에 올렸다. 그리고는 가방을 여는 버튼이 있는 방향을 내 쪽으로 돌려주면서 말했다.

"그 가방을 열어 보거라."

귀찮은 내색을 잔뜩 내면서 혼자 툴툴거리자 할아버지는 강한 눈빛을 쏘면서 나를 재촉했다. 마지못해 가방을 열어본 순간, 깜짝 놀라서 하마터면 그대로 기절할 뻔했다.

"이, 이게 다…."

그 가방 안에 엄청난 현금다발이 있는 게 아닌가! 얼핏 보기에도 상당한 액수로 보이는.

"그만큼이 1억이다. 내가 말했었지? 전액 현금으로 주겠다고. 이미 가방 30개에 나눠서 담아 두었다. 네 몫을. 저기에!"

할아버지가 손으로 가리키는 곳을 보니 자물쇠가 담긴 투명한 진열장이 있었고, 그 속에는 검은색 가방 여러 개가 나란히 진열되어 있었다. 그걸 확인하고 다시 가방 안에 든 돈을 빤히

쳐다봤다.

"이게… 정말 1억이라고?"

쉽게 믿기가 어려웠다. 이렇게 많은 돈은 태어나서 처음 보니까. 잠시 위조지폐가 아닐까 하는 생각도 들었다. 적당한 알바비만 생각하고 왔는데, 진짜로 1억을 보니까 얼떨떨했다. 그럼에도 무작정 기쁘다기보다는 불신이 앞섰다. 이 엄청난 돈을 실물로 영접하고 나니 왜 더 사기의 냄새가 진동하는 것 같지? 행여나 말할 수 없는 검은돈이라던가, 아님 그 검은돈을 세탁하는데 아무것도 모르는 나를 이용한다던가… 암튼 너무 수상하단 말이지. 늘 속기만 하던 어머니 덕에 단련된 이놈의 의심증이 발동했다.

"혹시… 나한테 빚보증을 서라거나, 장기를 달라는 거예요? 아님 범죄에 연루되는 중간책을 하라든지, 요즘 흔한 보이스피싱… 그것도 아니면 서, 설마 더 심한 거예요? 마, 마약상?"

"뭐? 이안이 너…."

"진짜 나쁜 범죄와 관련된 그런 거 아닌가요? 이 정도로 큰돈을 줄 만큼. 그것도 아니라면 저 멀리 해외로 제가 팔려 가나요? 인신매매?? 하다못해 멸치잡이 배라도…."

"뭐라고? 생각보다 상상력이 꽤 풍부하구나."

할아버지는 처음으로 호탕하게 웃었다. 반대로 나는 처음 만난 그날, 할아버지처럼 미간이 잔뜩 찌푸려졌다. 내 입장에서는 충분히 물어볼 수밖에 없지 않은가. 정말 미치지 않고서야 3개월 알바비로 30억을 주는 사람은 세상 그 어디에도 없을 테니. 정신이 제대로 박혔다면 의심을 해 보고 똑바로 확인을 하는 게 맞다는 생각이 들었다. 할아버지는 고민하는 내 표정을 찬찬히 살피더니 탁자에 턱을 괴고서 나를 뚫어져라 봤다. 그리고는 날카로운 그 시선이 내 얼굴에서 점차 아래를 향해 내려갔다.

"장기라…. 그 속에 장기는 꽤 쓸 만한가?"

"네?!!"

오싹한 이야기에 내가 흠칫 놀라자 할아버지는 이번에도 크게 웃어 보이고는 다시 진지함 반, 농담 반을 섞어서 내게 던졌다.

"언제 저세상 갈지도 모르는 노인네가 젊은이 장기를 빼 와서 어디다 쓰라고? 그리고 범죄라…. 보이스피싱? 마약상? 한평생 그런 쪽과 나를 연결해서 보는 놈은 네가 처음이군. 매우 신선하긴 했어. 덕분에 많이 웃었고. 게다가 해외? 내 손주이긴 하지만, 해외에 내다 판다고 해서 사 갈 사람이나 있을지 모르겠군. 그나마 멸치잡이 배는 아주 조금 가능성이 있는 것 같기도 하고."

와씨. 한 방 먹었다. 할아버지의 말대로 내 상상력이 너무 뛰어났나? 내가 생각해도 영어도 못하는 내가 해외에서는 쓸모가 없긴 하지………만!! 그래도….

"할아버지, 농담할 기분 아니라고요. 저 지금 진지해요. 정말 위험한 범죄와는 무관한 일 맞는 거예요?"

"이 할아비도 절대 농담 아니다. 오랜 세월 떨어져 살았던 손주 녀석과 시답잖은 농담이나 나누려고 그 늦은 밤, 기분 나쁜 골목까지 찾아갈 만큼 한가하지도 않아."

"그럼 할아버지 말대로 저 고양이'님'을 모시고 저더러 뭘 하라는 거예요? 밥 먹이고, 화장실 치우고, 털을 빗겨 주고, 목욕시켜 주고…. 그딴 하찮은 일을 하는데, 30억을 준다는 게 상식적으로 납득이 되질 않잖아요."

"이슬!"

"네? 그게 무슨…."

"네가 할 일은 묘연 아가씨와 함께 이슬을 얻어 오는 일이다."

이슬을 얻어 온다고? 내가 아는 이슬이라곤…

"……… 참이슬?"

내가 자주 나발을 불긴 했지. 그거라면 완전 자신 있…

"으이그, 이놈아! 네가 왜 그 불빛도 없는 골목에서 처량하게 있었는지 안 봐도 훤히 알겠다. 쯧쯧."

할아버지의 한심하다는 저 눈빛을 보니 확실히 내가 아는 그 이슬은 아니었다.

"그럼 뭔데요? 그 이슬이란 게?"

할아버지는 웃음기를 싹 지우고 진지한 눈빛으로 돌변했다. 나를 한순간에 집중시키듯이.

"인생은 때론 길고, 때론 짧기도 하지. 생이 길어서 후회가 되는 일도 있고, 반대로 짧은 생이라서 후회가 남기도 해. 그래서 사람들은 끝이라 생각한 순간에 살면서 가장 후회가 되는 일이 떠오르게 되는 거야. 그 순간, 자신도 모르게 흘리게 되는 후회의 눈물. 그것을 우리 집사들은 '이슬'이라 말한다. 그리고 그 이슬을 얻어 오는 것이 '미다스 대저택' 집사의 일이다."

장황하면서 쉽게 알아들을 수 없는 말이라 한꺼번에 다 이해하기는 힘들었다. 그럼에도 나는 호기심이 생겼다. 뭔가 중요한 의미가 있을 것 같은 그 '이슬'이라는 것에.

"아직은 좀 의심스럽지만… 일단 할아버지 말이 다 맞는 거라고 치고, 묻고 싶은 게 있어요."

"물어보거라."

"그날, 저에게도 이슬이 있었나요? 할아버지와 제가 처음 만난 날."

"흠…."

나답지 않게 진지하게 묻자 할아버지는 고민하는 표정으로 생각에 잠겼고, 잠시 정적이 흘렀다. 무거운 공기 속 답답함이 느껴질 때쯤 할아버지가 천천히 입을 열었다.

"반은 맞고, 반은 틀렸다."

"네? 그게 무슨 뜻이에요?"

"눈물이 생겼을 때, 눈 밖으로 흘러내려야 집사들이 이슬을 얻을 수가 있는데, 너는 그 눈물을 삼켜 버렸어. 그렇게 되면 우리는 이슬을 얻는 것을 실패하게 된다. 그리고 또 한 가지 다른 이유가 있다. 애초에 너는 수집 명부에 올릴 자격이…"

말을 하려던 할아버지가 황급히 자신의 입을 손으로 막았다. 해서는 안 되는 말을 꺼낸 것처럼. 왜 그러지? 비밀 때문인 건가? 불안한 듯 할아버지가 주위를 살폈고, 어디 숨었는지 고양이는 보이질 않았다. 할아버지는 아무런 소리나 반응이 없는 것을 확인하고 안도의 한숨을 쉬었다. 그런 할아버지의 모습보다 나는 '실패'라는 말이 더 신경 쓰였다. 뭔가 중요한 것이 떠오를 듯, 말 듯 해서.

"분명 그 단어 어디선가 들었는데… 뭐였더라?"

그때, 머릿속에서 빠르게 스쳐 지나가는 기억!!

<젠장. 이번에도 실패네. 도대체 이게 몇 번째야?>

짙은 안개 속 카랑카랑하던 그 목소리가 떠오르자 나는 자리에서 벌떡 일어났다.

"아! 그날 밤, 목소리!! 할아버지, 저 떠올랐어요! 저 처음 만난 날, 할아버지 혼자 왔던 게 아니죠?"

내가 확신의 눈빛으로 묻자 할아버지의 눈동자가 심하게 흔들렸다.

"……뭐? 아니, 그걸 어떻게…."

"분명히 들었어요. 그 목소리!"

"무슨 목소리 말이냐?"

"여자 목소리요! 그 목소리가 이런 말을 했어요. 다음 루인은 무슨 일이 있어도 성공해야 한다고, 요즘 실적이 저조해서 이러다 백로 징벌소에서 옥살이를 하게 될지도 모른다고…."

그날, 그 목소리가 하던 말이 토씨 하나 틀리지 않고 뇌리에 박혔다. 흔한 말은 아니었기에. 나의 말을 들은 할아버지는 초조한 듯이 미세하게 손을 떨었다.

"그럴 리가…. 우리의 모습이 보이지 않으면 목소리도 들리지 않는데…. 아니, 이게 어떻게 된 일이지?"

"할아버지도 모습이 보이기 전에 먼저 목소리가 들렸어요. 젊은 것이 죽음이 뭐가 그리 급해서…. 그 말, 할아버지가 했던 거 맞죠?"

뭔가 들키지 말아야 할 것을 들킨 것처럼 할아버지의 주름진 이마에 땀이 송골송골 맺혔다. 그날, 죽으려고 하던 나를 보면서도 당황하지 않던 할아버지가 말을 심하게 더듬었다.

"분, 분명 주, 죽지 않았는데… 왜 죽은 자만 들리는 소리를 이안이 네가…."

예상치 못한 할아버지의 말에 머리털이 쭈뼛쭈뼛 서고, 양팔에 닭살이 쫙 돋았다.

"네? 죽은 자요? 그, 그게 다 무슨 말이에요?"

소름이 끼쳐서 어쩔 줄을 몰라 하는 나를 보고 할아버지는 땅이 꺼질 듯 깊은 한숨을 쉬었다. 또다시 정적이 흘렀지만, 나는 아까처럼 할아버지 스스로 입을 열 때까지 기다릴 여유가 없었다. 죽은 자만 들리는 소리라는 그 무서운 말이 무슨 뜻인지 당장이라도 알아내야 했다.

"제, 제가… 설마… 죽은 건가요?"

그래, 이곳, 좀 이상하긴 했어. 현실에는 없는 곳이지. 그럼 내가 죽었는데 여태 자각을 못한 거였나? 그렇다면 이곳이 천국인 건가? 이렇게나 호화스러우니 지옥보다는 천국이 더 어울리기는 한데… 하지만 내가 천국에 올 만큼 착하게 살지는 못했어. 그건 인정. 그리고 자살을 하면 지옥에 간다고 다들 그러던데 왜 내가 이런 좋은 곳에….

"이안아, 이렇게 된 이상 더 숨길 것도 없구나. 내 이야기를 듣고 많이 놀라진 말거라. 이곳은 이승과 저승의 경계에 있는 곳이다. 그러니 아무나 올 수도 없는 곳이지. 이곳에 올 수 있는 자격은 쉽게 주어지지도 않아. 완전하게 죽은 자는 더더욱 올 수 없고. 그렇다면 이미 사자들이 저승으로 끌고 가니까. 단, 죽은 자들 중에 저승의 문을 넘지 않고 집사 심사를 받은 자는 가능하다. 그것도 살아오면서 좋은 업을 쌓아 둔 자에 한해서만."

할아버지가 어렵게 꺼낸 말들은 선뜻 믿기가 어려웠다. 내가 당혹스러운 표정을 짓자 그런 나를 이해한다는 듯 할아버지가 고개를 끄덕여 보이고는 다시 말을 이어 갔다.

"그 경우 외에 집사의 조건은 죽기 일보 직전, 되살아난 사람만을 고용할 수 있다. 자살에 의한 것이면 죽음을 포기하고 다시 살기로 마음을 되돌린 사람, 병에 의한 것이면 기적적으로 완치된 사람, 사고에 의한 것이면 사자가 판단해서 데려가지 않은 사람 등…. 그런 식의 새 생명을 얻은 거나 다름없는 사람들을 우리가 집사로 고용하는 거다. 살아있지만 죽음을 오롯이 이해하는 사람이니까…. 그래야만 삶과 죽음의 양날을 공평한 눈으로 바라볼 수 있을 테니. 생각보다 그런 사람이 많지도 않지만, 그 사람들이 모두 고용되기도 쉽진 않다. 특히 일반인은 극히 드물어서 보통은 루인들이 그 자격을 얻곤 하지. 하지만 루인이라 해도 미다스의 이슬 집사가 되려면 철저하게 선발 시험을 치러서 통과를 해야만 가능하다"

"선발 시험이요? 저도 시험을 치는 건가요? 그럼 가능성이 희박한데… 제가 공부를 못해서….."

"아니, 이안이 너는 시험을 면제하고 내가 특별 채용을 하려고 한 거다. 묘연 아가씨께도 미리 이 부분에 대해 간곡히 청을 드렸다. 오래전, 내가 은혜를 입은 지인의 손주가 루인의 명단에 올라왔으니 집사 시험을 면제하고 특별 채용을 허락해 달라고 말이다."

"특별… 채용이요?"

"그래. 나는 너에게 큰 빚을 졌으니까."

긴 설명에도 이해보다는 그저 혼란스럽기만 했다. 그리고 내가 모르는 빚이라니….

"제게 빚을 졌다는 게 무슨 뜻이에요? 그리고 그 설명대로라면 할아버지도 죽기 직전에 다시 살아 돌아온 건가요? 할아버지는 언제부터 여기에서 집사를 하게 된 거죠?"

너무도 궁금한 게 많았다. 들으면 들을수록 속이 시원해지기는커녕 점점 더 미궁 속으로 빠져드는 것 같았기에.

"그건… 차차 이야기해 주마. 그것까지 설명하자면 이야기가 너무 길어질 것 같구나. 그리고 그때 네가 들었다던 그 목소리… 우리가 모습을 드러낸 상태라면 산 자들이 목소리를 들을 수 있고, 우리가 모습을 숨긴 상태라면 죽은 자들이 목소리를 들을 수 있지. 그렇기에 네가 우리의 모습을 보지 않은 상태에서 목소리부터 들었다는 게 이상하다는 거다. 넌 죽지 않았으니까! 그러니 지금 이곳에도 있을 수 있는 거고."

"하지만 저는 분명히 들었어요. 할아버지 목소리도, 그 여자의 목소리도. 그 여자는 누구죠?"

"그 목소리는….."

바로 그때였다. 어디선가 할아버지의 말을 자르며 낯설지 않은 목소리가 들려왔다.

"그건 내가 설명하지. 문 집사도 몹시 지쳐 보이니."

목소리를 듣고 주위를 두리번거렸지만, 여전히 응접실 안에는 할아버지와 나 둘밖에 없었다.

"뭐지? 이상한 말들을 너무 많이 들었더니 이제 환청까지 들리나…."

"환청 아니야!"

연이어 등장한 그 목소리에 촉각을 세우고 주위를 다시 두리번거렸지만, 여전히 다른 사람은 보이질 않았다. 나는 진지하게 할아버지에게 물었다.

"할아버지, 죽으려다 살아나면 헛것이 들리기도 해요? 할아버지는 여기에 오래 있었으니 혹시나 이런 경험이 있는지…."

"머저리."

나는 방금 할아버지의 얼굴을 똑바로 보고 있었다. 그런데… 내 눈에는 분명 할아버지의 입이 열리는 게 보이지 않았다. 나 몰래 복화술을 쓰는 게 아니라면. 그럼 대체 이 목소리는 뭐지?

"어딜 봐? 여기라고!!"

주위를 살피자 언제 다시 왔는지 사라졌던 고양이가 창문틀 위에서 내 쪽으로 보고 있었다. 하지만 지금은 고양이를 신경 쓸 겨를이 없다. 얼른 목소리의 정체를 밝혀야 하니.

"혹시 할아버지 좀 전에 저한테 무슨 말했어요?"

할아버지가 말없이 고개를 저었고, 다시 한층 더 앙칼져진 목소리가 들려왔다.

"답답하네. 진짜! 할아버지가 아니면 이 응접실 안에 너와 나뿐인데 그럼 누구겠어? 머리가 달렸으면 생각이라는 걸 좀 해! 장식으로 달고 다니는 거 아니면! 멍청아!!"

이 응접실 안에 할아버지와 나, 그리고 '하나 더'라고 한다면…….

"서, 설마… 고, 고, 고양이???"

맙소사! 이건 죽는 것보다 더 말이 안 되잖아!!!

"할아버지, 저 지금 너무 혼란스러워서 이만 집으로 돌아가야겠어요. 다음에 다시 이야기해요. 다음이 있을지는 모르겠지만. 계속 이상한 소리가 귓가에 들려서 더는 여기에 못 있겠어요. 자꾸만 환청이…. 집에 가서 밥이라도 먹고 원기 보충을 하던지…."

혼이 쏙 빠진 것 같은 기분이 들어서 더는 여기 있으면 안 될 것 같았다. 밖으로 나가려고 의자에서 일어나 황급히 돌아서던 그때, 내 등 뒤에서 오싹하고 싸늘한 기운이 느껴졌다.

"감히 어딜 멋대로 가려는 거야? 여기 미다스에 한 번 들어오면 계약 기간이 끝날 때까지는 절대 마음대로 못 나가!!"

쩌렁쩌렁한 소리에 까무러칠 정도로 놀란 나머지 내 발이 그대로 바닥에 딱 붙어 버렸다. 두려움을 가득 안고서 뒤를 돌아보자 창문틀에서 내려온 고양이가 테이블 위에 떡하니 앉아 있었고, 나를 사나운 눈빛으로 노려보고 있었다.

"문 집사! 왜 저딴 멍청이를 데려온 거야? 아무리 특별 채용이라고 해도 너무 막 뽑은 거 아닌가? 귀한 지인의 손주라고 하도 애원을 해서 중요한 집사 시험도 치르지 않게 허락해 줬더니! 쯧쯧. 실망이군. 이래서 이승이든, 저승이든, 낙하산은 안 된다니까!"

고양이가 소리와 함께 입을 움직였고, 그 소리에 할아버지가 자리에서 바로 일어나서 아까보다 더 정중히 허리를 숙였다.

"죄송합니다. 묘연 아가씨. 제가 단단히 교육시키겠습니다."

지금 내가 꿈을 꾸고 있는 건가? 도저히 현실 같지 않은 이 상황이 대체 뭐지? 오늘 기함할 정도로 여러 번 놀라서인지 다리까지 후들거렸다. 그런 나를 한껏 비웃으며 콧방귀를 뀌던 고양이는 내 눈을 정확히 보면서 각성시키듯 말했다.

"멍.청.아. 이제야 알겠어? 내가 말했다는 걸."

"고, 고, 고양이가… 마, 마, 말, 말을…한다…… 그것도… 사람…말을!!!"

새하얗게 질린 얼굴로 비명을 지르던 나는 곧바로 기절하고 말았다.

◊◊◊

"어이! 어이!!"

누군가가 나를 흔들어 깨… 아니었다. 찰싹찰싹 소리가 나도록 내 뺨을 찰지게 때리면서 기분 나쁘게 깨우고 있다. 뺨이 얼얼해질 때쯤 겨우 눈을 게슴츠레 떴다.

"멍청해서 이제야 깬 건가? 한참을 안 깨어나서 얼굴에 물이라도 확 뿌리려던 참이었는데, 재밌는 구경을 놓쳤군. 아까비."

조롱하는 말을 듣고서 눈이 번뜩 떠졌을 때, 하얗고 기다란 것이 내 눈앞에서 왔다 갔다 하고 있었다. 수상한 그 물체에 화들짝 놀란 나는 자리에서 벌떡 일어나 크게 소리쳤다.

"악!!! 뭐야? 대체!!!…… 고, 고양이? 야! 너 때문에 괜히 식겁했잖아! 이게 어디서 사람 얼굴에다 엉덩이를 들이밀어?"

내 말이 끝나자마자 고양이는 숨겨 두었던 날카로운 발톱을 드러내더니 내 팔을 세게 할퀴었다. 기습 공격을 당한 자리가 금세 부풀어 오르면서 붉은 피가 바닥으로 뚝뚝 떨어졌다.

"아야!! 아프잖아!"

"아프라고 한 거니까."

진짜였다! 고양이가 말을 하다니! 하지만 조금 적응이 된 건지 지금은 놀라운 것보다 화난 게 먼저였다. 이런 사이코 고양이 같으니!

"사람에게 갑자기 공격을 해? 이게 대체 뭐 하는 짓이야?"

"교육!"

"뭐, 이딴 피를 보는 교육이 다 있어? 너 사이코패스야?"

"버릇없는 놈은 몽둥이가 약이지. 하지만 보다시피 지금은 내 손이 몽둥이를 들기에는 마땅치 않아서 말이야. 발톱이 먼저 나가 버렸네. 쏘리."

고양이는 더 약을 바짝 올리며 얄미운 표정으로 발에 있는 젤리를 할짝거렸다.

"야! 너!!!"

"이안아. 말조심하거라. 묘연 아가씨께 너라니!"

언제부터 있었는지 할아버지가 나에게 꿀밤을 주면서 밉상 맞은 고양이 편을 들었다.

"아니, 저 고양이가… 내 팔에…."

잔뜩 억울해져서 피가 흐르고 있는 팔을 들어 보이자 할아버지가 상처 위로 살포시 손을 올렸다. 그 순간, 지팡이에서 보던 빛의 광선이 팔 주위를 감쌌고, 어느새 내 팔에 난 깊은 상처가 감쪽같이 사라졌다.

"우와! 이게 어떻게 된 일이에요? 방금까지도 피가 철철 흐르고 있었는데…."

"미다스 집사 10년 차 이상이 되면 치유 능력이 생긴다. 이 것 외에도 연차별로 다양한 능력치가 계속 늘어나지."

"대박! 여기 와서 들은 것 중에 이게 제일 맘에 드네요. 완전 멋있어!"

"머저리, 금세 좋아하기는."

아! 잠시 잊고 있었다. 저 싹퉁 바가지 고양이.

"야! 너! 그 입 다물지 못해? 자꾸 기분 나쁘게 옆에서 깐족거릴래?"

"이안아!"

또다시 할아버지가 근엄하게 경고를 줬다.

"와, 진짜 열 받아. 고양이한테 욕을 할 수도 없고…."

"진정하거라. 한 번 더 단단히 일러두지만 묘연 아가씨께 버릇없이 구는 것은 용납 못 한다. 욕은 더더욱 금지다. 알겠지? 오늘은 늦었으니 묘연 아가씨 처소에 시중드는 일을 하거라."

노인네. 쓸데없이 귀도 밝아. 그리고 처소? 시중? 무슨 사극 찍고 앉아 있네. TV 드라마에서나 듣던 단어들을 내가 직접 듣게 되다니. 뭐, 이런 어이없는 일이!

"할아버지, 그런 하찮은 일 말고 차라리 힘들어도 되니까 다른 중요한 일을 하게 해 주세요. 제가 그런 일 따위를 하려고 이 먼 곳까지 온 게 아닌데…."

"또다시 그런 말을 함부로 내뱉는구나. 일이 하찮다니! 무례한 언행 조심하거라. 묘연 아가씨 시중드는 건, 이슬을 얻는 것 다음으로 집사가 해야 하는 가장 중요한 임무다. 꼭 명심하고!"

◇ ◇ ◇

젠장! 진짜 더럽게 꼬이고 말았다. 정신을 차려 보니 나는 어느새 고양이 처소에 입성해 있었다.

"하, 미치겠네. 이제 어떻게 해야 하지?"

답답한 마음을 나타내듯 구석 한 모퉁이에 앉아서 두 손으로 죄 없는 머리카락만 쥐어뜯었다. 그 늙은 노인네 말솜씨에 내가 놀아난 게 분명해. 천년 산 능구렁이 같기는. 게다가 채찍과 당근이라니! 단호하게 혼을 낼 땐 언제고, 갑자기 나를 회유하려고 했다. 무엇보다 마지막 눈물 한 방울이 압권이었다. 내가 끝까지 처소에 들어가지 않겠다고 버티자, 할아버지는 부탁이라면서 눈물을 또르르 흘렸다. 순간 남우주연상감이다 싶을 정도로. 그런데 난 또 바보같이 그 눈물에 마음이 약해져서는 수상한 계약서에 도장을 쾅 찍고 말았다. 제대로 낚였네. 이런 제길. 좋은 거 다 놔두고 하필 엄마의 어리석은 피를 물려받다니…. 고양이 말대로 머저리 맞네, 맞아. 이렇게 잘 알면서 왜 하찮은 눈물 따위에 흔들린 거야? 꼭 도깨비불에 홀린 것처럼.

"그걸 아는 놈이 덥석 하겠다고 해? 문이안! 좀 더 버텼어야지. 고양이 모시는 일은 절.대.로 못 하겠다고! 집사 같은 거 개나 주라고! 왜 말을 못 해! 이 멍청아!!"

불가피하게 이상한 계약을 하게 됐지만, 자괴감이 드는 건 어쩔 수 없었다.

"왜! 내가 모셔야 하는 게 하필 고양이란 말이야!! 사람도 아니고 고양이를 모셔야 하다니…. 이안, 진짜 갈 때까지 갔네."

원래도 동물을 썩 좋아하지는 않았다. 거기다 할아버지가 당부한 대로 내가 어려워해야 하는 존재, 내가 모셔야 하는 존재라고 생각하니 더욱 거부감이 들었다.

"야!! 이게 다 너 때문이잖아!!!"

내 속이 터지는 줄도 모른 채, 푹신한 소파 위에서 다리를 쭉 뻗고 털 관리로 분주한 고양이가 너무도 얄미워서 소리를 빽 질렀다. 그런 나의 행동에도 고양이는 별다른 반응이 없었다.

"쳇. 아가씨는 무슨."

혼자서 내내 씩씩거렸더니 제풀에 지친 건지 급 피곤함이 몰려왔다. 고양이도 저렇게 푹신한 곳에서 편히 쉬고 있는데, 나라고 못 쉬라는 법은 없잖아. 치사하게 이런 것까지 할아버지한테 일러바치진 않겠지. 쉬기로 마음먹고 침대에 내 몸을 던지자 부드러운 이불이 나를 포근히 감싸 안았다. 며칠 동안 제대로 잠을 못 자서 이불에 몸이 닿자마자 스르르 눈이 감겨 왔다.

"아… 함. 잠들면 안 되는…… 데….."

말보다 행동이 빨랐는지 어느새 나는 깊은 잠이 들었다.

그사이 날이 저물고, 하늘에는 검푸른 달이 떠올랐다. 창가로 스며든 달빛이 어두운 처소를 은은하게 밝혀 주고 있었다.

"야! 멍청이! 일어나! 야! 일어나라니까!"

한참 꿀잠에 취해 있던 그때, 고요한 정적을 깨는 신경질 가득한 목소리가 들려왔다.

"문이안! 당장 일어나!!"

날카롭고 카랑카랑한 목소리에 별안간 놀라서 자동으로 침대에서 벌떡 일어나졌다.

"아, 귀 아파. 간만에 잘 자고 있는데 누가 날 깨운 거야? 짜증 나게!!"

"감히 나에게 짜증 난다고 말하다니!! 그렇게나 못마땅한 건가? 나를 모신다는 게."

목소리의 정체를 확인하고 하마터면 기절할 뻔했다. 내가 잠들기 전까지 분명 고양이가 앉아 있던 그 소파에 생전 처음 보는 여자가 다소곳이 앉아 있는 게 아닌가!

"누, 누구세요? 여기… 언, 언제 들어온 거죠? 아니, 그것보다 좀 전까지 그 소파에 있었던 고양이 못 봤어요? 털이 하얗고 아주 못되게 생긴 고양이요. 어떡하지? 잃어버리면 안 되는데…. 아… 어디로 간 거지? 나 망했어. 또 얄짤없이 혼나게 생겼네."

당황해서 횡설수설하는 나와 달리 그 낯선 여자는 태연하게 자신의 귀를 후벼 파서 후 불더니 있는 대로 짜증을 냈다.

"아, 정신없어! 하나씩 좀 물어봐! 고양이라…. 모르는 사람들은 나를 그렇게도 부르긴 하지. 아름다운 내 이름을 놔두고 말이야."

"누구…."

아주 잠깐 피식 웃음을 보인 그녀는 한순간에 분위기가 차가워졌다.

"묘연!"

"네? 그게 무슨…."

"첫 번째 네 질문에 대한 답."

나는 그녀의 대답에 어리둥절했다.

"이름이 묘연이라고요? 그건 그 고양이 이름인데…. 생각보다 흔한 이름인가?"

그런 내 반응에도 전혀 개의치 않고 그녀가 말했다.

"너 모르게 들어온 거 아니야. 원래부터 나는 여기에 있었어."

"그게 무슨 뜻이에요?"

"두 번째 네 질문에 대한 답."

도통 알아들을 수 없는 그녀의 말. 누가 봐도 내 얼굴은 당황한 모습이 역력했다.

"지, 지금 대체 무, 무슨 말을 하고 있는 거냐고요?"

"내가 봤어. 네가 말한 그 고양이."

황당해하던 나는 고양이를 봤다는 그녀의 말에 반색하며 되물었다.

"진짜요? 지금 어디에 있어요? 혹시 밖으로 나갔어요?"

"방금 그 말은 너의 세 번째 질문에 대한 답이야. 그리고 잃어버린 거 아니야. 이건 마지막 질문에 대한 답."

"하, 당최 뭐라고 하는지 알아들을 수가 없네. 일단 설명은 나중에 듣기로 하고 그 고양이 그쪽이 봤다면서요? 당장 찾으러 가야죠! 고양이 어디 있어요?"

"지금, 여기!!"

그녀의 말에 주위를 살폈지만, 어디에도 고양이는 보이질 않았다. 속았다는 생각에 화가 머리끝까지 올라서 언성을 높였다.

"지금 나랑 장난해요? 아까부터 계속 못 알아듣는 말만 하고…. 안 그래도 할아버지가 맡긴 고양이를 잃어버려서 정신이 하나도 없는데 자꾸만 이상한 말로 장난이나 치고…. 그쪽이 진짜 보기는 한 거예요? 당신이 봤다는 그 고양이가 도대체 어디 있다는 거예요?"

"네 눈앞에 보이는 바로 나!"

"뭐라고요?"

"나다. 묘연."

"그게 무슨…."

"도대체 몇 번을 말해야 해? 네가 찾는 그 고양이가 바로 나라고!! 이 멍청아!!!"

그녀가 뱉은 멍청이라는 말이 그 싸가지 없던 고양이의 말과 오버랩되었다. 에이. 아니겠지. 그럴 리가 없잖아. 아닐 거야. 이내 고개를 세차게 저었다. 저 희한한 말을 바로 믿으면 정말 멍청이 인증이 될 수도 있다는 생각에. 그래서 일단은 부정부터 해 보기로 했다.

"아니, 지금 그게 말이 된다고 생각해요? 설마… 미친 건 아니죠? 빨리 고양이를 찾아야 해서 저는 먼저 나가볼게요."

머리에 꽃은 안 꽂았는데, 그래도 충분히 이상한 여자인건 맞다. 미다스 저택에는 왜 제정신이 아닌 사람들이 이렇게 많은 거야! 됐어, 됐어. 똥은 피하는 게 상책이야.

사라진 고양이부터 찾기 위해 방을 나서려고 하자 내 등 뒤에서 그녀가 강렬하게 소리쳤다.

"헛수고하지 마! 어리석긴. 머저리 같으니!"

이번에도 그 고양이가 한 말과 오버랩되는 단어. 조금 꺼림칙하긴 했지만, 그녀의 말을 사뿐히 무시하고 방문을 세게 열었다. 그 순간, 내 눈앞에 펼쳐진 광경에 너무 놀라서 단숨에 동공이 커져 버렸다. 그곳에 매우 신비로운 웜홀이 있는 게 아닌가! 아까 처소로 올라왔던 계단도 어딜 갔는지 온데간데없이 사라졌다!! 말도 안 돼! 이게 다 어떻게 된 일이지?

저택의 풍경이 아닌 마치 블랙홀처럼 빨려 들어갈 것 같은 웜홀이 끝도 없이 펼쳐져 있었고, 미지의 우주처럼 신비로운 공간에는 사방이 영롱한 오색 빛으로 가득했다.

"이게 뭐야? 분명 여기에 계단이 있어야 맞는 건데…. 이 웜홀은 대체 뭐지?"

"문 집사한테 전해 들은 거 없어? 분명 집사 매뉴얼에 있었을 텐데. 인수인계를 왜 이따위로 하는 거야? 요즘 들어 문 집사답지 않게 얼빠졌군."

계속 생각했다. 이 목소리. 어디서 많이 들었다고 생각했는데……!!!

"설마… 당신, 그날 밤, 안개 속의 그 목소리?"

"그걸 이제 안 거야? 응접실에서 만났을 때부터 알아차렸을 줄 알았더니. 원래도 멍청해 보이긴 했지만 이렇게 눈치까지 없을 줄이야. 아님 귀가 어두운 건가? 젊은 게 왜 그 모양이야?"

사돈 남 말하고 있네. 딱 봐도 젊어 보이는데 말투가 왜 저래? 꼰대같이.

"응접실? 대체 무슨 소리 하는 거예요? 알아듣게 좀….."

"역시나 살짝 모자라는군."

"뭐? 이게 진짜!! 네가 계속 말 놓으니까 나도 이제부터 말 놓는다. 내가 받은 건 갚아 주는 성격이라. 아무튼, 그날 밤, 그 자리에 있었다는 건 너도 미다스의 집사야? 방금 문 집사라고 했잖아. 할아버지를 어떻게 아는 거지?"

"그날 이후부터 나를 모신 사람이니까."

"그날 이후? 할아버지가 너를 모셨다고? 나에게는 고양이를 모시라던데… 그럼 설마….."

말을 하려다 순간 멈칫했다. 할아버지가 말한 아가씨의 나이. 그리고 사람일 때의 나이라고 말했던 것. 그러고 보니 할아버지가 말했던 나이와 이 여자의 외모 나이가 얼추 비슷해 보였다. 뭔가 퍼즐이 딱딱 들어맞을수록 소름이 쫙 돋았다. 당황한 표정을 감추지 못하는 나를 보며 그녀는 피식 웃어 보였다.

"내 이름은 묘연, 미다스 저택의 '수집사'다."

"수집사?"

"그래. 수집사! 집사들 중에서 최고 우두머리라는 뜻이지. 바로 나 묘연이! 멍청한 네가 쉽게 알아들을 수 있도록 말해 주겠다. 너희 인간 세상에 간호사가 있지? 그중에서 수간호사의 개념이라고나 할까? '수'는 우두머리를 뜻해. 그리고 다른 의미하나는 이슬을 수집하는 임무를 맡고 있으니 수집의 의미도 담겨 있지. 이제 이해했어? 멍청이 집사 이안."

"아니, 잠깐만. 그럼 네가 그 아가씨라고? 고양이기도 하고?"

"그래. 네가 찾는 그 고양이가 바로 나야. 문 집사가 말한 아가씨가 나인 것도 맞고."

"그런데 지금 네 모습은…."

"사람이지."

"와! 와! 와… 미친, 내가 그렇게도 잘 속게 생겼나? 와씨."

사실 거의 넘어갈 뻔했다. 그녀의 눈빛에 묘하게 설득당할 뻔했으니. 하지만 할아버지에게 듣지 못한 말을 선뜻 믿을 수는 없었다. 혼자서 호들갑을 떠는 나를 보며 그녀는 깔깔대며 웃어댔다.

"그렇게 믿지 못하겠다면 내가 똑바로 보여 주지. 어리석은 인간들은 눈으로 직접 보지 못한 것을 잘 믿지 못하니까."

"뭐?"

"간단해. 너를 믿게 만드는 거. 내가 다시 고양이가 되는 모습을 보여 주면 되는 거잖아."

"됐다. 헛소리 집어치워! 내가 이 미친 소리를 더 듣는 게 아니었어. 여기는 다 제정신이 아닌 사람들만 모여 있어서 나도 조만간 머리가 돌 것 같아. 아직은 제정신인 나는 이만 가련다."

돌아서서 다시 방문을 열려던 나에게 그녀가 표독스럽게 소리쳤다.

"멈춰! 그냥 돌아가면 그 즉시, 너는 죽게 될 거야!"

섬뜩한 그녀의 말에 온몸에 촉각이 곤두섰고, 이마에 식은땀이 주르륵 흘러내렸다.

"뭐? 바, 방금 나, 나한테 뭐라고 말했어? 그, 그, 그게 무슨 뜻이냐고!"

"못 알아들어? 너 즉사한다고! 그게 미다스 집사의 계약이니까."

◊◊◊

"하, 나는 또 왜 여기에 남은 거지?"

이미 5시간이나 흘렀다. 그녀의 말대로 동이 트려면 얼마 남지 않았다. 확인의 시간이 점점 다가오자 나의 손은 어느새 땀으로 홍건해져 있었다.

"이제 곧 알게 될 거다."

"내가 네 말을 믿어서 여기 있는 거 아니야. 그러니까… 그 재수 없는 표정 좀 거두지?"

"훗, 보통 인간들은 처음에는 믿기보다 죽는 게 겁이 나서 남아 있게 되지."

비아냥거리는 그 모습에 순간적으로 화가 치밀어 올라와서 주먹으로 벽을 세게 쳤다.

"죽는 거 따위 전혀 겁나지 않아. 어차피 죽으려 했던 목숨이니까. 단지 확인을 하고 싶은 것뿐이야. 그러니 거짓말이면 가만두지 않겠어."

하지만 그녀는 눈도 깜박하지 않았다.

"입만 산 멍청이가 허세까지 있네."

저 못된 주둥아리부터 어떻게 해야 하는 건데. 싸가지 때문에 잔뜩 열이 받았지만, 시간이 얼마 남지 않아서 일단은 지켜보기로 했다. 만일 거짓인 게 확인되면 제대로 응징할 수 있으니까. 또다시 1시간이 지나갔고, 어느덧 동이 트고 있었다. 창문으로 들어온 빛이 여자의 몸에 닿자 짙고 검은 머리색이 그

빛에 따라 서서히 변하는 게 아닌가! 눈처럼 새하얗게!

"똑똑히 봤지? 이제는 믿겠어?"

길게 늘어뜨린 머리카락이 전부 하얗게 변하자 이번에는 발끝부터 시작해서 점점 위를 향해 고운 털이 차례로 생겨나고 있었다. 말문이 턱 막힐 만큼 심하게 놀란 나는 그대로 딱딱한 얼음이 된 채로 굳어 버렸다. 애니메이션 같은 그 모습에 입이 떡 벌어져서 다물지도 못하는 나를 보며 그녀가 엄격하게 말했다.

"동이 터서 이미 어제가 됐군. 어제는 집사로서 첫날이었으니 오리엔테이션 한 셈 치고 네가 한 실수는 넘어가 주겠다. 단, 오늘부터 정식적으로 집사의 임무가 시작될 테니 실수하지 않게 정신 똑바로 차려! 이안! 오늘 밤, 달이 뜨는 시간이 되면 내가 다시 사람이 된다. 그때부터 나와 함께 밤이슬 수집을 하러 외근을 나가게 될 거야. 업무가 시작되기 전까지 탁자 위의 그 계약서 제대로 숙지하도록!"

영혼이 다 빠져나간 듯 멍하게 있던 나는 계약서라는 말이 들리자 다시 정신이 퍼뜩 돌아왔다.

"거짓말이라 생각했는데 그 말이 다 진짜였다니…. 미다스에 와서 대체 몇 번이나 놀라는 거야? 이러다 심장이 남아나질 않겠어. 그리고 계약서라고? 그건 할아버지한테 이미 받았는데?"

"그건 미다스 저택에 들어올 때 지켜야 하는 각서 및 조항에 대한 계약서였고, 내가 준 그것이 진짜 밤이슬 집사의 계약서다."

❧ 밤이슬 집사 계약서 ❧

1. 밤이슬 명부에 기재된 루인에게서 이슬을 수집할 것.

2. 루인의 죽음에 집사가 직접적으로 관여하지 말 것.

3. 이슬에 대한 모든 것은 미다스 저택 관계자 외에 그 누구에게도 함구할 것.

4. 계약 기간 3개월 내에 루인 6인을 관리할 것.

5. 저승의 문턱을 넘기 전에 비운의 구슬을 채집해 올 것.

6. 위의 사항을 위반할 시 백로 징벌소에 수감된다는 것을 명심할 것.

❧ 특약 사항 ❧

1. 계약 기간 3개월, 루인 관리 1인당 5억(총 30억)을 집사에게 지급.

2. 루인 6인에 대한 임무가 끝나면 계약 기간 상관없이 종료. - 집사 재계약 가능.

3. 계약 기간 완료 전에 도망갈 시 죽음을 각오할 것.

   이 계약을 하지 않아도 죽음

분명 할아버지가 건넨 계약서와는 완전히 다른 내용의 계약서였다. 제일 먼저 눈에 들어온 건 마지막 줄에 **이었다. 이 **은 뭐야? 이 계약을 하지 않아도 죽음? 그럼 나한테 선택권이 일절 없다는 거잖아! 그리고 계약서에 적혀 있는 모르는 단어들이 눈에 띄었다. 그날 밤, 내가 들었던 루인부터 해서 백로 징벌소, 저승의 문턱…? 비운의 구슬은 또 뭐람? 수상한 글자들로 가득한 밤이슬 집사 계약서를 보다 보니 머릿속이 마구 헤집어 놓은 것처럼 복잡해졌다.

"여기 적힌 루인이 뭐야? 비운의 구슬은……!!!"

계약서에서 눈을 뗀 내가 고개를 들었을 때, 경이로운 장면이 눈앞에 펼쳐졌다. 그녀를 반쯤 덮고 있던 새하얀 털이 어느새 온몸에 가득 차 있었고 그런 그녀의 몸집이 눈에 띄게 작아지고 있었다. 그리고 마침내 드러나는 고양이의 자태. 신기해하며 넋을 놓고 보고 있자 그녀의 주위로 휘황찬란한 오로라 빛이 뿜어져 나왔다. 엄청나게 눈부셔서 눈을 감았다가 겨우 다시 떴을 때, 어제 응접실에서 봤었던 에메랄드 목걸이를 한 고양이가 내 앞에 있었다. 그 특이한 목걸이까지 직접 보고 나서야 확신이 들었다.

"묘…연?"

"이제야 내 이름을 똑바로 부르는군. 역시 인간은 눈으로 봐야 믿는다니까. 그런데 하나 틀렸어. 뒤에 중요한 게 빠졌잖아. 묘연 아가씨 혹은 묘연 수집사님이라고 불러. 깍.듯.이!
예.의.있.게!!"

사람이든, 고양이든 말투가 고약한 건 변함이 없네. 그렇다
면 나도 고분고분할 순 없지.

"흥. 나 아직 계약서에 사인 안 했거든!"

"넌 곧 하게 될 거야. 죽고 싶지 않으니까."

"아니, 난 죽음 따위는 겁내지 않아."

"과연 그럴까?"

"그렇다니까."

"흠, 그럼 다르게 말하겠다."

"다르게? 여긴 뭐 말투가 다 똑같…."

"이 계약을 안 한다면 네가 죽는 것은 물론이고, 나를 속이고
루인 명부에 너의 이름을 거짓으로 올린 문 집사 또한 무거운
단죄를 받게 될 것이다!"

"뭐? 설마… 너… 할아버지가 명부에 내 이름을 거짓으로 올
린 것을 미리 다 알고 있었던 거야?"

무심결에 말을 뱉어 놓고 아차 싶었다. 큰 실수를 한 것 같아
서 손으로 잽싸게 입을 막아 봤지만 이미 늦은 후였다. 아…. 완
전 망했다! 할아버지가 이건 절대 비밀이라고 했는데…. 어떡
하지? 하지만 이미 엎질러진 물이란 생각에 얼굴빛이 사색이
됐다. 수습할 방법이 떠오르지 않아서 급 좌절하는 나를 보고

묘연은 입꼬리 한쪽을 올리며 기분 나쁜 표정을 지어 보였다.

"어리석기는. 멍청이 너는 그렇다 치고, 문 집사는 아직도 나를 모르는군. 내가 여기서 일어나는 모든 일들을 모를 리가 없다는 것을. 이안 네가 문 집사의 친손주라는 사실도 이미 다 알고 있다. 나에게는 문 집사가 지인의 손주라고 둘러댔지만."

"뭐라고? 그것까지 다 알고 있었어? 그럼 왜 그때 바로 말하지 않고 계속 모른 척 했던 거야?"

할아버지가 나한테는 비밀이라더니…. 비밀은 무슨. 개뿔! 진즉에 망한 거였네. 하…. 용의주도하지 못한 노인네 같으니. 손, 발이 짝짝 맞아야 뭘 해 먹지. 젠장! 그럼 이대로 들켜서 쫓겨나는 건가….

"글쎄, 문 집사가 나에게 빚진 게 좀 있어. 서로에게 엮인 게 있어서 그런지 이상하게 문 집사에게만 내가 마음이 조금 약해서 말이지. 그러니 내가 너를 당장 내쫓지는 않을 거다."

꼭 내 생각을 읽은 것처럼 말했다. 쫓아내진 않는다니 그나마 다행이긴 한데… 빚이라니? 그러고 보니 할아버지가 잠시 언급하긴 했었다. 나에게 큰 빚을 졌다고…. 그런데 나뿐만이 아니라 이 여자한테도 빚이 있는 거였어? 이 노인네가 대출 무서운지 모르고! 그래 놓고 나한테 30억? 설마… 그 돈을 이 여자한테 빌린 건가? 어쩐지 노인네가 그런 큰 돈이 있을 리가….

"그 빚이라는 게 돈이야? 할아버지가 너한테 대체 얼마나 빚진 거야? 딱 봐도 늙은 노인네한테 갚을 능력이 없을 거 알면서 무턱대고 빌려준 네 잘못도 있는 거 아니야?"

"하여튼 그 몹쓸 주둥이 조만간 꽁꽁 묶어 주지. 궁금해? 바로 다 알려 주면 너무 쉬워서 재미없잖아, 안 그래? 네가 집사가 돼서 이슬을 3개 얻어 온다면 그때 궁금한 걸 알려 주지. 그리고 세상사, 빚이라는 게 꼭 돈만 의미하는 건 아니라는 것을 잘 기억해 둬. 안 그러면 나중에 후회하게 될 테니까."

"내가 뭘 후회한다는 거야? 재수 없게 저주 뿌리지 마! 완전 사악하기는. 이 독한 마녀야!"

"마녀라…. 사람들은 그것을 사악한 존재로 여기겠지만, 우리 쪽에서는 마녀 또한 영물 중에 하나야. 흔히 고양이를 영물이라고 하듯이. 나와 같은 레벨쯤 되려나? 그러니 그 말이 나에겐 썩 나쁘진 않아. 욕을 하려면 상대를 봐 가면서 해야지!"

속은 부글부글하는데 딱히 받아칠 말이 머릿속에 떠오르질 않았다. 아이템이 바닥났다는 것을 이미 눈치챘는지 묘연은 또다시 한쪽 입꼬리를 씰룩대며 이겼다는 표정을 보였다.

"사인할 거야? 말 거야? 선택해!"

말은 선택이라고 하면서 실상은 선택의 여지가 없었다. 이대론 억울하니 나도 반격을 해야지! 아직 진 거 아니라고!

"그럼 나도 조건이 하나 있어."

"하찮은 말단 집사 주제에 조건을 다시겠다? 흠, 한번 들어나 보지."

"내가 계약하면 할아버지의 그 빚이라는 거 완전히 탕감해 줘."

"그 빚이 뭔지나 알고?"

"그게 뭐든. 빚은 무조건 안 좋은 거야. 내가 짧게나마 살아 보니 그래."

"내가 그 조건을 들어줄 거라고 생각하나?"

"어!"

"왜지?"

"그날 밤, 너도 왔잖아. 나를 보러."

"그게 뭐?"

"다 알면서도 속아 주는 척 같이 왔다는 건, 너도 나를 집사로 고용하고 싶었다는 뜻 아니야? 그렇다면 내가 필요한 또 다른 이유가 있다는 거겠지. 안 그래?"

내 말을 듣고 묘연의 미간이 살짝 찌푸려지는 것이 보였다. 분명 동요하고 있었다.

"꼴통인 줄로만 알았는데 아주 약간은 머리를 쓰는군. 좋다! 집사로서 그런 배포는 마음에 드네. 그 조건 수락하지. 이제 계약서에 사인해!"

"아직 아니지! 사인 전에 추가 특약 넣어 줘야지!"

엄마 덕분에 사기를 워낙 당해서 서로가 합의한 부분은 계약서에 정확히 기재해야 한다는 것쯤 확실하게 학습이 되어 있다고!!

이럴 때는 사기 경험도 경험이라고 사는 데 조금은 도움이 된다고 해야 하나? 아무튼, 제일 못 믿는 게 세상 간사한 '입'이니까.

"오호라, 용의주도하기까지. 문이안! 이슬 집사 합격!!"

"엥? 이제 와서 새삼? 이미 합격한 거 아니었어?"

"네가 너무 멍청해 보여서 약간의 찝찝함이 남아 있었는데, 방금 살짝 믿음직스러워 보였어."

하… 어쩐지 기분이 나쁘다. 하필 고양이 얼굴로 저런 말을 하니까. 젠장.

"맨 아랫줄에 추가 특약 넣어 주지."

묘연은 자신의 앞발을 계약서 위에 올렸다. 그러자 종이 위로 작은 불빛이 생기면서 신기하게 글씨가 자동으로 적히는 것이 아닌가!!

❧ 추가 특약 사항 ❧

계약이 되는 동시에 수집사 묘연은 문 집사의 빚을 탕감해 준다.

"이야! 그 능력도 완전 좋은데? 할아버지 치유 능력 다음으로 마음에 들어!!"

아! 지금 이렇게 좋아하고 있을 때가 아니지. 말려들면 안 돼. 그러면서도 신통한 능력에 저절로 감탄이 나오자 묘연이 얄밉게 어깨를 으쓱해 보였다.

"수집사에게 이 정도는 껌이지. 훨씬 좋은 능력이 수두룩하다고. 그러니까 문 집사의 능력도 나에 비하면 새 발의 피야."

"우쭐대기는. 할아버지 말로는 집사 10년 차가 될 때마다 그런 능력이 생긴다고 하던데 나는 꼴랑 3개월이잖아. 그럼 나는 그런 능력을 얻지 못하는 거야?"

"그건 네가 하기에 달렸지. 특약 2번 읽어봐. 루인 6인에 대한 임무가 끝나면 계약 기간 상관없이 종료이고, 집사 재계약도 가능하다고 쓰여 있잖아. 그때 네가 재계약을 결정하게 된다면 그 기간을 몇 년으로 할지는 네 마음대로 정할 수 있어."

하지만 그럴 리는 없다. 내가 왜 이 짓을 또 하겠나.

"신묘한 능력이 안 생기는 건 안타깝지만, 난 조기 성공해도 재계약할 마음 없거든!!"

"뭐든, 미리 장담하진 마! 사람 앞일은 모르는 거니까."

"아니, 난 1,000% 장담해!! 나에게 재계약 따윈 없어. 절.대.로."

나는 확신에 찬 눈빛을 보이며 계약서에 사인을 했다. 묘연은 내가 한 사인 위에 다시 자신의 앞발을 올렸다. 그러자 사인이 공중에 떠오르면서 회오리치듯 순식간에 빨려 들어갔다. 묘연은 회심의 미소를 지으며 앞발을 들어서 나에게 보여 줬고, 발 젤리에는 내 사인이 선명하게 새겨져 있었다. 정말 눈 깜짝할 새에 일어난 일이었다.

"계약 기간이 끝날 때까지 이 사인은 내 발에서 사라지지 않아. 젤리에 새겨져 있는 동안 네가 어디에 있든 나의 기억으로 자동 전달될 거야. 쉽게 말해 GPS를 새겨 넣었다고나 할까? 그러니까 섣불리 도망치려는 어리석은 생각 따윈 애초에 버리는 게 좋을 거다. 계약서에 특약 3번은 꼭 명심해! 내가 여기에 새긴 것처럼 너도 머리에 잘 새겨둬!!"

"와, 제대로 족쇄네. 족쇄야."

"홋. 이 정도 안전장치는 단단히 해 둬야지. 자고로 손해 보는 장사는 안 하는 게 당연한 거 아니야? 네 말대로 난 지독한 마녀니까."

"네~ 네~ 어련하시겠어요. 아까 마녀라는 호칭을 꽤나 마음에 들어 하는 것 같던데 이제부터 마녀 묘연이라고 불러야 되나?"

"아니지. 계약서에 사인까지 했으니 이제부터는 나에게 제대로 예의를 갖춰라. 이슬 집사, 문이안!"

묘연이 좀 전과는 사뭇 다르게 단호한 눈빛으로 말했고, 나도 직감적으로 이 계약이 더 이상 장난이 아님을 알 수 있었다.

"네. 묘연 수집사님!"

휘황찬란한 보름달이 밤하늘에 높이 떠올랐다. 이슬 집사로
서 새롭게 시작하는 특별한 오늘과 어울리는 멋진 달이었다. 달
이 떠오른 것을 확인하자마자 묘연의 방으로 가서 노크를 했다.

"수집사님, 집사 이안 왔습니다."

으악! 오글거려 죽겠군. 내가 말하고도 손, 발이 사라지겠어.

"들어와."

방 안으로 들어가자 어제처럼 묘연이 사람으로 변해 있었다.
반짝거리고 화려해 보이는 원피스 차림으로. 어찌 보면 드레스
같기도 해서 외근과는 어울리지 않는 조금 과해 보이는 의상이
었다.

"수집사님은 원래 그런 차림으로 외근 가시나요? 누가 보면
파티가시는 줄…."

질문을 던지고 나서 내 모습을 슬쩍 보니 한껏 꾸민 묘연에
비해서 초라하기 짝이 없었다.

"이안, 너도 이 옷으로 갈아입어."

묘연은 할아버지가 입고 있었던 것과 비슷한 턱시도를 나에
게 건넸다.

"굳이… 이런 옷을 입어야 하나요?"

"집사는 최대한 깔끔해야 하니까. 그게 루인에 대한 예의야."

"네. 수집사님."

아직은 어색한 존댓말. 솔직히 턱시도보다 존대하는 게 더 불편했다. 언제쯤이면 익숙해질까? 그런 내 속마음을 눈치챈 것처럼 묘연이 크게 인심 쓰듯 말했다.

"나도 듣고 있으니 썩 어색하군. 둘이 있을 때는 하던 대로 편하게 해. 다른 집사들 앞에서나, 임무를 위해 외근을 나갈 때만 깍듯이 존대하고."

"진짜… 그래도 되…나……요오?"

질문과 다르게 입꼬리는 자동으로 올라가고 있었다.

"방금 내가 허락했잖아. 대놓고 억지로 물어보긴. 그러기엔 네 표정이 쾌재를 부르는데?"

"휴, 이제야 살 것 같네. 불편해 죽는 줄 알았잖아."

"하여튼 엄살은."

"그럼 호칭은 뭐라고 불러?"

"호칭은 그대로 해야지. 아! 그러고 보니까 너는 왜 문 집사처럼 아가씨라고 부르지 않고 나한테 꼬박꼬박 수.집.사.님.이라고 부르는 거지?"

"그거야 아가씨는 너무 오글거리니까. 오글거리는 건 내 성격상 못 참아. 할아버지가 그렇게 너를 부를 때 시공간이 사라지는 줄 알았다고!"

"그래? 그렇단 말이지?"

묘연이 뭔가 띠꺼운 표정을 지으며 눈썹을 씰룩거렸다.

"그럼, 말 편하게 하라는 거 취소!"

"에? 치사하게 지금 한 입으로 두말하는 거야? 수집사가 왜 그렇게 가벼워?"

"그러니까 반말할 때 하더라도 호칭은 아가씨라고 불러."

"왜? 굳이? 특별히 이상한 취향 있냐?"

"난 그렇게 불리는 걸 좋아하니까."

"의외로 꼰대였네. 나이가 많지도 않으면서."

"누가 그래? 나이가 많지 않다고."

"할아버지가 너 23살이라고 하던데? 나랑 동갑!"

"뭐? 푸하하하하!!!"

묘연은 배를 잡고 까르르 웃어댔다.

"뭐가 그렇게 웃겨? 동갑인 게 왜 웃긴 건데?"

"문 집사가 그 이야기를 할 때 다른 말은 안 했어?"

"다른 말?"

그러고 보니…

<그건 사람일 때 나이니까.>

"표정을 보아하니 생각이 났나 보군."

"그럼 고양이일 때는 그 나이가 아니란 말이야?"

"당연히 아니지."

"그럼 고양이로는 몇 살인데?"

"나도 정확히는 알 수 없다. 고양이가 된 순간부터 나는 완전히 달라졌으니까. 여하튼, 네가 가늠도 못할 만큼이라고 해 두지. 아마 몇 살을 상상하든 그 이상일 거다."

"아~~~ 노인네셨구나. 그렇게 늙으셨다니 알아서 깍듯이 모시겠습니다."

"뭐? 뭐라고? 노인네? 늙어?"

묘연의 얼굴이 한껏 달아올라서 붉으락푸르락해졌다.

"그건 또 마음에 안 들어? 노인네는 되기 싫고 대접은 받고 싶고. 늙는 건 싫은데 먹은 나이만큼 꼰대는 장착하고. 나더러 뭐 어쩌라는 거야?"

"됐어! 그냥 하던 대로 수집사님이라고 해!"

수집사로서 엄격히 말할 때와는 달리 토라져서 뾰로통해진 묘연의 모습이 은근 귀여웠다. 사람 나이든, 고양이 나이든, 아무렴 어때. 일단 내 앞에 보이는 건 23살 모습의 귀여운 아가씨인 걸. 그래, 인심 쓰지! 옜다! 떡!!

"첫 외근은 어디로 가는 거야? 묘.연.아.가.씨."

"느티나무 동산."

묘연은 대답과 동시에 문을 활짝 열었다. 그러자 어젯밤처럼 금방이라도 빨려 들어갈 것은 웜홀이 우리 앞에 펼쳐졌고, 미지의 우주 같은 공간이 아름다운 오색 빛을 뿜내고 있었다. 그 모습을 다시 보니 설렘 반, 긴장 반으로 심장이 쿵쾅쿵쾅 뛰기 시작했다. 오늘 아침 해가 뜨고 묘연이 고양이로 변했을 때, 이 곳은 사라지고 원래의 미다스로 돌아왔었다. 다시 달이 뜨자 지금처럼 신비한 웜홀이 생긴 것이다. 어안이 벙벙해진 나에게 묘연이 특별하게 생긴 책자를 건넸다.

"이건 밤이슬 수집 명부! 거기에 오늘 루인의 정보가 적혀 있어."

"그럼 그 루인이라는게…."

"눈물 '루', 사람 '인'. 우리가 얻으려는 이슬이 곧 눈물이기도 하니까. 눈물을 흘리는 사람이라는 뜻이다."

"아…."

그날 밤부터 가져온 궁금증이 드디어 풀렸다. 묘연이 건넨 밤이슬 수집 명부에는 루인의 이름과 나이, 죽음이 예정된 사유가 적혀 있었다.

❧ 이름 : 반미나 ❧

❧ 나이 : 29 ❧

❧ 사유 : 자살 예정 ❧

나는 오늘 자 루인의 사유를 보고 움찔하고 말았다.

"자… 살…."

하필 많고 많은 것 중에 그 사유라니…. 얼마 전까지 나도 이 루인과 같았다. 어쩌면 내가 이 자리에 집사 자격으로 있지 못했을지도….

"무슨 문제 있어?"

"아, 아닙니다."

"왜 갑자기 어울리지 않게 존대? 그 진지한 표정은 뭐고?"

"첫 임무를 맡았으니까요. 임무가 시작되면 존대하라고 했잖아요. … 죽음이 걸려 있는 일인데 그 어느 때보다 진지하게 임해야죠."

사실 사유를 보는 순간, 아직 만나지도 못한 루인의 절박함이 느껴졌다. 나도 죽음을 향하는 그 심정을 충분히 알기에…. 결코 장난으로 임해서는 안 된다는 생각이 들었다.

"좋아. 집사로서의 자세가 됐군. 그럼 이안 집사 첫 임무를 위해 출발해 볼까?"

묘연이 먼저 웜홀 안으로 발을 들였고, 블랙홀 속으로 빨려 들어가듯 금세 모습이 사라졌다. 그런 묘연을 따라 마침내 나도 미지의 세계로 향하는 첫발을 내디뎠다.

"네. 묘연 아가씨!!"

삶과 죽음의 경계에 서다
- 눈물 '루', 사람 '인'

바람이 유독 차다. 동산에 다가갈수록 찬바람이 마음을 시리게 만들었다. 이 정도 짙은 어둠에, 이런 서글픈 바람이라면, 딱 죽고 싶을 정도의 기분을 만든다. 내가 그랬었기에….

"혹시 자살 예정이라는 거 말고 자살하는 이유에 대해서도 알 수 있나요?"

"그건 왜 묻지?"

"여기까지 왔는데 루인이 죽는 건 말려야죠."

"이안 집사, 혹시 계약서 제대로 숙지 못했나?"

묘연의 표정이 딱딱하게 굳어졌다.

"읽긴 제대로 읽었는데…."

"읽었다고 하면서 그걸 왜 묻지? 계약서에 2번, 루인의 죽음에 집사가 직접적으로 관여하지 말 것. 이 조건을 충분히 알아들었을 텐데."

"그건 그렇지만…. 제 앞에서 사람이 죽는 모습을 보고 싶지 않아서….”

“그 정도의 나약한 의지라면 지금이라도 당장 돌아가!”

묘연은 냉철한 눈빛으로 엄격하게 말했다.

“우리는 매번 이렇게 죽음과 삶을 마주하게 될 거야. 그 경계 선에서 삶을 선택하든, 죽음을 선택하든, 그건 오롯이 루인의 몫이다. 모든 사람을 우리가 살릴 순 없어. 사자들의 업무를 우리가 가로채는 건 저승과 이승의 암묵적인 합의를 깨는 일이니까. 그렇게 되면 우리 집사들은 더 이상 이슬 수집 임무를 할 수 없게 된다.”

“그럼 죽을지도 모르는 사람을 가만히 보고만 있어야 되는 건가요? 그럼 이 일을 해서 얻는 게 뭐죠? 보람 따위는 없어 보이는데…. 그 이슬이라는 거 얻어서 어디 쓰는 거냐고요?”

“보람? 죽고 싶은 사람을 살리면 보람이 느껴지는 건가? 그럼 타인에 의해 죽고 싶은 사람이 억지로 살아난다면 과연 그 사람도 보람이 느껴질까? 이안, 너는 다시 살아났을 때 어땠어?”

“그건….”

처음엔 화가 났고, 그 뒤론 복잡한 심경이었으며, 지금은 숨이 붙어 있는 게 싫지만은 않았다. 하지만 내가 그랬다고 해서 모두가 그럴 거라고 판단하는 건 오만한 생각이다. 당사자의 입장이 직접 되어 보지 않고서는 그 누구도 쉽게 판단해서는 안 되기에….

“우리는 보람을 위해서 일하는 게 아니야. 집사로서의 숙명인 거지."

"그래도… 조금은 집사 일을 하는 타당성이 있어야…."

"타당성이라…. 인간들은 그딴 걸 중요시 여기나 보지? 이래서 인간이 마음에 안 들어. 쉽게 정을 주고, 쉽게 배신하고. 다 가볍기 그지없지. 내가 너 같은 인간들을 수도 없이 봐 왔어. 하, 지긋지긋하군."

"그런 거 아니에요. 저는 단지 제가 하는 일에 대한 자부심을 가지고 싶었을 뿐이라고요."

"자부심? 그걸 왜 나한테서 찾아? 그건 네가 스스로 찾아야지. 일단 오늘 집사 임무를 직접 경험해 보고 깊이 생각해 봐. 이 일에 타당성이 있는지, 계속할 만큼 자부심이 느껴지는지를."

더는 반박할 수 없었다. 일을 하지도 않고 자부심부터 찾는다는 건 처음부터 말이 되지 않는 거였으니. 묘연의 말대로 내가 직접 찾아야만 했다. 이 일의 타당성을.

◊ ◊ ◊

언덕에 올라가자 오랜 세월의 흔적이 엿보이는 큰 느티나무 한 그루가 우두커니 서 있었다. 그 나무에 힘겹게 줄을 매달고 있는 한 여자가 보였고, 바들바들 떨리는 손이 여자의 불안한 심경을 대신 말해 주었다.

"엄마… 미안해…."

어느 정도 예상은 했지만 암담한 그 모습을 직접 내 눈으로 보니 심한 당혹감이 들었다. 세상의 수많은 일 중에서 타인의 죽음을 지켜보는 일이라니….

"루인은 우리를 볼 수 없나요?"

내가 질문을 던지자 묘연은 기다렸다는 듯 자세히 설명했다.

"우리는 보이지 않는 투명 캡슐에 가려져 있어. 우주선처럼 이동 수단이자, 루인에게 모습을 들키지 않기 위한 가림막의 역할이지. 직접적으로 나서지 않는 한, 루인은 우리의 목소리를 들을 수 없고, 우리의 모습을 볼 수도 없다. 죽은 자가 아닌 이 상. 쉽게 정리하자면 우리가 모습을 드러낸 상태에서는 산 자들이 우리의 목소리를 듣고, 반대로 모습을 숨긴 상태에서는 죽은 자들이 우리의 목소리를 듣는다는 거지."

할아버지가 해준 말과 같았다. 그런데 왜 나는 할아버지와 묘연이 모습을 나타내기 전부터 둘의 목소리를 들을 수 있었던 거지?

"저 물어볼 게 있…."

바로 그때, 긴박한 상황이 일어났다. 루인이 비통한 표정으로 나무에 목을 매고 어둠의 심연에 잠겨가고 있었다. 죽음의 줄이 루인의 목을 점점 거세게 조여 오자 핏줄이 서고 안색이 변하면서 숨을 힘겹게 헐떡이기 시작했다.

"어떻게 좀 해 봐요! 저러다가 진짜 죽겠어요!!"

일분일초가 다급한 상황이라 내가 당장 캡슐에서 뛰쳐나가려고 하자 묘연이 곧바로 제지했다.

"이안, 기다려! 후회의 기억이 떠오를 때까지!"

잠시 후, 투명 캡슐 안에 어떤 화면이 나타났고, 그 속에는 고통스러워하는 지금과 다르게 밝은 얼굴로 웃고 있는 루인의 모습이 보였다.

"어? 루인이 왜 화면에…. 지금 보이는 저 화면이 뭐예요?"

"반미나 루인이 제일 후회하는 기억."

"제일 후회하는 기억인데 왜 웃고 있는 거죠?"

"웃는 모습이라고 해서 후회되는 기억이 아닐 거라는 섣부른 편견은 버려."

계속 보다 보니 루인과 함께 등장하는 사람이 있었다.

- 엄마, 나는 참 행복한 사람인 것 같아.

- 왜?

- 이렇게 좋은 엄마의 딸로 태어났으니까. 나는 평생 엄마와 함께 살 거야.

- 우리 딸, 시집은 안 갈 거야?

- 응. 약속할 수 있어. 언제나 엄마 곁에 있을게.

화면 속 루인과 어머니가 서로를 바라보며 환하게 웃고 있던 그 순간, 현실의 루인이 안간힘을 쓰면서 자신의 목을 조여 오는 질긴 줄을 힘겹게 끊어내려고 했다. 그 모습을 보고 묘연이 눈빛을 번뜩이며 기다렸다는 듯 말했다.

　"이제야 결심했나 보군. 다시 살기로."

　곧바로 묘연이 손바닥을 펼쳤고, 그 위로 붉은빛이 생겨났다. 반대편 손으로 살짝 튕기자 붉은빛은 쏜살같이 날아가 루인의 목을 세게 감고 있던 죽음의 줄을 끊어 주었다. 루인은 그대로 바닥에 떨어져서 다행히 목숨을 건질 수 있었고, 그 모습을 본 나는 몹시 놀라서 묘연에게 물었다.

　"루인의 죽음에 집사가 직접적으로 관여하지 말라면서요? 방금 그건…."

　"자살의 경우, 집사가 죽음에 관여하지 못하는 건 루인이 다시 살아가기로 결심을 내리기 전까지야. 루인이 마음을 돌려서 다시금 살아가겠다고 굳은 결심을 하면 수집사인 나에게 특별한 신호가 느껴져. 그럼 방금처럼 목숨을 앗아가는 도구나, 그 어떤 것이라도 제거할 수 있는 허락이 떨어진 거나 마찬가지다. 루인이 어렵게 내린 그 결심을 허무하게 날리게 놔둘 순 없잖아."

　"아… 그래도 수집사는 중요한 일을 할 수 있네요."

　"뭐, 네 표현대로라면 수집사의 자부심 정도라고 해 두지."

"그런데 왜 진작 말해 주지 않았어요? 그랬다면 조바심이 덜 했을 텐데…."

"아직은 다 끝난 거 아니야. 지금 막 루인의 눈에 눈물이 고였어. 저 눈물이 떨어질 수 있게 캡슐에서 나가서 루인의 이야기를 들어줘. 왜 죽으려고 했는지, 왜 다시 살려고 했는지를."

"그건 왜…."

"그게 네 업무니까. 널 받아들인 게 다른 이유도 있었지만, 사실 요즘에 실적이 좋지 않아서 널 특별 채용한 이유도 있었다. 다른 사유는 어떨지 몰라도 특히 자살 예정자인 루인에게는 네가 딱 적합한 집사라고 여겼지. 생을 포기하려던 루인의 힘든 마음을 그 누구보다도 공감해 줄 수 있을 테니."

하지만 나는 자신이 없었다. 사는 게 버거워서 누군가의 마음을 들여다본 적이 없었기에….

"공감이요? 저는 살면서 다른 이들의 마음을 딱히 공감해 본 적이 없는데…."

한껏 걱정스러운 표정을 짓는 내게 묘연이 괜찮다는 듯 고개를 끄덕여 보였다.

"그건 직접 부딪혀 보기 전까지는 모르는 거야. 우리가 생각하는 것보다 마음이라는 것에는 남을 생각하는 측은지심이 있지. 이안 너에게도 마찬가지야. 지친 삶 속에 그것을 잠시 잊고 있었을 뿐. 그러니 이른 걱정은 넣어둬. 수집사인 내가 판단했으니까. 이안 너라면, 분명 할 수 있을 거라고."

내가 할 수 있다니…. 차가운 묘연답지 않게 의지를 북돋아 주는 말을 나에게 해 줬다. 그 말을 들으니 나를 믿어 주는 것 같아서 없던 용기가 생겨났다. 고민을 마친 후, 결의에 찬 눈빛으로 고개를 끄덕이자 묘연이 다소 특이하게 생긴 호리병을 앞으로 내밀었다.

"이 투명 호리병을 품에 넣고 가. 눈물이 이슬이 되어 눈에서 떨어질 때, 자동으로 이 호리병 안에 흡수된다. 업무를 잘했다면 이슬을 얻어 올 것이고, 잘하지 못했다면 실패하게 될 거다. 그러니 열심히 해 봐. 네가 그토록 필요하다던 타당성이란 거 스스로 찾아야지. 안 그래?"

묘연은 말을 끝내자마자 더는 내가 머뭇거릴 수 없게 발로 세게 뻥 차 버렸다. 그 힘이 얼마나 센지 나는 캡슐에서 원치 않게 튀어나왔다. 하늘에서 떨어진 것도 아니고 갑자기 등장한 나를 보고 숨이 겨우 돌아온 루인이 소스라치게 놀라며 뒤로 나자빠졌다.

"누, 누구세요? 어, 어디서 나타난 거예요? 바, 방금까지 아무도 없었는데…."

"아… 그게…."

"누구… 어?"

심하게 당황하던 루인이 내 얼굴을 한 번 더 확인하고는 더욱 놀라는 표정을 지었다.

{루인을 만날 때 루인의 주변 사람으로 모습이 변해 있을 거야. 그래야 루인이 집사에게 속에 담아둔 이야기를 편하게 털어놓을 수 있기 때문이지.}

어디선가 묘연의 목소리가 들려왔다. 루인에게는 묘연의 목소리가 들리지 않는 것 같았다. 그 중요한 걸 왜 이제야 알려 주는 거야. 성격 참…. 그럼 내 모습이 대체 누구로 변했다는 거지? 어떤 모습으로 변했는지 알지 못해서 대략 난감했다.

그때, 누군가로 변한 내 얼굴을 먼저 알아본 루인이 경계를 풀고서 가까이 다가왔다.

"저… 간호사님?"

에? 간호사? 이게 무슨 설정이야? 서, 설마….

"아… 반미나 씨?"

뭐지? 내 목소리! 헐, 미친. 여자 목소리잖아!! 놀라서 몸을 확인해 보니 있어야 할 것이 사라지고, 없어야 할 것이 생겨났다!! 묘연, 이 나쁜 마녀야!! 성별까지 바뀔 수 있다는 더 중요한 말은 안 해 줬잖아! 그리고 우리나라에 남자 간호사도 충분히 많다고! 왜 하필…. 하, 살다 살다 내 입에서 여자 목소리가 나오다니. 와씨, 소름.

"간호사님이 여기 어떻게…."

"저… 그러니까…."

일단 상황 파악은 마쳤고, 이제부터 루인에게 무슨 말부터 꺼내야 할지 고민하고 있을 때, 루인의 뒤로 끊어진 밧줄이 보였다. 게다가 루인의 목 위에 생긴 선명한 붉은 자국까지 발견하자 어두운 골목길에 있던 내 모습과 겹쳐 보여서 순간적으로 울컥해 버렸다.

"그러는 보호자님은 이 늦은 밤에 왜 여기에 있는 거죠?"

"저는…."

루인은 몹시 당황한 듯이 식은땀을 흘리며 자신의 손을 만지작거렸다.

"무슨 이유든, 이제… 그만해요."

"뭐, 뭐를요?"

"자신에게 나쁜 짓을 하려고 했잖아요…."

"네? 그게 무슨…."

"직접적으로 말하고 싶진 않았는데… 방금… 자살하려고 했다는 거… 다 알아요…."

자살이라는 단어가 등장하자 루인은 움찔하면서 몸을 떨었다. 보이지 말아야 할 것을 타인에게 보였다는 생각에 눈동자도 심하게 흔들렸다. 나도 저 비참한 심정을 알고 있다. 어두운 골목에서 내 죽음의 순간을 할아버지에게 들켰을 때, 루인과 같은 기분이었으니….

"아니, 그걸 어떻게…."

"보호자님의 어머니께서 저에게 부탁을 하셔서 오게 됐습니다. 하나밖에 없는 딸을 살려 달라고 애원하셨어요."

원래 이 설정은 없었지만 아까 화면에서 봤던 루인의 어머니가 떠올라서 우선 말을 꺼냈다. 보통 죽음의 순간에 부모가 떠오르니 그 이야기를 꺼내면 분명 루인이 동요할 거라고 판단했다. 그날의 나처럼.

"엄마요? 진짜 우리 엄마가 부탁해서 왔다고요? 그럴 리가 없는데… 그럴 리가…."

"진짜예요. 어머니께서 자살하려는 딸을 제발 살려 달라며 하도 간절히 사정하시기에 여기까지 오게 된 겁니다."

이렇게 감정에 호소하면 루인의 마음이 움직일 줄 알았다. 그런데….

"거짓말하지 마! 그거 다 거짓말이잖아!!"

순간, 몹시 당황했다. 설마 내 정체를 들킨 건가? 내가 예상했던 것과 반대로 오히려 더 격해진 루인이 화를 내면서 흥분했고, 아까보다 더 몸을 파르르 떨고 있었다. 그렇게 한껏 격앙된 루인은 버럭 소리를 질렀다.

"그게 말이 돼요? 치매에 걸려서 딸인 나조차 제대로 기억도 못하는데! 온종일 요양병원에 있는 사람이 어떻게 딸을 부탁한다는 거예요? 방금 그 말 전부 다 거짓말이죠? 아무리 간호사님이라 해도 아픈 환자를 두고서 그런 거짓말하면 천벌 받을 거예요! 보호자들이 매일 환자를 돌보며 어떤 심정인지 알기나 해요? 하루하루 심장이 타들어 가는 그 고통을!!"

치매? 요양병원? 이게 다 무슨 소리지? 이건 내 계획에 없던 건데…. 그래도 루인 앞에서 당황하는 모습을 보여서는 안 돼. 최대한 침착하자. 이안.

"병원에 다른 치매 환자분들도 가끔씩은 정신이 온전히 돌아올 때가 있어요. 그래서 보호자님의 어머니께서도 제게 말씀하실 수 있었던 거예요."

나도 어머니의 병간호를 할 때 치매 환자를 본 적이 있었다. 그 기억을 예로 삼아 말한 후, 루인의 반응을 살폈다. 다행히 아까처럼 바로 역정을 내진 않았지만, 여전히 나를 믿지 못하는 눈치였다. 이제 뭐라고 해야 하지? 어떤 말을 해야 루인을 안심시킬 수 있을까? 없는 머리로 열심히 짱구를 굴려봤지만 더는 묘수가 또 오르지 않던 그때, 묘연의 목소리가 다시 들려왔다.

{병원에 남기고 간 유서를 봤다고 해. 어머니 베개 아래에 있었다고. 그럼 믿을 거야.}

지금껏 무척 당황하는 나를 보고 있었을 텐데도 이제야 도와주다니…. 참 빨리도 말해 준다. 좀 있다 두고 보자. 묘연.

"그리고… 유서를… 봤어요. 미나 씨가 어머님 베개 아래에 넣어 둔…."

"그걸… 간호사님이 봤다고요?"

그제야 루인은 나의 말을 조금 믿는 눈치였다. 지금을 놓치면 안 될 것 같아서 재빨리 말을 이었다.

　"네. 어머니께서 정신이 돌아오셨을 때, 그 유서를 보시고 저에게 도움을 청하신 것 같아요. 저도 처음에는 긴가민가하다가 어머니께서 보여 주시는 유서를 보고 확신이 생겨서 여기까지 찾아오게 된 거예요."

　"……."

　"이런 질문이 실례일 줄 알지만… 혹시… 스스로 목숨을 끊으려고 했던 말 못 할 사정이 있었나요?"

　진지한 나의 물음에 루인의 눈동자가 크게 흔들리더니 이내 눈물이 가득 차올랐다.

　"엄마가 망가져 가는 모습을 더는 보고 싶지 않았어요…. 저도 지칠 대로 지친 상태라 점점 더 자신이 없어져서 극단적인 선택을 하려고 한 거예요. 간호사님 앞에서 부끄러운 말이지만 치매 환자인 엄마를 혼자 간병하는 건… 생각보다 힘에 부치고 제가 무너져 내리는 일이었어요…. 치매는 참 무서운 병이에요. 저를 애지중지 아끼던 엄마가 딸을 알아보지도 못하고… 늘 고상하던 엄마가 저를 보면서 심한 욕설을 퍼붓고… 그렇게나 깔끔하던 엄마가 옷에 대소변까지 누는 모습을 보니 긴 병에 효자 없다는 말이 그제야 실감이 나더군요. 나름 제가 효녀라고 생각하면서 살아왔는데 막상 현실로 닥치니 그건 제 자만이라는 것을 뼈저리게 느꼈어요. 매일 눈을 뜨면 다시 눈을 감고 싶을 정도로 사는 게 사는 것 같지가 않았어요. 이럴 바에는 차라리 죽는 게 더 낫다는 생각에…."

"하…. 병간호라는 게 참… 흔히 생각하는 것보다 훨씬 더 어렵고 힘들더라고요…. 저도 어머니께서 병원 생활을 오래 하시다 돌아가셔서 그 고충이 어떤 건지 조금은 알고 있습니다. 보호자님도 혼자서 아픈 어머니를 돌보다 보니 몸도, 마음도 많이 지쳤을 거예요. 어머니여서 끝까지 보살피고 싶은 마음과 병간호를 하면서 지치고 힘든 마음이 서로 충돌하는 기분…. 누군가를 보살피고 책임진다는 것은 자신을 많이 희생해야 하는 일이죠. 아마 보호자님도 그랬을 겁니다. 혹여 그렇더라도 그 누가 보호자님을 함부로 비난할 수 있을까요? 직접 겪는 당사자가 아니라면 그 아픔과 노력을 쉽게 판단하고 비난해서는 안 된다고 생각합니다. 적어도 저는… 보호자님을 탓하지 않아요."

루인이 망연자실한 표정으로 바닥에 털썩 주저앉았다.

"사실… 죄책감이 저를 괴롭혔어요. 엄마는 아프기 전까지 항상 저를 위해 희생하며 언제나 곁에 있어 줬는데 저는… 벌써부터 엄마를 포기할 마음을 가지니까…. 저 참 나쁜 딸이죠?"

"세상에 어머니만큼 무한한 사랑을 주는 존재가 있을까요? 보호자님의 어머니께서도 늘 그런 마음으로 딸을 보살펴 주셨을 거예요. 자식은 부모를 위해 희생하는 것을 힘겨워하지만,

부모는 자식을 위해서 희생하는 것을 감내하고, 따뜻하게 자식을 품에 보듬어 주죠. 그렇다고 해서 모든 자식들이 죄책감을 가지고 살아가지는 않아요. 그리고 반미나 보호자님도 아직은 어머니를 포기하지 않았어요. 미리 죄책감 가지지 마세요."

가만히 내 말을 듣고 있던 루인이 고개를 떨궜다.

"이런 이야기를 누구에게도 털어놓을 수가 없었는데…. 사실 이렇게 제 속을 꺼내 놓는 것도 잘하는 일인지 모르겠어요. 엄마는 병실에 있어서 저보다 훨씬 힘들 텐데 저는…."

"오히려 이렇게라도 털어놓으면 마음의 짐이 좀 덜어지지 않을까요? 부담감은 사람의 마음을 버겁게 만들죠. 보호자님도 어머니를 내려놓는다는 생각 말고 그 부담감을 내려놓는다고 생각해요. 지치고 힘들다면 누군가에게 도움을 청해도 괜찮아요. 어머니를 간호하는 것을 오롯이 혼자서 다 해야 한다는 중압감을 가질 필요는 없어요. 그런 생각 때문에 보호자님이 자신을 더 몰아세우게 했을 거예요. 그러니 무거운 마음의 짐을 애써 혼자 들고 있지는 마세요."

어디선가 바람이 불어와 느티나무에서 잎사귀가 떨어졌다. 나는 그 잎사귀를 주워 루인에게 건넸다.

"죽고 싶을 때마다 이걸 보면서 끝까지 살아내요. 오늘의 아픔을 잊는 것 대신 더 기억해요. 다시는 자신을 버리지 않기 위해서…."

내가 조심스레 손에 쥐여 준 잎사귀를 루인이 물끄러미 바라
봤다.

"극단적인 선택을 하기 전까지 수많은 날을 고민했겠지만
그럼에도 마지막 순간에 죽음의 줄을 끊어낸 건, 바로 보호자
님 자신입니다. 그래서 이렇게 숨을 쉬면서 아직은 세상에 살
아 있잖아요. 타인이 시켜서가 아닌 본인의 의지로요. 그토록
힘들어하면서도 다시금 살아가겠다고 결심하게 된 이유가 분
명히 있지 않을까요?"

그러자 루인이 천천히 고개를 끄덕였다.

"실은… 오래전에 제가 엄마에게 약속한 게 있었어요. 엄마
곁에서 평생 살 거라는…. 엄마는 제 말을 농담처럼 들었지만
저는 진심이었거든요. 죽으려고 하던 긴박한 순간에 그때의 기
억이 머릿속에서 스쳐 지나갔어요. 그날 엄마와 제가 환하게
웃고 있던 모습까지도…. 우리 엄마는 웃는 모습이 제일 예뻤
었는데, 아픈 엄마만 보다 보니 언제부턴가 그 모습을 다 잊고
있었네요. 제가 곁에 있는 것만으로도 엄마는 밝게 웃는 사람
이라는 것을…. 그래서 차마 죽을 수가 없었어요. 엄마와의 그
약속을 지키지 못하고 떠나면 깊은 후회로 남을 것 같아서…."

문득, 오랫동안 병실에 누워 있었던 아픈 어머니의 모습이
떠올랐다. 어머니는 거동이 불편해져서 식사도 온전히 못하는
상태였다. 그런데도 내가 병실에 찾아갈 때마다 항상 물어보곤

했었다.

<이안아 ～ 밥은 ～ 먹었어?>

몸도 성치 않아서 잘 먹지도 못하는 사람이 왜 맨날 그걸 묻는지 이해가 되질 않았다. 그땐 왜 미처 알지 못했을까? 그 말의 뜻을….

나는 어머니의 깊은 마음을 나의 얕은 마음으로 판단했었다.

"엄마는 나를 수십 년 동안 보살펴 줬는데, 저는 고작 그 몇 년을 버티지 못하다니…. 간호사님의 말처럼 부모와 자식은 참 다른가 봐요. 부모는 자식에게 한없이 퍼 주지만, 자식은 부모에게 주는 것보다 받는 게 더 많죠…. 저는 엄마의 딸로 태어나서 진심으로 행복하다고 생각하면서 살아왔는데, 정작 엄마는 저의 엄마로 태어나서 행복했을까요?"

그 순간, 루인의 눈에서 눈물이 툭하고 떨어졌다.

"…… 행복하셨을 겁니다. 저도… 그렇게 믿고 싶으니까요."

◊ ◊ ◊

여전히 바람이 차다. 투명 캡슐 안으로 다시 돌아왔지만 마음 한편은 시렸다.

"이안, 첫 임무 다녀오느라 수고했어. 이제 호리병 확인해 봐."

묘연의 말을 듣고 품에서 호리병을 꺼냈다. 투명했던 호리병이 어느새 찬란한 푸른빛으로 변해 있었다.

"오! 처음인데 제법이네. 한 번에 성공하다니! 내 판단이 맞았군."

분명 묘연에게 칭찬을 들었는데도 마냥 기쁘지만은 않았다. 침울한 나의 표정을 살피던 묘연이 나의 어깨를 툭 치며 말했다.

"행복하셨을 거야. 문이안의 어머니로 살다 가셔서…."

그제야 참았던 눈물이 하염없이 쏟아져 내렸다. 까칠할 것만 같았던 묘연이 건넨 뜻밖의 위로가 내 안에 숨어 있던 눈물을 밖으로 꺼내 주었다. 어느덧 차갑기만 하던 바람이 서서히 내 안에 따뜻하게 불어왔다. 그때는 몰랐다. 늘 시리기만 했었던 나의 마음속에도 어느새 온기가 스며들고 있었다는 것을.

◊ ◊ ◊

동이 트기 전에 미다스 저택으로 돌아왔다. 묘연은 이슬이 담긴 호리병을 서재에 있는 분홍색 진열장 안에 조심스럽게 챙겨 넣었다. 그리고는 명부에서 반미나 루인의 이름을 깨끗이 지웠다. 처음 본 서재 안에는 신기하게 생긴 책들이 많았고, 나름 저마다의 규칙이 있어 보였다. 엄청나게 크고 높은 그 모습을 보기만 해도 절로 압도당하는 분홍색 진열장에는 내가 가져온 것과 같은 호리병이 셀 수도 없을 정도로 많이 진열되어 있었다.

"이 많은 호리병이 전부 다 미다스의 집사들이 수집한 이슬인가요?"

"그렇지."

"도대체 얼마나 많은 루인들이 있었기에…."

"수백만 년이 지나도 루인은 사라지지 않아. 그러니까 우리 같은 집사들도 사라지지 않고 계속 존재하는 거고."

"그럼 수집한 이슬들은 어디에 쓰이나요?"

"일정 기간 동안 이곳에서 보관하다가 '탄생소'로 옮겨 가는 거야. 그럼 새 생명으로 다시 태어나게 되는 거지."

다시 태어난다는 말에 내 눈이 반짝였다.

"새 생명으로 태어난다고요?"

"이미 죽으려던 생명이 되살아난 거잖아. 루인도 새 생명을 얻게 된 것과 마찬가지고. 루인이 흘리는 이슬이 생명의 씨앗이 되는 거야. 이 진열장이 적정한 온도를 잘 유지해 주면 그 안에서 이슬이 서서히 변하게 되고 생명의 씨앗이 싹트는 거야. 싹이 튼 씨앗들이 탄생소로 가게 되는 거다."

"혹시 저 호리병 중에서도 싹이 트지 않는 씨앗도 있나요?"

"있어."

"그건 왜…."

"다시 살아나서 새 생명을 얻었지만, 또다시 죽는 사람의 씨앗은 싹이 트지 않아."

"그게 무슨 뜻이에요?"

"음… 오늘을 예로 들자면 반미나 루인이 죽을 결심을 되돌리고 살았지만, 또다시 자살 시도를 해서 결국 죽게 된다면 그 이슬에서 나온 씨앗은 싹이 트지 않는다는 뜻이지."

이슬을 받았다고 해서 끝이 아니라는 사실에 무거운 책임감이 느껴졌고, 앞으로 내가 잘 해낼 수 있을지 걱정도 됐다. 그런 나를 알기라도 하듯 묘연은 투명 캡슐에서처럼 내 어깨를 가볍게 톡 치며 말했다.

"그렇다고 두 번째까지 미리 걱정할 필요는 없어. 첫 번째까지가 우리의 임무다. 모든 생과 사가 오롯이 집사의 책임만은 아니야. 집사도 결국은 이승과 저승의 오더를 받는 입장이니까. 집사인 우리가 할 수 있는 것보다 하지 못하는 것이 훨씬 더 많아서 때론 좌절할 때도 있어. 그렇게 될 때마다 지금처럼 세상을 다 잃은 표정을 지을 건가?"

"그건 아니지만…."

"만일, 삶과 죽음을 모두 다 집사들이 직접 다스릴 수 있다면 이렇게 이슬을 모아서 새 생명을 탄생시키는 것에 굳이 힘을 쓰지 않겠지. 모든 이들을 살릴 수 있을 테니까. 그렇게 할 수 없기 때문에 우리의 궁극적인 목표는 최대한 이슬을 모아서 사라지는 생명을 줄이고, 태어나는 생명을 늘리게 돕는 거다. 이승과 저승 사이 그 경계에서 우리 집사들이 구심점이 되는 것이지.”

묘연의 자세한 설명을 다 듣고 나니 그제야 온전히 이해할 수 있었다. 루인을 살리려고 무턱대고 나서려던 내게 왜 그토록 묘연이 냉철하게 말했는지를.

“이제는 알겠어요. 그때 왜 저를 말렸는지, 왜 그렇게 엄격할 정도로 말했는지도. 타인에 의해서 루인이 억지로 살아난다면 또다시 죽을 가망성이 높기 때문에 스스로 살아날 의지가 루인 안에 생겨날 때까지 묘연 아가씨는 가만히 기다려 줬다는 것을요.”

“아, 깨달았다니 됐어. 그리고 캐릭터 안 어울리게 진지하게 굴지 마. 어색하니까. 둘이 있을 때는 그냥 하던 대로 해.”

쑥스러운 듯, 묘연이 황급히 말을 돌리려고 했다. 집사가 모은 이슬이 생명의 씨앗이 된다는 사실을 알게 된 나는 이슬 집사라는 이 일에 좀 더 진심을 담게 됐다.

“이 말까지만 진지하게 할게요. 묘연 아가씨는 우리가 보람을 위해서 일하는 것이 아니라고 말했지만, 저는 이슬이 새 생명으로 태어난다는 아가씨의 이야기 덕분에 이슬 집사 일을 하는 것에 보람을 느끼게 됐어요. 오늘 제가 이슬을 얻어 와서 새 생명이 탄생할 수 있도록 돕게 된 거잖아요. 그래서 보람과 함께 더불어 이 일에 대한 타당성까지도 찾게 되었습니다. 정말 감사합니다. 묘연 아가씨.”

말을 끝낸 나는 진심을 담아서 정중하게 고개를 숙이며 묘연에게 인사를 했다. 조금은 존경의 의미도 담겨 있었다. 막상 하고 보니 쑥스러워서 고개를 바로 들지 못하고 한참을 그대로 있던 나에게 묘연의 나지막한 목소리가 들려왔다.

"…… 오늘 잘했어. 문이안 집사."

그리고 서재를 나서는 구두굽 소리가 귓가에 들려왔다. 그 소리가 멀어질 때쯤 천천히 고개를 들었다. '잘했어'라니….

뭔가 가슴이 벅차올랐다.

"그래, 문이안! 이제부터가 제대로 된 시작이야. 집사로서 능력치를 쌓아서 자부심을 느끼는 그날까지, 최선을 다해 보자. 아자! 아자!! 아자!!!

◊ ◊ ◊

할아버지에게 첫 번째 이슬 수집 성공 소식을 전하고 싶어서 미다스 저택의 이곳저곳을 찾아다녔지만, 그 어디에도 할아버지의 모습은 보이질 않았다. 이 기쁜 소식을 당장이라도 전하고 싶은데…. 눈치 없는 노인네, 타이밍도 딱딱 못 맞추고 대체 어디를 간 거지? 이상하게 할아버지한테도 잘했다는 칭찬의 말을 듣고 싶었다.

"하여간에 꼭 필요할 땐 없다니까. 그럼 이 소식을 누구한테 전해야 좋은 소리를 듣지?"

별안간 머릿속을 스치는 한 사람.

"아! 그 선글라스!"

꼭 한 명쯤은 더 자랑하고 싶어서 여기 온 첫날, 나를 저택까지 데려다줬었던 그 남자를 찾아 나섰다. 정원을 한참 둘러보다 때마침 황금차가 앞으로 지나가는 게 보였다.

"기사님! 기사님!"

다급한 내 목소리가 들렸는지 저 멀리 앞서가던 황금차가 다시 후진해서 돌아왔다.

"저 부르셨나요? 무슨 일이시죠?"

"아… 그게…."

반갑게 부르긴 했지만, 막상 기사님의 얼굴을 보니 이슬 이야기를 바로 꺼내기가 쑥스러웠다. 그래서 잠시 다른 화제를 먼저 꺼냈다.

"혹시 문 집사님 보셨어요?"

"봤지만… 못 봤습니다."

이게 무슨 말도 안 되는. 또 말장난인가?

"그게 무슨 뜻이죠? 이번에도 농담인가요?"

"농담 아닙니다."

"그럼 문 집사님 어디서 보셨어요?"

"제 대답은 같습니다. 봤지만, 못 봤습니다."

또 나왔네. 나왔어. 그놈의 AI. 그럼 포기하고 본론으로.

"저 자랑은 아닌데…."

사실은 자랑이 맞다.

"재수 없게 들릴 수도 있겠지만…."

그걸 아는 놈이 더 뻔뻔하다.

"저 어제 첫 번째 이슬 수집 성공했어요!"

와!!! 하는 함성을 기대한 건 아니지만 그래도 리액션 좀…. 나의 기대와 달리 남자는 고개를 갸웃거리더니 딱딱하게 되물었다.

"지.금. 그 이야기를 꺼내기 위해서 저를 부르신 겁니까?"

"그게… 제가 말할 사람이 딱히 없어서…."

응. 그쪽 말고는 자랑할 때가 없어.

"할아버지도 없고…."

노인네와 고양이 말고는 이곳에서 안면 튼 사람이 그쪽밖에 없다고.

"축.하.합.니.다."

헐. 로봇인 줄. 분명 축하한다는 말을 들었는데 기분이 상당히 찝찝하다. 이렇게나 영혼이 1도 없을 수 있다니.

"그 말… 진심이 담긴 축하 맞는 거죠?"

"그렇습니다. 진.심. 용무 끝나셨으니 다시 가보겠습니다."

차가 출발하려고 할 때, 급하게 다시 불러 세웠다.

"잠깐만요. 기사님, 궁금한 게 하나 있어요."

"문 집사님 이야기라면 제 대답은 같…."

"아니요. 기사님에 대한 거예요."

"……네?"

"기사님의 성함을 알고 싶어요."

"……!!"

검은 선글라스 너머로 눈이 보지 않아서 표정을 다 알 수는 없었지만, 갑작스런 질문에 썩 놀랐는지 딱딱한 로봇 같았던 남자의 입술이 미세하게 떨리는 것이 보였다.

"당분간이지만 그래도 여기서 같이 지내는 사이인데 통성명 정도는 서로 할 수 있잖아요. 저는 이안입니다. 기사님 성함은요?"

바로 대답이 없던 남자는 잠시 고민을 하다가 차에서 내렸다. 큰 키 탓에 그늘이 질 정도로 높은 곳에서 나를 내려다보던 그는 갑자기 어깨를 들썩였고, 선글라스 아래로 눈물이 볼을 타고서 흘러내렸다.

"정원 기사로 발령 난 이후로 제 이름을 먼저 물어봐 준 사람은 이안 집사님이 처음입니다."

뜻밖에도 그는 소리내어 울었다. 예상치 못한 반응에 나는 적잖이 당황하고 말았다. 늘 기계같이 딱딱한 반응과 형식적인 단답만 하던 그가 의외로 감성적인 사람이었다니…. 역시 사람은 겉모습만 보고 판단해서는 안 되는 거였다.

"아주 오래전에… 어떤 일을 겪은 이후로… 상대방의 눈을 보는 것을 어려워합니다. 그래서 습관적으로 선글라스를 착용하게 된 겁니다."

"아… 그런 이유가…. 전혀 몰랐어요."

"그 일 이후로 다들 저를 불편하게 생각합니다. 예전에는 아니었는데…. 하…. 정원에서 혼자 동떨어져 있다 보니 늘 외로웠습니다. 여기 오고 나서 말수도 점점 줄어들고, 누군가와 대화하는 것도 쉽지 않아서…. 제가 먼저 친근하게 다가가거나 무리에서 잘 섞이지도 못하는 성격이라…. 이런 저를 바꾸고 싶은데… 생각보다 고치는 게 쉽지 않았습니다."

기사님도 누군가와 대화를 나누고 싶었던 거였구나…. 내게 어색한 농담을 건넨 것도 기사님 나름대로 큰 용기를 냈던 거였어…. 남모를 사정을 알게 되자 내심 안타까운 마음이 들었다.

"저는 원래 말투가 그러신 줄 알고 혼자 오해했네요. 죄송합니다."

"아닙니다. 원래 제 말투도 맞습니다."

다시 딱딱한 로봇 기사님으로 돌아왔다. 근데 은근 이 모습이 매력적인 걸.

"음…. 꼭 남들과 똑같을 필요는 없잖아요. 저는 지금 그 모습 그대로도 충분히 매력 있다고 생각해요. 기사님만의 특별한 개성이니까 주눅 들지 말고 용기를 가지세요! 당당하게!"

힘내라는 뜻으로 내가 엄지손가락을 올리면서 멋쩍게 웃어 보이자 그는 또다시 눈물을 한 바가지 쏟아 냈다. 그렇게 한참을 울고 나서야 나에게 말해 주었다. 자신의 이름을.

"제 이름은… 유."

"유?"

"……재……석입니다."

"네?……ㅍ…ㅍㅍ."

웃음이 나오려는 걸 간신히 참아 냈다. 결코 비웃음은 아니었다. 하필 국민 MC의 이름이라니. 둘의 이미지가 너무 상반되잖아!

"와우! 유재석! 멋진 이름이네요. 저도 TV에서 볼 때마다 꼭 닮고 싶은 분이거든요. 재석 기사님도 그 이름처럼 모두가 좋아하는 분이 되실 거예요. 그러니까 힘내세요! 파이팅!!"

누군가를 위로하는 걸 거의 해본 적이 없지만, 그래도 지금 이 순간만큼은 따뜻한 말을 건네고 싶었다. 세상에서 혼자라고 느끼는 게 얼마나 고독한 건지 누구보다 잘 알기에….

응원의 말을 전하고 어색하게 주먹을 쥐며 파이팅을 외치는 모습에 재석도 나를 따라서 주먹을 올렸다가 이내 쑥스러운지 슬그머니 내렸다.

"그리고… 저…."

"네?"

"저도… 원래는 집사입니다. 기사가 아니라."

"네?!!! 진짜요? 그럼 재석 기사님… 아, 아니지. 재석 집사님도 이곳에서 밤이슬 수집 업무를 하세요?"

이름을 들었을 때보다 훨씬 더 놀라서 뒤로 넘어갈 뻔했다. 재석도 집사였다니!!

"음… 그게…."

그때, 익숙하고 높은 톤의 목소리가 우리의 대화에 허락도 없이 끼어들었다.

"여기서 뭐 하고 있는 거야?"

목소리의 주인공은 바로 묘연이었고, 해가 떠서 고양이가 되어 있었다. 하얀 꼬리는 살랑거리고 있었지만, 우리를 바라보는 눈빛은 꽤 매서웠다.

"묘연 아가씨, 잘 오셨어요. 제가 재석 집사님과…."

"집사? 지금 누구더러 집사라는 거야? 집사 자격이 박탈된 자에게!"

찬바람이 쌩하게 불 정도로 냉랭한 묘연의 말에 재석의 표정이 급격히 어두워졌다.

"쓸데없이 노닥거리지 말고 당장 안으로 들어와. 이안!"

충격적인 말을 남기고 차갑게 돌아선 묘연은 곧장 안으로 들어가 버렸고, 나는 어안이 벙벙해졌다. 그런 나보다 방금 묘연의 말을 듣고 기분이 상했을 재석이 더 신경이 쓰여서 눈치를 살피다 조심스레 물었다.

"묘연 아가씨의 말씀이 무슨 뜻이에요?"

재석은 얼굴빛이 더욱더 어두워지더니 고개를 푹 숙였다.

"그건… 제 입으로 말하면 불호령이 떨어질 것 같아서…. 정 궁금하시면 묘연 아가씨께 직접 들으시는 게 좋겠습니다."

말을 마친 재석은 차를 타고서 정원 깊숙이 보이지 않는 곳으로 가 버렸다. 보는 눈이 사라지자 속으로 참고 있었던 말이 밖으로 툭 튀어나왔다.

"잠깐 친해졌다고 생각했는데…. 이게 다 묘연 때문이잖아! 그놈의 성질머리. 어휴."

아쉬운 마음을 뒤로 하고 미다스로 들어가자 고양이 모습의 묘연이 식빵 자세로 팔짱 아닌 팔짱을 낀 채, 나를 사납게 노려봤다.

"누구 허락받고 정원에 나간 거야?"

"정원도 마음대로 못 나가?"

"어쭈? 말 놓는다 이거지?"

"둘이 있을 때는 그래도 된다며?"

"그건 그렇다 치고, 정원은 내 허락이 있기 전까지는 마음대로 못 나가!"

"그럼 수영장, 골프장, 동물원, 분수… 그런 건 정원에 왜 만들었어? 사용하지도 못할 거."

"그거야 내 마음이지."

역시 싹퉁 바가지 성격은 어딜 가질 않는다. 잠시나마 받았었던 감동이 자동으로 바사삭 사라졌다.

"이거 하나만 묻고 싶어. 재석 집사님 이야기인데…."

"지금은 집사 아니라고 했지? 호칭 똑바로 해."

"아, 알았다. 알았어. 암튼, 재석 기.사.님.은 왜 집사 자격이 박탈된 거야?"

내 질문을 듣자마자 묘연의 분위기가 서늘해졌다.

"그는 죄를 지었어."

"죄라니? 어떤…."

"이슬을 넘겼다. 죽은 자에게."

"그게 무슨 말이야? 죽은 자에게 이슬을 넘기다니?"

"오래전 있었던 일이다. 그날은 밤이슬 수집 외근이 아니라 싹이 난 씨앗을 탄생소로 옮기기 위해서 외근을 나간 날이었지. 탄생소는 저승의 문 바로 옆에 있어. 그래야 저승에서 관리하기가 편하니까. 그날, 그곳으로 지나가는 길목에 사자가 집행 중이었고, 루인이 아니었기에 우리 집사들이 필요가 없는 날이었지. 루인이 아닌 경우에는 생과 사를 따로 결정하지 않고, 바로 죽은 자가 되어 저승에 가게 되니까. 그런데 나와 사자가 인사를 나누던 그 짧은 순간에 죽은 자가 재석의 다리를 붙잡으며 살려 달라고 애원을 한 거야. 눈물까지 보이면서…. 재석은 원래도 천성이 여린 편이었다. 집사에게는 불필요한 마음이었지. 하필이면 그날, 싹이 난 씨앗을 재석이 가지고 있었어. 그 씨앗을 먹으면 죽은 자는 다시 살아나게 돼. 그리고 씨앗이 되기 전, 이슬은 산 자의 몸에 닿거나 몸에 흡수하게 되면 아무리 깊은 병이라도 완치할 수 있게 만들지. 눈물의 호소를 하는 죽은 자를 보고 마음이 흔들린 재석은 내게 허락도 구하지 않고 싹이 난 씨앗을 함부로 넘겨주고 말았다. 그 바보 같은 녀석이….”

“네? 그, 그래서 어떻게 됐어요?”

긴 이야기를 듣고 사뭇 진지해져서 자연스레 존댓말이 나왔다. 지금은 농담을 건넬 분위기가 아니라는 것을 바로 직감했기 때문이다. 그런 나를 보고 길게 한숨을 내쉬던 묘연은 어렵게 말을 이어 갔다.

“실수의 대가는 너무도 컸다. 죽은 자를 데려가는 것에 실패한 사자는 크게 노했고, 저승에서 집사들에게 수집 금지령이 내려졌지. 엄중한 징벌로 기나긴 시간 동안 이슬 수집 자격이 정지됐으며, 저승에서 루인 명부도 받을 수 없었다. 그로 인해서 집사들은 살릴 수 있는 생명조차 구할 수 없게 되었고, 수집한 이슬이 없으니 새로운 생명 또한 태어날 수 없었다. 결국, 그

한 명을 살리기 위해 수천 명의 목숨을 살리지 못하게 된 거였지. 단 한 번의 잘못된 선택으로 인해서….”

“어떻게 그런 일이…. 그런데 재석님이 잘못한 건 분명히 맞지만, 그 죽은 자를 살리려는 좋은 뜻이었잖아요. 그러니까 나쁜 의도로 넘긴 건 아니지 않나요? 무작정 편을 드는 게 아니라 그 착한 마음마저 매도당하는 게 안타까워서….”

“돈으로 거래를 한 것은 아니었어도 대신 다른 것으로 받았지.”

“다른 것이요?”

“비운의 구슬. 재석은 죽은 자에게 그것을 받았다. 의도한 건 아니었지만, 결과적으로 그 부분 때문에 더 문제가 됐지. 게다가 그 일이 있고 나서 재석은 누군가의 눈물을 보는 것을 두려워하게 되었다. 자신의 실수가 반복될까 봐…. 그 때문에 루인의 눈물을 모아야 하는 집사로서 부적합하게 된 재석은 집사에서 기사로 강등된 것이다. 하지만 허울만 기사일 뿐, 정직 처분이나 다름없다. 재석 스스로 극복하지 못하면 영원히 이슬 집사로서는 복귀가 불가하니. 요즘은 좀 나아졌는지 모르겠군.”

수집사로서 자신의 감정을 내비치지 않기 위해 냉정하게 말하면서도 묘연의 눈빛에선 재석에 대한 걱정이 고스란히 묻어났다. 어쩌면 지금은 묘연에게도 선글라스가 필요할지도….

“아…. 그 일 때문에 재석님이 선글라스를…. 대체 그 비운의 구슬이란 게 뭐예요?"

"계약서의 5번 기억해? 저승의 문턱을 넘기 전에 비운의 구슬을 채집해 올 것이라는 그 조항 말이야."

"네. 기억해요."

"비운의 구슬은 죽은 자가 되었을 때 생겨나는 것이다. 그 구슬을 안고 저승으로 가게 된다. 이승을 떠나는 마지막 선물인 셈이지. 죽은 자들이 저승의 문을 넘어가면 지옥과 천국이 나뉘는 두 갈림길이 나오고, 갈림길에 발이 닿는 순간 구슬이 죽은 자의 몸에 흡수되어 사라진다. 그러니 그 문을 넘기 전에 반드시 구슬을 채집해야 해. 죽은 자들이 자신이 받은 마지막 선물을 쉽게 줄 리는 없으니 당연히 얻기 힘든 구슬이기에 수집이 아닌 채집이라고 하는 거다."

"그럼 비운의 구슬을 어떻게 채집해야 하는 거예요? 그것도 이슬처럼 좋은 일에 쓰이나요?"

"그건 다음에 알려 주지. 그런 상황이 닥쳤을 때. 생각보다 흔한 상황은 아니라서."

"왜요? 지금 궁금한데…."

"이미 날이 저물고 있으니까. 슬슬 두 번째, 이슬 수집하러 가야지. 이안."

누구나 사연은 있다
- 선과 악

달이 뜨자 묘연이 나에게 새 수집 명부를 건넸다.

"오늘 자 루인의 정보 확인 해!"

❦ 이름 : 한주군 ❦

❦ 나이 : 35 ❦

❦ 사유 : 사고사 예정 ❦

"오늘은 사고네요."

"왜 싫어? 은연중에 자살이 더 낫다고 생각하는 건가? 초보 주제에 고르기는."

"그런 게 아니라… 사고는 왠지 살아날 가망성이 없어 보여 서…."

"확률적으로 그렇기는 하지. 사고 같은 경우는 자살과 다르게 사자도 동행하니까 긴장이 더 되는 것도 사실이야. 그래도 오늘은 인정 있는 사자가 배당되어서 아주 조금은 나을지도⋯."

묘연이 긴장한다는 말도, 저승에서 온 사자가 인정이 있다는 말도, 둘 다 썩 어울리진 않았다.

"인정 있는 사자요?"

"우리도 다 같은 집사지만 성격이 제각각이듯, 사자들 역시 피도, 눈물도 없는 냉혈한이 있는 반면, 약간의 측은지심을 가지고 있는 사자도 있어. 오늘 배당된 사자처럼."

"한 번도 생각해 본 적이 없어요. 저승사자는 그저 냉정하고 매몰차기만 한 줄 알았거든요. 사자가 측은지심을 가지고 있다니⋯. 거기다 인정까지. 참 의외네요."

"꼭 그게 좋은 것만도, 그렇다고 완전히 나쁜 것만도 아니야. 양면의 칼 같은 거지. 때에 따라 결과는 다른 법이니까. 너도 직접 겪어 보면 알겠지만."

"그래도 냉혈한보다는 인정이 있는 쪽이 좋을 것 같아서 그나마 마음의 위안이 되네요."

"과연 그럴지⋯. 지금의 그 위안이 바뀌지 않길 바란다."

"그게 무슨 뜻⋯."

"오늘 장소는 공장이네. 그럼 이제 가 볼까?"

뭔가 석연치 않은 말을 남기고 묘연은 먼저 웜홀 안으로 들어가 버렸다.

"바뀌긴…. 그럴 리 없어."

나는 뒤따라 웜홀로 들어갔다. 찜찜한 마음을 속에 가득 안고서.

◊◊◊

기계 소리가 시끄러운 공장 안, 웜홀을 통과하자마자 참기 힘든 소음이 들려서 두 손으로 귀를 틀어막았다. 공장 안은 뜨거운 열기로 가득했다. 숨이 턱턱 막힐 정도로. 그 공간에 있는 모든 사람들은 영혼이 사라진 것처럼 무표정해 보였고, 흔한 대화도 없이 바쁘게 일만 하고 있었다.

"지난번과 다르게 사람이 많네요."

"사고는 사람이 있든, 없든, 눈 깜짝할 사이에 일어나니까."

"그럼 이 중에서 누가 루인이에요?"

"저기 보이는 저 사람."

묘연이 손가락으로 가리키는 곳을 보자 한 남자가 귀에 이어폰을 꽂은 채로 톱니바퀴가 돌고 있는 기계를 작동시키고 있었다.

"어이, 한 씨! 한 씨!"

동료가 부르는 소리에도 루인은 듣지 못하고 계속해서 기계 안으로 자재를 집어넣었다.

"아이고, 야단났네. 저 자재는 다른 기계에 넣어야 하는 건데! 한 씨! 스톱! 스톱!!"

마침 이어폰을 빼던 루인은 그제야 동료가 크게 소리치며 달려오는 것을 발견했다. 넣으면 안 된다는 동료의 말에 다급해진 루인이 기계에 들어가려던 자재를 장갑도 끼지 않은 맨손으로 빼내던 그때, 순식간에 자재 대신 루인의 손가락이 기계 안으로 빨려 들어가고 말았다.

"악!!!!!!!!!!!!"

소름 끼치는 비명이 공장 안에 울려 퍼졌다. 달려오던 동료는 큰 사고가 일어난 것을 보고 루인의 몸을 급히 붙잡았지만 혼자서는 역부족이었다. 무시무시한 기계가 거침없이 다가오자 동료는 자신까지 빨려 들어가게 될까 봐 덜컥 겁이 나서 잡고 있던 손을 그만 놓아 버렸다.

"묘연 아가씨! 어떻게 방법이 없나요? 저 루인은 이대로 죽는 건가요?"

당장이라도 투명 캡슐에서 뛰쳐나가서 루인의 몸을 붙잡고 싶었지만, 첫 번째 루인 때 느낀 점이 있어서 섣불리 행동하지 못하고 안타까움에 발만 동동 구르고 있었다.

"이제 곧 나타나게 될 거야."

"네? 뭐가 나타난다는….".

"저승에서 온 사자."

바로 그때였다. 묘연의 말과 동시에 루인의 몸이 빨려 들어가던 무시무시하던 기계가 거짓말처럼 멈췄다. 매우 시끄럽던 공장 안 소리도 한순간에 들리지 않았다. 뭔가 이상해서 주위를 둘러보니 기계만 멈춘 게 아니었다. 공장 안의 모든 것이 멈춰 있었다. 사람까지도.

"아니! 이게 다 어떻게 된 거예요?"

"사자가 등장한 거지. 루인을 데려갈지, 말지, 판단할 시간을 벌기 위해서 시간을 멈춘 거야. 판단을 내리기도 전에 기계에 몸이 다 빨려 들어가면 아무 소용이 없으니까."

"그럼 사자는 어디에…."

묘연은 아무 말 없이 누군가를 보고 짧게 목례를 했다. 묘연의 시선을 따라가 보니 이글이글 타고 있는 검고 커다란 불씨가 루인의 앞에 있었다. 그 불씨는 녹아내리듯이 형체가 변하더니 서서히 사람의 모습으로 변해 갔다. 구척장신이라는 말이 어울릴 법한 거대한 몸집, 흔히 아는 검은 정장 차림이 아닌 아무 무늬 없는 흰 티셔츠에 저승을 뜻하는 로고가 심플하게 새겨져 있었고, 살짝 라인을 살린 검은 바지를 입고 있었다. 드라마에서 보던 저승사자의 트레이드마크인 큰 모자는 없었다. 모자 대신 부드러운 색으로 염색된 머리에 깔끔하게 머리를 뒤로 다 넘긴 헤어스타일이었다. 머리부터 발끝까지 군더더기 없는 패션. 저승사자도 시대에 따라서 패션이 변하는 건가?

"흠, 아직 젊은데 저승에 가기에는 이르군."

사자가 루인의 몸에 손을 대자, 마치 빔을 쏜 것처럼 루인의 데이터 화면이 공중에 떠올랐다. 데이터를 차례로 넘겨 보던 사자는 세 번째 페이지에서 순간 멈칫했다. 신기한 그 모습을 바라보다가 도저히 궁금증을 참지 못해서 묘연에게 물었다.

"사자가 지금 뭘 하고 있는 거예요?"

"루인의 인생에서 지은 죄가 없는지 확인하는 거다. 소소한 잘못부터 중대한 잘못까지. 혹여 용서받지 못할 큰 범죄를 저지르지는 않았는지 말이다. 죄의 유무와 죄의 크기에 따라 저승에 바로 데려갈지, 아님 다시 이승에 남길지를 판단하는 것이지."

"나름의 기준이 다 있었군요. 저는 사자가 마음대로 결정하는 줄 알았어요. 그럼 인정이 있고, 없고가 큰 차이가 있나요?"

"글쎄, 인정이란 게 참… 묘하지. 아주 미세하게 한 끗 차이라는 게 있더라고."

사자는 멈칫했던 세 번째 페이지를 정독하더니 인상이 자동으로 찌푸려졌다.

"폭행과 살인미수라…. 그것도 자신의 삼촌을. 이놈은 바로 데려가야겠군."

사자의 말이 끝나자마자 다시 시끄러운 소음과 함께 기계가 돌아가기 시작했고, 루인의 손가락이 가차 없이 기계에 끼이자 공장 안은 찢어질 듯한 비명으로 가득 찼다. 하지만 무자비한 기계는 멈추지 않았다. 자칫하다간 루인의 팔까지 덥석 삼킬 지경이 되자 충격적인 그 모습에 누군가는 울부짖고, 누군가는 혼절하며 그곳은 아비규환이 되어 버렸다. 하지만 구조를 위한 누군가는 여태껏 오지 않았다.

"할머니… 할머니…."

루인은 마지막이 다가오는 순간에 살려 달라는 말보다 할머니를 애타게 불렀다. 무표정한 얼굴로 처절한 루인의 모습을 지켜보던 사자가 할머니를 애달프게 부르는 루인의 모습에 고개를 갸웃거렸다. 사자는 다시 루인의 몸에 손을 가져갔다. 손을 대고 잠시 눈을 감았던 사자는 이내 눈을 떴고, 또다시 시간이 멈췄다.

"이 녀석, 꽤 모진 삶을 살았구나. 쯧쯧."

혼잣말을 하던 사자가 갑자기 자신의 손을 앞으로 펼쳤다. 그러자 신기하게도 손바닥 위에 영롱한 푸른 불씨가 생겨나는 게 아닌가! 투명 캡슐 안에서 묘연이 루인을 도울 때의 모습과 비슷했다. 사자는 지체하지 않고 곧바로 그 불씨를 남자에게 넣어 주었다.

"너의 죄는 그 절단된 손가락으로 사해주마. 그 손이 살인미수를 저지른 손이니. 너의 사연이 어찌 됐든, 죄를 저지른 사실은 결코 사라지지 않는다. 다만, 너의 죄로 인해서 누군가가 살아났으니 그 부분을 고려하여 양형을 참작하마. 억울한 죽음은 없어야 하므로. 그것이 사자의 몫. 그러니 목숨만은 살려 주겠다. 앞으로는 죄짓지 않는 삶을 살아가거라."

말을 끝낸 사자는 처음 모습의 검은 불씨로 서서히 변하더니 이내 감쪽같이 사라졌다. 멈춰졌던 시간이 다시 흘렀고, 무서운 소리를 내며 루인을 가차 없이 삼킬 것 같았던 기계가 언제 그랬냐는 듯 고요해졌다. 그제야 구급대원들이 도착해서 루인을 구조했다.

"사자가 이승에 남기기로 판단을 내렸으니 이제 우리가 나설 차례야. 이안! 루인의 이야기를 들으러 가줘. 지금 막 루인에게 후회의 눈물이 고였어. 이슬을 담는 투명 호리병 잊지 말고!"

"네! 묘연 아가씨."

루인은 곧장 병원으로 이송됐고 손가락 봉합 수술을 받았다. 힘겨운 수술이 끝날 때까지 나는 초조하게 기다렸다. 병실에 돌아온 루인은 오랜 시간이 지나서야 겨우 눈을 떴다.

"대… 원님…?"

마취에서 깬 루인이 나를 보며 물었다. 대원님이라니… 그럼 지금 내 모습이 구급대원? 이번이 두 번째라 그런지 딱히 당황스럽진 않았다.

"좀 괜찮으세요? 저는 한주군 씨를 병원으로 이송한 구급대원입니다."

"아…. 감사합니다. 그런데 제 손이…."

붕대에 감긴 자신의 손을 보고 흠칫 놀란 루인이 사고 장면이 떠올랐는지 금세 낯빛이 창백해지며 극도의 불안감에 휩싸였다. 그런 루인을 안정시키기 위해 나는 오히려 차분히 말했다.

"봉합 수술은 잘 되었지만 일단 경과를 지켜봐야 할 것 같습니다."

사실은 이미 알고 있었다. 루인이 손가락을 더 이상 쓸 수 없다는 것을. 사자가 하는 말을 들었으니…. 하지만 이제 막 깨어난 루인에게 심한 충격을 안겨줄 수는 없었다.

"혹시 다른 보호자 분은 없으신가요? 아무래도 큰 사고라서 보호자 분께 연락을 드려야 할 것 같아 한주군 씨가 깨어날 때까지 기다렸습니다."

"…… 없어요."

루인의 대답이 의외였다. 분명 긴박하던 그 순간에 할머니를 애절하게 불렀었는데….

"꼭 부모님이 아니어도 괜찮습니다. 혹시 조부모님이라도 계시면…"

"부모님과 할아버지는 이미 돌아가신 지 오래되었고, 할머니는…."

말하기를 주저하는 루인의 모습이 어쩐지 힘겨워 보였다.

"한주군 씨, 괜찮으니 저에게 편하게 말씀하세요."

생각에 잠긴 듯한 루인의 얼굴에 어두운 그늘이 드리웠다. 잠시 정적이 흐르고 나서야 어렵게 입을 열었다.

"할머니는 계시지만 여기에 오실 수는 없어요. 현재… 식물 인간 상태여서…."

"네? 식물인간 상태라고요? 어쩌다가…."

"그날… 삼촌이 할머니를… 죽일 듯이 때렸어요."

루인은 처참했던 그날의 기억이 스쳐 지나가자 사시나무 떨 듯 몸을 바들바들 떨었다.

"평소에도 잦은 손찌검이 있었어요. 매번 난데없이 나타나 할머니의 돈을 착취해 가는 쓰레기였지만 그날은 평소보다 더 흥분한 상태였어요. 꼭 미친 사람처럼…. 나중에 알고 보니 할머니가 삼촌 몰래 모아 놓은 돈을 장학 재단에 기부했다는 사실을 알고 눈이 제대로 돌았던 거였죠."

"이런, 미친!!! 하…. 죄송합니다. 제가 너무 화가 나서 그만…."

분노가 끓어올라서 도저히 참을 수가 없었다. 고통받은 루인과 할머니를 대신해서 그 나쁜 놈에게 온갖 쌍욕을 퍼붓고 싶었지만, 집사의 위신이 있으니 화가 나는 마음을 억지로 꾹꾹 누르며 루인에게 물었다.

"그럼 그 삼촌이라는 작자는 어떻게 됐나요?"

"…… 할머니 옆에….'

"뒤늦게라도 자신이 저지른 잘못을 뉘우치고 어머니를 돌보고 있는 건가요?"

"아니요…… 할머니와 똑같이… 식물인간 상태입니다."

"네??!!!"

전혀 예상치 못한 루인의 말을 듣고 기절초풍했다. 숨을 고르며 놀란 마음을 겨우 가다듬고서 애써 대화를 이어 갔다.

"왜 그자도 식물인간 상태가….'

"제 손으로… 그렇게 만들었습니다."

"주군 씨가 왜…!!"

순간 사자가 했었던 말이 내 머릿속에서 빠르게 스쳐 지나갔다.

<폭행과 살인미수라ˇ. 그것도 자신의 삼촌을.>

<너의 죄는 그 절단된 손가락으로 사해주마. 그 손이 살인미수를 저지른 손이니.>

사자의 그 말이 이런 뜻이었단 말인가! 너무 놀란 나머지 입을 다물지도 못하는 나를 보면서 루인은 땅이 꺼질 듯 깊은 한숨을 내쉬고는 가슴에 묻어 두었던 참담한 이야기를 꺼내 놓았다.

"그날 퇴근하고 늦게 집에 도착했을 때… 이미 할머니는 그 놈한테 심하게 맞아서 얼굴조차 알아보기가 힘들 정도로 온통 피범벅인 상태였어요…. 저는 어렸을 때 부모님을 여의고 할머니 손에 자랐어요. 삼촌은 올 때마다 화풀이 상대로 저를 찾았죠. 어린 몸으로 삼촌을 감당해 낼 힘이 없었기에 그저 삼촌이 때리면 때리는 대로 맞을 수밖에 없었고, 입술이며, 얼굴이며, 여기저기 터져가며 그 잔혹한 폭력을 모조리 당해야만 했어요. 하지만 그날은… 삼촌에게 사정없이 맞아서 쓰러져 있는 할머니의 처참한 모습을 보니 도저히 참을 수가 없더군요. 사실 그때만 해도 온몸이 피범벅이 된 할머니가 그놈 손에 이미 돌아가신 줄 알고 저도 자포자기하는 심정이었어요. 이미 죽은 듯이 보이는 할머니를 계속 무자비하게 폭행하는 모습이 끔찍한 악마같이 느껴져서 몸서리가 쳐졌으니까…. 순간 격분해서 쓰러진 할머니를 막아서고 바로 그놈을 향해서 달려들었죠. 이제 저도 어른이 되었고, 삼촌의 키만큼 자라났으니 그동안 당했던 것들을 한꺼번에 쏟아내 버렸어요. 오랫동안 무참히 짓밟힌 만큼 저도 그놈을 마구 발로 밟고 주먹으로 때렸죠. 극도로 흥분한 상태에서 그놈이 저에게 부모도 없는 호로새끼가 어디서 발악이냐고 지껄이며 저를 더 자극하자 제대로 눈이 확 돌았던 것 같아요. 바닥에 아무렇게나 널브러져 있던 술병을 잡아 들고 있는 힘껏 내리쳤어요. 저도 같이 죽을 각오를 하고 할머니의 복수를 위해 그놈을 처단한 것 같아요. 하지만… 피를 흘리며 쓰러지는 모습을 본 순간, 제정신이 돌아왔어요. 내 손에도 붉은 피가 흥건한 것을 보고서야 후회가 몰아쳐서 울부짖었죠. 저도 그놈과 똑같이 끔찍한 악마로 변해 버린 현실에…."

"… 이야기를 듣는 것만으로도 그 모든 상황이 너무나 안타깝네요. 주군 씨도 돌이킬 수 없는 잘못을 저지른 것은 맞지만, 그래도 그만큼 다급하고 어쩔 수 없는 상황이었다면… 저였어도 그렇게 하지 않았을 거라는 장담은 못하겠습니다. 할머니와 주군 씨는 세상 누구에게도 보호받지 못한 피해자였으니…."

루인은 그동안의 울분과 설움이 복받쳐서 자신의 가슴을 주먹으로 세게 쳐댔다.

"저는 살인 미수죄로 잡혀갔고, 교도소에도 들어갔지만… 그놈은 식물인간이 되었다는 이유로 교도소가 아닌 병원에 들어가게 됐죠. 수십 년 동안 죄악을 저지른 그놈은 병원에 버젓이 누워 있는데 단 한 번 죄를 지은 저는 교도소에 갇히니 억울하기도 했어요. 다행히 변호사가 할머니와 저의 처지를 호소하여 감형되긴 했지만…. 출소 후, 병원에 갔을 때 누워 있는 그놈을 보니 억장이 무너져 내렸어요. 그놈이 여전히 죗값을 치르지 않고, 병원에서 치료를 받고 있다는 게…. 하늘은 끝까지 내 편이 아니구나 싶었죠. 뜻하지 않게 범죄자가 되고, 학력까지 부족한 저에게 이제 남은 건 몸뚱이 하나뿐인데… 손까지 이렇게 되다니…."

루인의 딱한 사연에 내가 다 억울한 기분이 들었다.

"미치도록 화가 납니다. 왜 그딴 놈은 안 데려가고 주군 씨에게만 이렇게나 가혹한 건지⋯."

"하⋯. 제 이야기가 너무 길었네요. 그 누구에게라도 한 번쯤은 털어놓고 싶었나 봐요. 걱정하실까 봐 할머니 앞에서는 이런 말을 아예 꺼낼 수가 없었으니까요. 그나마 대원님 앞에서라도 오래도록 답답했던 속을 비워내니 제 마음이 한결 후련해지는 것 같네요. 이제 다른 건 원하지도 않아요. 그저⋯ 우리 할머니가 다시 깨어났으면 좋겠어요. 그게 진정으로 제가 바라는 거니까요. 할머니와 단둘이 있었을 때가 제가 살면서 제일 사랑받았던 순간입니다. 할머니가 저를 바라봐 주시던 그 따뜻한 눈이 보고 싶어요⋯. 온기가 가득하던 할머니의 사랑이⋯ 너무도 그립습니다. 보고 싶어요. 우리 할머니⋯."

그 순간, 루인의 눈에서 눈물이 툭 떨어졌고, 그와 동시에 품 안에 있던 호리병이 신비로운 푸른빛을 내뿜었다. 찰나에 나타났다가 금세 사라진 그 빛은 루인의 눈에는 보이지 않았다.

"제가 주군 씨의 오랜 아픔을 모두 다 헤아릴 수는 없지만⋯ 그래도 꼭 하나 말씀드리고 싶은 건, 오늘 주군 씨가 안타깝게 사고를 당했음에도 다시 기적적으로 살아난 것과 그날, 돌아가신 줄로만 알았던 할머니께서 여전히 숨을 쉬며 주군 씨의 곁에 있어 주시는 것⋯. 그것만으로도 하늘이 아주 조금은 주군 씨의 편을 들어준 거라고 믿고 싶네요. 언젠가는 그토록 끔찍한 죄악을 일삼았던 추악한 자에게도 하늘이 꼭 죄를 물을 겁니다. 이승에서 내리지 못한 벌을 더해 저승에서 최대한 혹독하고 엄중한 벌을 내릴 겁니다. 그게 사람들이 하늘이라는 간절한 희망을 잃지 않는 이유니까요. 비록 주군 씨의 지나간 세월이 수많은 좌절과 쉽게 치유될 수 없는 고통을 주었지만… 마지막으로 단 한 번만 하늘을 믿어 보세요.”

진심 어린 말을 전하고, 루인의 손에 감긴 붕대를 조심스레 풀었다. 그리곤 품 안에 있던 호리병을 꺼내 루인의 다친 손 위로 이슬을 조금씩 떨어트렸다. 이윽고, 봉합된 상처에서 신비한 푸른빛이 나더니 깊었던 상처가 서서히 아물기 시작했다. 도무지 믿기지 않은 광경에 루인의 두 눈이 휘둥그레졌다.

“이, 이게 대, 대체 어떻게….”

“누가 저에게 그러더군요. 직접 보지 못하면 믿기 어렵다고. 아직은 하늘이 있다는 것을 주군 씨에게 보여주고 싶었습니다. 그러니 속에 좌절만을 품고 자신을 원망하며 평생을 살아가지는 마세요. 한주군 씨.”

상처 주변의 푸른빛이 사라지고, 봉합 자국이 깨끗이 없어진 자신의 손가락을 본 루인은 쉽사리 입을 다물지 못했다. 기적처럼 손과 손가락이 자유자재로 움직여지는 것까지 확인한 루인이 놀란 표정으로 내게 물었다.

“저… 구급대원님이 아니신가요?”

나는 루인에게 세상 환하게 웃어 보였다.

"맞아요. 하늘에서 보내준 구급대원."

재석에 대한 이야기를 들을 때, 묘연이 했었던 말을 다행히 잊지 않고 있었다.

<그 씨앗을 먹으면 죽은 자는 다시 살아나게 돼. 그리고 씨앗이 되기 전, 이슬은 산 자의 몸에 닿거나 몸에 흡수하게 되면 아무리 깊은 병이라도 완치할 수 있게 만들지.>

내가 벌을 받더라도 평생 장애를 안고 살아가야 하는 루인을 그대로 두고 갈 수는 없었다.

"그동안의 힘듦에 대한 작은 보상입니다. 이대로 포기하지 않고, 남은 생도 최선을 다해 살아가길 바라는 마음으로…. 할머니께서도 주군 씨가 그러길 바라실 테니."

루인은 나의 말에 하염없이 눈물을 흘리며 몇 번이고 고개를 숙이면서 감사하다는 말을 했다. 나도 그 모습에 마음이 뭉클해졌지만, 한 편으로는 걱정이 됐다. 이쯤이면 묘연의 앙칼진 목소리가 들릴 때가 됐는데, 왜 들리지 않는 거지? 벌써 불호령이 떨어지고도 남았을 시간인데….

◊◊◊

임무를 마치고 투명 캡슐로 복귀했지만, 그 안에 묘연의 모습은 보이지 않았다.

"아가씨? 수집사님? 대체 어디를 간 거지?"

혼자서는 미다스로 돌아가는 법을 모르니 일단 묘연이 돌아올 때까지 기다릴 수밖에 없었다. 그러다 이슬이 90퍼센트만 채워진 호리병을 물끄러미 바라봤다.

"하…. 어떡하지, 이슬을 멋대로 사용했다고 심한 불호령이 떨어질 텐데…. 어쩌면 큰 벌을 받게 될지도…."

그때, 묘연이 투명 캡슐 안으로 들어왔다.

"어디 다녀왔어요?"

"다른 병실에."

"네?"

"일단 시간 없으니까 나를 따라나서자."

보자마자 불호령을 내릴 거라고 생각한 것과 달리 묘연은 진지한 표정으로 나에게 따라오라는 손짓을 했다. 나는 호리병을 다시 품에 넣고 묘연을 따라나섰다.

묘연이 급하게 간 곳은 한 병실이었다. 그곳에는 인자한 얼굴의 할머니가 누워 있었고, 그 모습에 나는 무언가를 직감했다.

"설마…."

묘연은 눈치챈 나를 보며 고개를 끄덕였다.

"그래, 맞아. 한주군 루인의 할머니."

"그런데 왜 여기에 온 거예요?"

"네가 그랬잖아. 아직은 하늘이 있다는 것을 보여주고 싶다고."

묘연은 이미 다 알고 있었다. 내가 루인에게 한 일을.

"아… 그건….'

"그 부분은 나중에 이야기하기로 하고, 일단 그 호리병 이리 줘."

품에서 호리병을 꺼내 건네자 묘연은 그 안에 남아 있던 이슬을 할머니의 몸에 아낌없이 모두 부었고, 동시에 병실을 가득 메울 정도로 크고 눈부신 빛이 일었다.

"새 숨을 불어넣어 주었으니 손주가 그의 손주를 볼 때까지 할머니께서도 함께 살아가실 거야."

전혀 상상도 못했던 일이었다. 늘 냉철하던 묘연이 이렇게까지 할 거라고는….

묘연은 루인의 할머니를 살려 놓고 쉴 틈도 없이 병실을 급하게 나섰다. 빈 호리병을 들고서 아래층에 있는 다른 병실로 빠르게 달려갔고, 나는 영문도 모른 채 묘연을 따라 달렸다. 그곳에는 중년의 남자가 누워 있었다.

"이 사람은….'

"삼촌이라는 말도 아까운 빌어먹을 놈."

"……!!!"

병실 침대에 누워 있는 남자에게로 묘연이 천천히 다가갔다. 설마 저놈까지 살리려는 건…. 한껏 긴장돼서 침을 꼴딱 삼키던 그때, 한기가 서릴 정도로 있는 힘껏 남자를 노려보던 묘연이 싸늘하게 말했다.

"이놈은 저승에서 살려준 게 아니라, 오래전 놓쳤던 그놈이었군."

"그놈이라뇨?"

"재석이 씨앗을 줘서 살려준 놈. 어쩐지 이런 놈 따위를 사자가 이승에 살려 두고 갈 리가 없는데 이상하다 싶었어."

"하필 한주군 루인의 삼촌이었다니…."

"기가 막힐 정도로 지독한 악연이군. 한주군 루인의 사연을 듣고 의아했어. 혹시나 사자의 실수가 아닐까 하고. 하도 석연치 않아서 확인하러 온 거였다. 그런데 사자의 실수가 아닌 집사의 실수라니. 하…. 빌어먹을. 그때 일이 늘 목구멍에 콱 막혀 있던 참인데, 오늘에서야 이렇게 마주하게 됐네. 억지로 살아남았어도 이놈의 모습은 비루하기 짝이 없군."

"그러네요. 살았어도 사는 게 아닌…."

"이안, 루인의 자격은 저승에서 정한다. 그래서 정확한 그 기준은 집사들도 다 알 길이 없지. 다만, 한 가지 확실한 건, 이놈처럼 사는 동안 수많은 죄를 지은 몹쓸 인간은 절대 루인이 될 수 없다. 재석이 건넨 씨앗을 먹고 이승에 끈질기게 살아남았어도 살면서 워낙 큰 죄를 지었기에 원래의 모습대로 온전히 살아나지 못하고 죽은 목숨이나 마찬가지인 상태로 된 거다. 이것 또한 벌이나 다름없으니. 이 모습만 봐도 루인이 아님을 알 수 있다."

"네. 신입 집사인 제가 봐도 절대 루인은 아닌 것 같네요. 이 자의 비루한 모습을 보면서 저도 죄짓지 않는 삶을 살아야겠다는 다짐이 들 정도니까. 그럼 이제 이 자는 어떻게 해야 하나요?"

"아래 집사의 실수는 수집사인 내가 수습해야지. 그것이 수집사로서의 막중한 책임이다. 그나마 내 손으로 직접 매듭지을 수 있게 된 게 천운이군. 재석의 복귀를 거론할 수 있는 뚜렷한 명분이 생겼으니."

새삼 묘연이 존경스러웠다. 재석이 얽매여 있던 과오를 바로잡고, 앞으로의 거취까지 미리 염두에 두는 수집사다운 모습이 멋있었기 때문이다. 속으로 감탄하고 있던 그때, 아주 작은 소리로 묘연이 혼잣말을 했다. 자신도 모르게 은연중에 튀어나온 말인 것 같았다.

"그 녀석도… 한결 가벼워지겠어… 다행이다."

희미한 그 소리가 내 귀에는 선명히 들려왔다. 구태여 아닌 척했지만, 집사에서 강등된 재석을 묘연 역시 줄곧 걱정해 왔다는 것을 제대로 느낄 수 있는 말이었다. 묘연은 빈 호리병을 깨서 그 조각을 남자의 입 안에 집어넣었다.

"조만간 숨이 끊어질 거다. 저 호리병 조각이 몸에 들어가면 생명을 흡수해 버리거든."

"사자가 오기 전에 집사가 마음대로 그래도 되는 건가요?"

"저놈은 루인도 아니고, 이미 사자가 데려가기로 했던 놈이야. 그걸 재석이 방해한 거다. 많이 늦었지만 이제라도 제자리로 다 돌려놔야지. 호리병 조각에 의해 숨이 완전히 끊기고 나면 사자가 올 것도 없이 저승의 문이 열리고, 저놈은 순식간에 저승으로 빨려 들어가게 될 것이다. 사자의 집행을 따르지 않고 도주한 놈이기에 추가된 형벌도 있지. 시작부터 화형이니."

그제야 나는 매우 중요한 것을 깨달았다.

"무조건 모두를 살린다는 것이… 꼭 좋은 것만은 아니었군요."

"그래. 삶과 죽음을 모두 집사들이 직접 다스리지 못하는 이유이기도 해. 좀 더 냉철한 눈을 가지기 위해서 이승과 저승의 오더를 받는 것이기도 하고. 눈물이란 것은 생각보다 마음의 판단을 흐리게 만들지. 진실의 눈물도 있지만, 때론 거짓의 눈물도 있으니까. 그날, 재석은 한주군 루인과 할머니의 참담한 상황을 미처 알지 못하고 피를 흘리며 죽어 가고 있던 이놈의 모습만 본 거였지. 그래서 저승의 문턱에서 살려 달라고 울부짖는 이놈의 눈물을 진심으로 안타깝게 여긴 거였다. 악어의 눈물인지도 모르고…. 재석은 소중한 씨앗을 건네면서까지 이 몹쓸 놈을 도와줬지만, 결론적으로 도와줄 가치조차 없는 놈에게 이용만 당한 거야. 그래서 늘 내가 집사의 본분을 강조해서 말하는 거다. 이것이 씨앗도, 이슬도, 집사들이 관리를 철저히 해야 하는 이유인 것이다. 집사가 내리는 판단에는 이토록 중대한 책임이 따르기에."

묘연의 진지한 눈빛과 말투에서 수집사로서의 면모가 느껴졌다. 그러다 문득 궁금해졌다.

"거짓의 눈물도 있다면… 혹시 루인 중에서도 거짓으로 눈물을 흘릴 수도 있는 건가요?"

"그럴 수도 있다. 하지만 루인의 눈물이 진짜가 아닌 거짓이라면 이슬이 되지 않아. 호리병에 자동으로 흡수되지도 않고."

"휴, 천만다행이네요. 사실은… 계속 걱정했어요. 어쩌면 저도 집사 일을 하면서 본의 아니게 큰 실수를 할 수도 있다는 생각에…. 그래도 이 호리병이 있으니까 든든하네요. 혹여 제가 속아 넘어가더라도 호리병이 진실인지, 거짓인지 판단을 해줄 테니."

"맞아. 원래는 호리병이 없었지. 재석의 그 일 이후로 생겨난 것이다. 다시는 똑같은 실수를 반복하지 않기 위해서. 집사도 완전한 존재는 아니기에 한 치의 오차도 없이 완벽할 수는 없다. 대신, 실수가 있었다면 그럴 때마다 하나씩 보완해 나가고 더 많이 노력하는 거지. 또다시 같은 실수를 저지르는 건 용납

할 수 없으니까."

그때, 저승의 문이 열렸다. 그곳에서 뿜어져 나오는 붉은 빛 줄기가 숨이 끊긴 남자의 시신을 비추자 그자의 영혼이 고통에 몸부림치는 게 보였다. 잠시 후, 시신에 불길이 화르르 타올랐다. 그 뜨거운 불길 속에서 영혼과 시신이 모조리 타들어 갔고, 이내 조각조각 검은 재가 되어 저승의 문으로 흡수되었다.

"저것이 추가된 형벌이다. 악랄한 놈에 걸맞게 벌도 가중되는 것이지. 절절 끓는 저 붉은빛에 시신이 타들어 가는 것부터가 벌의 시작인 셈이니. 시신의 상태여도 불에 타는 끔찍한 고통은 그대로 느껴진다. 저승에 가면 더 무시무시한 단죄가 기다리고 있지. 그러니 죽는다고 해서 다 끝나는 게 아니다. 악한 자들이 살면서 저지르는 수많은 죄는 저승에 가면 곱절로 값을 톡톡히 치르게 되니까. 이안, 네가 말한 것처럼 하늘이 아직은 존재한다는 것, 그것을 잊지 마라."

◊◊◊

지난번처럼 동이 트기 전에 미다스 저택으로 돌아왔다. 이번에는 진열장에 채워 넣을 이슬이 가득한 호리병이 없었다. 그럼에도 묘연은 서재로 들어갔고, 명부에서 한주군 루인의 이름을 깨끗이 지웠다.

"오늘의 일은 과거의 과오와도 연결이 되어 있으니 이슬을 쓴 것에 대해 너를 탓하지 않겠다. 하지만, 다음에도 이번처럼 네 마음대로 이슬을 사용한다면, 그때는 이안 너도 그에 따르는 대가를 마땅히 치러야 한다."

묘연은 단호하게 말했지만, 왠지 눈빛은 쓸쓸해 보였다. 그래서인지 임무가 끝났음에도 선뜻 말을 놓을 수가 없었고, 나도 사뭇 진지하게 물었다.

"그런데 만일, 제가 그 이슬을 사용하지 않았다면 한주군 루인은 평생 손의 장애를 안고 살아가야 하는 건가요? 저의 선택이 무조건적으로 잘했다는 건 아니지만 조금 궁금해서요. 묘연 아가씨도 루인의 할머니에게 이슬을 사용했잖아요. 그러니 루인에게 이슬을 사용한 저와 할머니에게 이슬을 사용한 묘연 아가씨, 그 순간의 우리는 서로가 같은 마음이 아니었을까요?"

따지는 게 아니었다. 항상 냉철하게만 보이던 묘연이 할머니에게 이슬을 사용한 그 마음이 무엇이었는지 확인을 하고 싶었다. 하지만 묘연은 쓸쓸한 눈빛을 감추고 곧바로 냉랭한 눈빛을 장착했다.

"착각하지 마! 나는 너처럼 감성적인 인간이 아니니까."

"그럼 왜…."

"그런 착한 감정 따위 집사 일에는 전혀 도움이 되지 않아. 재석의 일만 봐도 모르겠어? 나는 그저 오랫동안 꺼림칙했던 일을 해결하고 싶었던 것뿐이야. 단지 그 이유다!"

거짓말. 겉으로는 뾰족하게 가시 돋친 말을 해도 속은 아니면서…. 재석 집사를 위해 과거의 일까지 대신 나서서 해결해 줬으면서…. 그럼에도 나는 끝까지 자존심을 지키려는 묘연의 말을 눈감아 주기로 했다.

"무슨 이유면 어때요. 루인도, 할머니도 새 생명을 얻은 것과 다름없으니 이제는 둘에게 슬픔도, 아픔도 없이 항상 좋은 일만 가득했으면 좋겠어요."

"새 생명을 얻었다고 해서 모두가 좋은 일만 있지는 않아. 인간은 망각의 동물이니까. 후회를 하면서도 같은 실수를 반복하기도 하지."

"아이참. 이럴 때 묘연 아가씨도 좋은 말 좀 해 주면 안 돼요?"

"안.돼."

묘연은 나의 기대를 단념시키듯 두 글자를 딱딱 끊으며 말하고는 빠르게 서재를 나갔고, 나는 그런 묘연의 뒷모습을 보며 여러 가지 생각이 들었다.

"이제는 아닌 걸 알겠는데 왜 자꾸만 속과 겉을 다르게 표현하는 걸까…."

서재에 혼자 남은 나는 분홍색 진열장을 바라봤다. 수많은 호리병 중에서 오늘의 날짜가 비어 있었다. 빈자리를 보니 은근히 아쉬운 기분이 들었다.

"그래도 좋은 일에 썼으니까…. 다음엔 꼭 이슬을 수집해서 이 진열장을 빼곡하게 채워야지."

오늘 겪은 일도 할아버지에게 자랑하듯이 다 말하고 싶었다. 이상하게 루인을 만나고 올 때면 할아버지가 떠오른다. 서재를 벗어나서 미다스 저택에 할아버지가 있을 만한 곳을 다 찾아다녔다. 한참 동안 이곳저곳 구석구석 찾아봐도 할아버지의 모습은 끝내 보이질 않았다.

"대체 어디로 사라진 거야? 여기 말고 관리하는 저택이 또 있나?"

할아버지를 더 찾아보고 싶었지만, 얼른 재석에게로 가야 했다. 지난번처럼 자랑을 하기 위해서가 아니라 재석이 오래 지니고 있던 근심을 덜어 주기 위해서였다.

"재석 집사님!!"

정원의 잔디를 깎고 있던 재석을 발견하고 반갑게 부르며 달려갔다. 그런 나를 보고 재석이 난감한 표정을 지었다.

"호칭을 그렇게 부르면 묘연 아가씨의 불호령이 떨어질 겁니다. 조심하십시오."

"상관없어요. 묘연 아가씨의 진심을 이제 다 알았으니까."

능글거리는 나를 보며 재석은 알 수 없다는 듯 고개를 갸웃거렸다.

"제가 좋은 소식을 전하러 왔어요."

"저에게 좋은 소식이 있을 리가…."

의아해하는 재석에게 나는 빙그레 웃어 보였다.

"어젯밤, 묘연 아가씨께서 재석 집사님의 근심을 해결해 주셨어요."

"……네?"

재석은 놀라서 손에 들고 있던 장비를 바닥에 툭 떨어트렸다.

"오래전에 놓쳤던 그 죽은 자를 묘연 아가씨께서 저승으로 보내셨거든요."

"그, 그게 전부 사실입니까?"

"네. 진짜예요."

실감이 나지 않는 듯 얼떨떨해하던 재석은 금세 어깨가 들썩여 왔다.

"아가씨께서… 저의 일을 직접 해결해 주셨다니…. 잘 믿어지지가 않습니다… 극도로 저를 싫어하시는 줄 알았는데…."

"아니에요. 집사님을 싫어하신다면 자신도 모르게 그런 말이 나올 리가 없었겠죠."

"……?"

"다행이라고…. 재석 집사님이 한결 가벼워질 수 있어서…."

"……!!!"

"그리고 직접 매듭을 지을 수 있게 돼서 천운이라고 하셨어요. 재석 집사님의 복귀를 거론할 수 있는 명분이 생겼다고."

뒤늦게 묘연의 진심을 전해 들은 재석은 바닥에 털썩 주저앉으며 서럽게 울었다. 나는 몸을 낮춰서 그런 재석을 토닥여 주었다.

"실수는 누구나 할 수 있어요. 저도, 묘연 아가씨도⋯. 그때마다 자책하고 포기해 버리면 다시 돌이킬 수 없잖아요. 저는 이번에 알게 됐어요. 한 번 실수하는 것보다 그걸 반복하지 않는 게 더 중요하다는 걸. 그리고 포기하지 않으면 잘못을 바로잡을 기회가 있다는 것도⋯. 지금처럼."

나의 말을 다 들은 재석은 천천히 고개를 끄덕이며 내 손을 잡았다.

"묘연 아가씨의 진심을 전해 주셔서 감사합니다. 방금 제게 해준 위로의 말도⋯. 덕분에 지금 저에게 가장 필요한 것을 얻은 것 같습니다. 이제부터라도 저의 자리로 돌아가기 위해서 차근차근 노력해 보겠습니다."

나도 재석이 잡은 손에 온기를 더하며 꽉 잡아 주었다.

"언젠가 마음의 짐이 사라져서 이슬 집사로 복귀하게 되면⋯ 그땐, 선글라스 꼭 두고 오세요. 잘생긴 얼굴 다 가리면 집사 폼 안 나잖아요. 이승의 말처럼 폼 미치게 복귀하는 날, 기다릴게요. 재석 집사님."

세상에 남기고 싶은 마지막 말
- 천수록

이제 달이 떠오르는 시간이 은근 기다려진다. 어느새 이곳 생활이 익숙해진 것 같다.

"오늘은 또 어떤 루인을 만나려나…."

❦ 이름 : 임찬원 ❦

❦ 나이 : 59 ❦

❦ 사유 : 병사 예정 ❦

"병사는 처음이네. 시한부면…."

명부를 보고 혼잣말을 하고 있던 나에게 묘연이 언제 들었는지 설명을 해 줬다.

"세상에 있는 병은 수만 가지도 넘어. 생각보다 병이란 건 예측이 어렵다. 2달 정도밖에 못산다고 했던 시한부 환자가 2년이 넘도록 살기도 하고, 반대로 가볍게만 생각했던 병 때문에 하루아침에 돌연사하기도 하지. 병사 같은 경우에는 저승사자가 아닌 천수 신선님께서 루인의 죽음을 관리하신다."

"천수 신선님이요? 생전 처음 들어 봐요. 저승사자는 워낙 많이 들어 봤지만."

"예로부터 신선은 고통이나 질병도 없으며 영원히 죽지 않는 존재로 전해 오지. 천수는 하늘 '천', 목숨 '수' 하늘이 부여한 수명이라는 뜻이다. 그 하늘이 부여한 수명을 정해 주시는 분이 천수 신선님이시고."

"그럼 인간이 태어날 때 미리 수명을 정해 주시는 분이라는 뜻인가요?"

"그렇지. 중간에 변수만 없다면 정해진 수명대로 삶을 살다가 떠나니까. 혹시 '천수를 누린다'라는 말 들어본 적 있어? 그건 하늘이 정해준 만큼 생을 다하고 가는 것을 의미해. 혹은 장수의 의미도 있고. 하지만 원치 않게 큰 병에 걸리게 되면 하늘이 정해준 생을 다할 수 없잖아. 병은 저승에서 만드는 게 아니다. 정해진 운명에 예기치 않게 끼어든 불청객 같은 거지. 그러니 죽을병에 걸리는 것에 좋은 사람이든, 나쁜 사람이든, 가리지 않고 발병을 하는 거야. 저승에서도 이 부분을 제일 난감하게 생각해. 미리 막을 수 없는 돌발 상황 같은 거라…. 그래서 천수 신선님께서 직접 나서시는 거다. 본인이 직접 부여해 준 인간의 소중한 생명을 헛되게 하지 않기 위해서."

"그럼 천수 신선님께서 모두를 살려 주시면 되지 않나요? 신선님께서 주신 생명이니까…."

"그러면 좋겠지만 그건 어려워. 앞서 말했듯이 병은 저승에서도 관리가 어려운 돌발 상황인데 천수 신선님께서 모두 다 완치시킬 순 없지 않겠어? 만일, 병에 걸린 모든 사람을 살릴 수 있다면 세상에 '병'이라는 것 자체도 완전히 사라지고 없지 않을까?"

"듣고 보니 맞는 말이네요. 그럼 천수 신선님께서 살려 주시는 기준이 뭔가요?"

"살고자 하는 의지와 약간의 운."

저승사자의 기준보다는 생각보다 더 모호하게 느껴졌다. 특히 운이 포함된 것은 의외였다.

"의지와 운이요? 그건 기준이 너무 애매한데…."

"사람들은 자신이 죽을병에 걸린 사실을 알게 되면 처음에는 무조건 살고 싶어 한다. 하지만 시간이 지나서 끔찍할 만큼 병의 고통을 겪게 되고, 하루하루 죽을 날이 다가오게 되면 점점 자신을 포기하게 되지. 그때 둘로 나뉘게 된다. 자신의 죽음을 받아들이는 자와 끝까지 살고 싶은 의지가 남아 있는 자."

"그럼 운은…"

"운은 병을 고치는 의사에게 달려 있다. 어떤 의사냐에 따라 조금씩 달라지기도 하거든. 사실 의사도 저승에서 임무를 받은 자들만 할 수 있어. 돌발적으로 나타난 병을 대처하기 위해서 이승으로 보내진 거지. 그래서 의사가 사람들의 생명을 다룰 수 있는 거다. 어찌 보면 '이승의 신'인 셈이지. 그러니 다들 본능적으로 실력 있는 의사를 찾아가는 거야. 실력이 뛰어난 의사들을 보고 '신의 경지에 이르렀다'라고 하는 말이 괜한 말이 아닌 거다. 그래서 앞서 말했던 살고자 하는 의지가 꼭 필요해. 끝까지 포기하지 않고 살고자 하는 의지와 희망을 품고 있는 자는 완치율이 훨씬 높거든. 결국 환자와 의사의 합이 중요하단 뜻이다. 환자도 자신을 포기하지 않고, 의사도 환자를 포기하지 않아야 소중한 생명을 살릴 수 있는 거니까. 저승에서도 그런 의사의 노고를 크게 인정해 주고 있어. 귀중한 생명과 직결되는 부분이니. 그리고 의사가 생을 다해서 저승에 오게 되면 그만큼의 충분한 대우도 해 주고 있고. 살면서 몇 명의 생명을 살렸는지에 따라서 실력이 뛰어난 의사로 인정을 받으면 천년이 지나지 않아도 바로 환생을 해 주기도 한다. 보통은 환생을 하려면 저승에서 천년의 시간이 지나야 하는데, 실력이 뛰어난 의사는 그 천년이라는 의무 기간을 면제해 주는 것이다. 다시금 이승에 있는 귀중한 생명을 한 명이라도 더 살리기 위해서 보내 주는 거지."

"그렇게 치면 천수 신선님이 아닌 의사가 살리는 거 아닌가요?"

"천수 신선님께서는 그들에게 증폭제의 역할을 해 주신다. 살리고자 하는 의지가 있는 의사와 살고자 하는 의지가 있는 환자의 합이 헛되지 않게끔 천수 신선님께서는 새 숨을 불어넣어서 살릴 확률을 높여 주시는 거야. 끝까지 자신을 포기하지 않는 자에게만."

"병사에서 살아나려면 생각보다 많은 사람들의 도움이 있어야 하는 거군요. 거기에 운도 받쳐 줘야 하고."

"그렇다고 볼 수 있지.

묘연의 말을 들은 나는 표정이 어두워지며 고개를 떨궜다. 문득, 어머니가 떠올랐기 때문이다.

"엄마가 많이 아팠을 때… 돈이 없어서 동네 작은 병원만 전전했어요. 큰 병원에 모시고 갔더라면… 우리 엄마도 실력이 좋은 의사 선생님께 치료를 받았더라면… 만일 그랬으면 엄마도 지금까지 살 수 있었을까요?"

한없이 슬퍼진 나를 보며 묘연은 천천히 고개를 저었다.

"지나간 일을 마음에 다시 넣어 봤자 후회만 가득할 뿐이다. 그리고 앞서 말했던 모든 조건에 들어맞아야 해. 조금은 잔인하게 들릴 수도 있겠지만… 꼭 의사 때문이 아닐 수도 있다는 뜻이다. 어머니의 의지가 어땠는지는 우리가 다 알 수 없으니…."

"그게 무슨 말이에요? 그럼 엄마가… 스스로 죽기를 바랐을 수도 있다는 말인가요?"

머리를 크게 한 대 얻어맞은 것 같았다. 묘연은 내 물음에 대답이 없었지만 나는 그런 생각이 들자 마음에 큰 돌덩이를 얹은 것처럼 무거워졌다. 한 번도 그런 생각을 해 본 적이 없었다. 이미 세상을 떠난 엄마의 마음을 물을 길이 없으니 그저 답답하기만 했다. 슬픔에 잠겨서 눈물이 그렁그렁해진 나를 측은하게 바라보던 묘연은 잠시 머뭇거리다가 어렵게 입을 열었다.

"이건 웬만해서는 말해 주지 않는 건데… 오늘 임무를 더 열심히 하길 바라는 마음으로 말해 주는 거야. 그런 표정으로는 집사 일을 못할 것 같으니까."

"……."

"오늘 네가 이슬 수집을 잘 해낸다면 내가 천수 신선님을 뵙고, 이안 너의 어머니께서 마지막으로 남기고 가신 말을 여쭤봐 줄 수도 있다."

어머니의 마지막 말을 들을 수 있다니! 선뜻 믿기 힘들어서 간절한 마음으로 다시 물었다.

"진짜 그럴 수도 있는 건가요? 말을 전해 줄 사람이 이미 세상에 없는데…."

"방법이 있다. 천수록의 기록! 임종 전에 유언을 남기고 가는 사람들도 있지만, 그렇지 못하고 허망하게 떠나는 사람들도 꽤 많아. 천수 신선님께서는 그런 사람들의 마지막 하고 싶은 말을 천수록에 기록해 주신다. 생을 다하지 못하고 떠나는 이들을 가엾게 여기시기 때문이지. 천수록은 영원히 지워지지 않는 기록이야. 그래서 수천 년, 수만 년이 지나도 확인할 수 있어."

"천수록…."

"그래, 이안. 내가 찾아 줄게. 어머니의 마지막 말을."

그 순간, 우리에게로 따뜻한 바람이 불어왔다. 묘연은 나를 위로해 주듯이 환하게 웃어 보였다. 내가 재석에게 그랬던 것처럼. 세상 밝아 보이는 모습이 수집사 묘연답지는 않았지만, 나는 왠지 그 미소가 마음의 위안이 됐다.

"감사합니다. 묘연 아가씨…."

들썩이던 어깨가 서서히 잦아들었다. 그런 나의 어깨를 시크하게 툭 치며 묘연이 말했다.

"그러니 이제 어깨 펴고! 당당한 집사로서 루인에게 가 보자. 이안 집사!"

오늘은 웜홀에 따로 들어가지 않았다. 묘연과 마주 보며 나란히 웜홀 속으로 들어갔다.

누군가와 함께한다는 것은 좋은 것이다. 이렇게 함께하는 것만으로도 따뜻한 위로가 되니까.

◇◇◇

우리가 도착한 곳은 병원이었다. 병에 관련된 루인이니 당연히 병원일 거라고는 생각했지만, 뜻밖인 건 환자가 있는 병실이 아니라 의사가 있는 진료실이었다.

"루인을 만나려면 병실로 가야 하는 거 아닌가요?"

"아니. 오늘 루인은 저 사람이야."

묘연이 가리키는 사람을 보고 전혀 예상치 못했던 부분이라 매우 놀라고 말았다. 오늘의 루인은 환자복이 아닌 의사 가운을 입고 있었기 때문이다.

"오늘 루인이 저 의사라는 거예요?"

"그래."

"그럼… 어떻게 해요?"

"뭘?"

"의사와 환자의 합이 매우 중요하다면서요. 그래야 천수 신선님께서 도와주신다고…. 그런데 루인이 의사면 누가 수술을 하나요?"

"글쎄, 나도 이런 경우는 처음이라…."

묘연이 썩 난감한 표정을 지어 보였다. 책상 앞에 앉아서 슬픈 눈빛으로 모니터 화면을 보고 있던 루인이 땅이 꺼질 듯이 깊은 한숨을 내쉬었다.

"하…. 벌써 이만큼이나 진행됐으니 가망이 없어. 의사인 내가 더 잘 알지."

모니터 화면에는 루인의 검사 결과가 떠 있었다.

"남의 몸은 그렇게나 많이 들여다봤으면서 정작 내 몸은 등한시했구나. 미련한 놈…."

그때였다. 주변에 연기가 자욱하게 일더니 수상한 무언가가 뭉게뭉게 생겨나기 시작했다. 그러자 묘연은 아무 말 없이 누군가를 향해서 정중히 인사를 했다. 나도 이제는 눈치껏 알아서 묘연과 같이 목례를 했다. 하얀 무언가는 점점 더 커지더니 어느새 커다란 구름으로 변해 있었다. 내가 그 모습을 보고 깜짝 놀라고 있을 때, 다시 그 구름의 형체가 서서히 사람의 모습으로 변해 갔다.

"저분이 천수 신선님이셔."

하얗게 센머리가 허리 아래로 길게 내려와 있고, 머리 길이보다 더 길게 늘어트린 흰 수염이 유독 눈에 띄었다. 태권도 도복 같이 생긴 하얀색 옷을 위아래로 차려입고서 다른 사자들과는 다르게 신발을 신지 않고 맨발로 꼿꼿이 서 있었다. 뭔가 세상을 통달한 도인 같은 느낌이랄까? 그래서인지 풍기는 이미지만으로 절로 분위기가 엄숙해졌다.

"흠, 오늘은 꽤나 어려운 문제구나."

천수 신선은 루인의 머리 위에 살포시 손을 얹으며 지그시 눈을 감았다.

"신선님께서 지금 뭘 하시는 거예요?"

"루인의 생각을 읽고 있는 거야. 살고자 하는 의지가 있는지, 없는지."

한참을 그렇게 눈을 감고 있던 천수 신선이 천천히 눈을 떴다. 하지만 인자해 보이던 눈빛이 어느새 날카로워져 있었다.

"고얀 놈 같으니! 스스로 살고자 하는 의지가 하나도 없구나. 벌써부터 포기를 하다니. 쯧쯧. 네 놈이 살려 놓은 귀중한 생명이 몇인데, 정작 지 목숨은 이토록 가벼이 여기다니!"

크게 역정을 내던 천수 신선이 곧장 그 자리를 뜨려고 했다. 당황한 내가 다급히 묘연에게 물었다.

"신선님께서 저대로 가시면 어떻게 되는 거예요?"

"루인은… 죽게 될 거다."

나는 묘연의 말을 듣자마자 투명 캡슐 밖으로 뛰쳐나갔다. 머릿속에는 오로지 루인을 살려야 한다는 생각밖에 없었다. 뒤에서 묘연이 내 이름을 다급하게 불렀지만, 그럼에도 멈출 수가 없었다.

"신선님! 천수 신선님!!"

구름에 오르려던 천수 신선이 나의 목소리를 듣고 뒤를 돌아봤다.

"너는 누구지?"

"저는 이안 이슬 집사입니다. 갑자기 이렇게 무례하게 나타나서 죄송합니다. 신선님."

천수 신선은 나를 위아래로 찬찬히 훑어보더니 긴 수염을 손으로 한 번 쓸어내렸다. 이마에 있던 주름은 더 깊게 패였고, 눈썹도 연신 씰룩거렸다. 그 모습이 어떤 의미인지는 알 수 없었다.

"이슬 집사라고?"

"네. 신선님. 저…."

나의 말이 채 끝나기도 전에 하늘에 천둥 번개가 치듯 벼락 같은 불호령이 떨어졌다.

"예끼!! 이놈!!!"

천수 신선이 노해서 크게 소리를 지르자 진료실 안이 쩌렁쩌렁 울렸다. 나는 화들짝 놀라서 그대로 바닥에 주저앉아 버렸다. 전혀 예측하지 못한 무서운 반응이었다. 등골이 오싹해져서 두려움에 덜덜 떨고 있는 나를 보며 천수 신선이 몹시 화가 난 목소리로 꾸짖었다.

"이런 무엄한 놈 같으니! 수집사는 어디 있느냐? 당장 말하거라! 그렇지 않으면 크게 경을 칠 것이야!!"

답을 하면 묘연이 심하게 혼이 날 것 같았다. 떨고 있는 그 상황에서도 이상하게 묘연을 지켜 줘야 한다는 생각이 들었다.

"모, 모릅니다. 그, 그저 제가 신선님을 찾아왔을 뿐입니다."

"그게 말이 되는 소리더냐? 하찮은 신입 집사 따위가 혼자서 나를 찾아왔다는 게!!"

"신선님께 꼭 드리고 싶은 말씀이 있어서…."

천수 신선은 연신 하얀 눈썹을 씰룩거렸다.

"내게 하고 싶은 말이라…. 다시 묻겠다. 수집사 묘연은 어디 있지?"

"모릅니다."

"이놈!! 네 놈이 나를 기만하는구나!!!"

불같이 성을 내던 천수 신선이 손에 들고 있던 부채를 높이 들어서 나를 세게 내리치려던 그때. 익숙한 목소리가 귓가에 들려왔다.

"천수 신선님! 화를 거두십시오. 수집사 묘연이 왔습니다."

그 목소리는 바로 묘연이었다. 하, 끝까지 오지 말았어야지. 혼날 걸 알면서 대체 왜 온 거야!

"묘연, 이놈이 자신을 이슬 집사라고 하는데 그 말이 맞느냐?"

"네. 맞습니다."

"대체 집사 교육을 어떻게 시킨 거지? 감히 허락도 없이 신선의 일에 끼어들다니! 고얀 것."

주저앉아서 덜덜 떨고 있던 내 옆으로 묘연이 다가오더니 신선을 향해서 무릎을 꿇었다.

"벌은 제가 대신 달게 받겠습니다. 하지만 그전에 이안 집사의 말을 한 번만 들어봐 주시면 안 되시겠습니까? 간곡히 부탁드립니다. 천수 신선님."

신선은 묘연의 말을 듣더니 또다시 수염을 손으로 쓸어내렸다. 머리 위까지 높이 치켜들었던 부채를 천천히 내리면서 묘연에게 물었다.

"왜 내가 신입 집사 따위의 말을 들어 줘야 하지?"

"이안 집사의 어머니께서도 병으로 돌아가셨습니다. 그래서 이안 집사는 루인의 마음을 오롯이 들어 주고 싶었을 겁니다. 분명 루인을 살리고 싶은 마음도 있었을 겁니다. 그래서 신선님께서 떠나시려는 모습에 감히 겁도 없이 나서게 된 것입니다. 아니, 겁이 나는데도, 저렇게 떨고 있는데도, 신선님의 앞에 무턱대고 나선 것은 그만큼 루인을 진심으로 위하는 마음이기 때문입니다. 생을 마감하기 전에 루인이 마지막으로 남기려는 말을 꼭 들어주고 싶은 마음. 그 마음을 아시기에 신선님께서도 루인이 남기는 마지막 말을 천수록에 직접 기록해 주셨지 않습니까? 무엇보다 임찬원 루인은 평생 동안 수많은 귀중한 생명을 구한 의사입니다. 그런 루인의 노고를 참작하셔서 그 정도의 아량은 베풀어 주시면 안 되시겠습니까?"

묘연의 간곡한 청을 들은 천수 신선은 부채를 활짝 펼치더니 얼굴에 바람이 불게 했다. 성이 나서 잔뜩 올라가 있던 눈썹이 천천히 내려오더니 원래의 인자한 눈썹으로 다시 돌아왔다.

"묘연, 자네 역시 겁이 없는 건 여전하군."

"저도 겁이 없는 게 아닙니다. 두려워도 그저, 수집사로서의 사명을 다하는 것뿐입니다."

천수 신선은 그런 묘연을 가만히 바라보더니 이내 고개를 끄덕였다. 그리고 나에게 말했다.

"내게 그토록 하고 싶다던 말이 뭐지? 한 번은 들어 보겠다. 네 사수의 간곡한 청을 봐서."

나는 묘연처럼 정중히 무릎을 꿇었고, 천수 신선의 눈을 바라보면서 진지하게 말했다.

"루인이 너무도 가엾습니다. 루인은 평생 환자들을 돌보고, 치료해 주고, 수술해 주며 수많은 환자의 생명을 살려 주었습니다. 그러나 정작 그 시간 동안 자신의 몸은 돌볼 시간이 없었고, 남을 챙기며 사느라 오히려 자신을 챙기질 못했습니다. 저희 어머니도 그랬습니다. 자식인 저를 돌보느라 정작 어머니는 자신을 돌보지 못해서 몹쓸 병이 깊어진 후에야 뒤늦게 알게 되었습니다. 그때는 많이 늦어서 이미 손쓸 수도 없는 지경이었고, 형편도 좋지 못해서 어머니는 비싸고 좋은 치료조차 받지 못했습니다. 그 탓에 루인처럼 좋은 의사를 만날 수도 없었습니다. 그렇게 어머니를 허망하게 떠나보낸 것이 저에게는 천추의 한이 되었습니다. 만일 그때, 이 루인을 어머니께서 만났더라면 어머니는 지금도 생을 이어 가고 계실지도 모릅니다. 세상에는 많은 환자가 있지만, 실력이 뛰어나고 좋은 의사는 많지 않습니다. 임찬원 루인은 지금 살고 싶지 않은 게 아닙니다. 그저 의사이기에, 자신의 상태를 누구보다 잘 알기에, 평생을 병의 진단을 내리는 직업이었기에, 감히 기대를 걸지 못하는 것입니다. 그건 살고자 하는 의지가 없는 것이 결코 아닙니다. 환자는 의사에게 살고 싶다고 말합니다. 살려 달라고 애원합니다. 그렇지만 의사는 환자에게 살고 싶다는 말을 할 수가 없습니다. 절실히 애원할 곳도 없습니다. 그래서 루인은 살고 싶다는 간절한 말을 차마 하지 못하는 것입니다. 그러니 부디, 천수 신선님께서 루인을 살려주십시오. 루인이 앞으로도 많은 생명을 살릴 수 있게 도와주십시오. 이 모든 것이 감히 제가 나선 이유입니다. 저희 어머니와 같은 환자들이 더 많이 치료를 받을 수 있도록 제발 도와주십시오. 이렇게 무릎 꿇고 간곡하게 부탁드립니다. 천수 신선님."

그렇게 간절히 나의 진심을 전했다. 천수 신선의 마음에도 내 진심이 오롯이 닿기를 바라며. 기나긴 나의 말을 끊지 않고 가만히 경청하고 있던 천수 신선이 탁 소리를 내며 부채를 접더니 나를 똑바로 응시했다. 마치 나를 꿰뚫어 보는 것 같아서 심장이 쿵쿵거렸다. 긴장감이 극에 달아 숨이 멎을 것만 같던 찰나, 신선이 나에게 물었다.

"네 이름이 무엇이라고?"

"이안입니다."

"이안…. 성이 '이 씨'더냐?"

"아닙니다. '문 씨'입니다. 저는 '문이안'이라고 합니다."

"흠… 문이안. 어쩐지… 듣던 대로 많이 닮았구나."

"네?"

닮았다고? 누구와…. 그 말이 무슨 뜻인지 몰라서 살짝 궁금해진 나는 조심스레 고개를 들어 천수 신선의 얼굴을 바라봤다. 여전히 나를 뚫어져라 보고 있던 신선과 눈이 딱 마주치자 느닷없이 내 이마를 손가락으로 세게 튕기며 딱밤을 날렸다.

"아야!!"

갑자기 훅 들어온 공격에 내가 아파서 이마를 두 손으로 감싸자 그 모습을 본 신선이 큰 소리로 호탕하게 웃었다.

"얼굴은 그자를 닮았고, 말솜씨는 네 사수를 닮았구나. 신입 집사가 제법이군. 홀리는 재주가 있어. 그건 인정하마."

홀리는 재주? 이게 칭찬이야? 욕이야? 뭔가 찝찝하고 상당히 기분이 묘한데…. 그리고 그자를 닮았다는 건 대체 무슨 뜻이지?

"좋다. 내가 들어주지. 대신 루인의 이슬은 내가 가져간다."

"네? 그건 좀…."

중요한 것을 뺏기지 않으려고 호리병을 품에 끌어안자 신선의 눈썹이 다시 치켜 올라갔다.

"어허, 이놈이 끝까지 나와 겨뤄 보겠다는 것이냐? 내가 하나를 내어 주었으면 응당 너도 하나를 내어 주는 것이 서로 공평한 것이 아니냐? 그것이 세상의 이치."

그래도 내가 고개를 절레절레 흔들며 망설이자 묘연이 내 품에 있는 호리병을 가져가서 천수 신선에게 두 손으로 공손히 드렸다.

"그렇게 하십시오. 신선님."

"역시 묘연 자네는 세상의 이치를 아는군."

호리병을 건네받은 신선은 손에 들고 있던 부채를 가볍게 흔들며 루인의 얼굴을 향해서 살랑바람이 일게 했다. 그러자 푸른빛의 바람이 루인의 몸으로 점점 흡수됐고, 이내 루인의 몸 전체가 푸른 바람으로 가득 차오르는 게 보였다.

"내가 방금 루인에게 새 숨을 불어넣어 주었다. 평소에는 증폭제의 역할이라서 적당한 양을 불어넣어 주지만, 지금은 완전한 새 숨이 되도록 양을 가득 넣었다. 원래는 환자와 의사의 합이 있어야지만 가능하다. 허나, 저 루인은 의사이자, 동시에 환자이니 그 합이 맞아떨어진 것이다. 무엇보다 네 놈 말대로 루인이 평생 동안 이룬 노고를 높이 사서 병을 완치하도록 해 주었다."

정말 다행이었다. 루인이 살 수 있게 돼서. 나에게 말을 끝낸 신선은 묘연을 보며 말했다.

"새 집사를 잘 들였군. 묘연."

"감사합니다. 저도 그렇게 생각합니다."

쑥스럽게 칭찬을 뭐 이리 대놓고…. 방금 불호령을 내리던 그 신선 맞아? 그래도 둘의 칭찬에 은근 기분이 좋아졌다. 하얀 구름에 올라탄 신선은 평온한 얼굴로 말했다.

"오늘은 살리고자 하는 의지가 의사가 아니라 너희에게 있었구나. 그 덕분에 귀중한 생명이 살 수 있었다. 세상에 이슬 집사가 존재해야 하는 이유를 오늘에서야 비로소 인정하게 됐군."

그렇게 우리를 보면서 마지막 말을 한 신선은 온화한 미소를 남기고 연기 속으로 사라졌다. 우리 덕분에 귀중한 생명이 살 수 있었다는 그 말이 오래도록 나에게 여운을 남겼다. 그것이 이슬 집사가 존재해야 하는 이유라는 것도….

"오늘은 루인과 이야기를 나누지 않나요?"

"이미 루인의 속 이야기를 네가 대신 다 한 것 같은데?"

"아, 그게…. 제가 뭣도 모르면서 좀 주제넘었죠. 하.하.하."

머리를 긁적이며 어색하게 웃어 보이자 묘연이 그런 내 손을 내리고는 자신의 손으로 살포시 나의 머리를 쓰다듬어 주었다.

"아니, 잘했어. 이안. 네가 그 말을 할 때 루인이 후회의 눈물을 흘렸다. 그걸 미리 다 알고서 신선님께서도 루인을 살려 주신 거야. 호리병 안에 이슬이 들어왔으니까. 너의 말대로 루인의 속마음은 간절하게 살고 싶었던 거였어. 신선님께서는 루인의 생각을 읽었지만, 너는 루인의 마음을 읽었어. 정말 잘했다. 이안. 이건 진심이야.”

'루인의 마음을 읽다.' 묘연이 내게 해준 그 말이 참 듣기가 좋았다. 진심이라는 말도…. 마음이 따뜻해지는 말….

계속해서 나도 모르게 웃음이 새어 나왔다. 그러고 보니 여기에 오고 나서 언제부턴가 내 얼굴에도 미소라는 게 생겨나기 시작했다. 아니, 원래도 있었지만, 오랫동안 잊고 있었던 그것, 나에게는 전혀 어울리지 않는다고 여겼던 그것….

죽음을 다짐했던 그날의 슬픈 모습처럼 내 얼굴에는 항상 우울함과 비참함만 있는 줄 알았다. 어머니가 세상을 떠난 후로는 누구와도 교류하지 않고 입을 닫은 채로 살았으니…. 그런 어두운 모습이 원래의 '나'인 것처럼….

하지만 이곳에 와서 깨달았다. 진짜 내 모습은 말도 잘하고, 흔한 농담도 할 줄 알며, 환하게 웃을 줄도 아는 그런 사람이었다는 것을. 지치고 힘들었던 지난날들이 본연의 내 모습을 지워 가고 있었다는 것을…. 그리고 묘연과 함께 루인을 만나고 올 때마다 절실하게 느껴졌다.

매일 아침, 따스한 햇살에 눈을 뜨고, 온전히 숨을 쉬며, 오늘 하루도 무사히 보내는 것이 얼마나 감사한 일인지를….

어쩌면 우리는 귀중한 삶의 의미를 잊고 있는지도 모른다.

느닷없이 찾아오는 죽음을 마주하기 전까지는.

나 역시도 그랬다. 하지만 이슬 집사가 되고, 무표정하던 얼굴에 웃음이란 것이 다시 생겨나면서부터 내 안에 많은 것이 자연스레 바뀌고 있었다. 살고자 하는 의지와 지금처럼 밝게 미소 지을 수 있는 인생을 살아가고 싶다는 소망도…. 긴 시간 잊고 있었던 그것을, 이제야 조금씩 되찾아 가고 있었다.

나에게 없어서는 안 될... 진정으로 소중한 것이었으니.

엄마 ‑ 미안해 ‑ .

이젠 엄마가 있는 곳으로 따라가지 못할 것 같아.

절대 그럴 리 없을 거라고 생각했는데 ‑ .

나도 모르는 새 여기 있는 게 좋아져 버렸어.

나 ‑ 제대로 살아 보고 싶어.

◊ ◊ ◊

오늘은 바람이 내내 따뜻하다. 미다스 저택으로 돌아와서 곧장 서재로 향했다. 묘연은 익숙하게 명부에서 루인의 이름을 깨끗이 지웠다. 다행히 루인은 살게 됐고, 이슬도 얻었지만, 오늘도 역시 진열장에 이슬이 담긴 호리병을 채워 넣을 수는 없었다.

"뭔가 아쉽네요. 오늘은 저 자리를 채울 수 있을 줄 알았는데…."

"나는 전혀 아쉽지 않은데? 오늘은 그 이상의 것을 해낸 것 같아서."

"그 이상의 것이요?"

"신선이 포기했던 생명을 이안 네가 살린 거나 마찬가지니까. 이슬로 생명의 씨앗을 만드는 이유도 새 생명을 살리기 위함이잖아. 그러니 이슬을 얻은 거나 다름없어."

오늘따라 묘연이 따뜻하게 느껴졌다. 적응 안 되게…. 그래도… 방금 묘연의 그 눈빛과 말은 나를 살짝 설레게 만들었다. 그런 나를 들키고 싶지 않아서 일부러 너스레를 떨었다.

"흠, 흠, 오늘은 칭찬의 날인가? 내가 좀 날아올라도 되나?"

"아.니. 이게 끝."

역시 이게 묘연이지.

묘연이 서재를 걸어 나가다가 순간 멈칫하더니 다시 뒤를 돌아서 급하게 나에게로 걸어왔다.

"아…! 이안 어머니의 마지막 말을 천수 신선님께 여쭤보지 못했잖아! 어떡하지? 그때 상황이 워낙 긴박하다 보니…. 천수 신선님께서 워낙 노하셔서 너를 먼저 구해야 한다는 생각밖에 없었다. 그러다 중요한 것을 놓쳐 버렸어. 정말 미안하다… 이안…. 내가 약속을 못 지켜서….”

묘연답지 않게 말을 더듬고 있었고, 미안함에 어쩔 줄을 몰라 하며 두 손으로 자신의 얼굴을 가렸다. 나는 천천히 손을 들어 묘연의 얼굴을 가린 그 손을 내려 주었다. 그리고 내 손으로 묘연의 머리를 따스하게 쓰다듬어 주었다.

“아니, 너도 최선을 다했어. 위험할 걸 알면서도 나를 지켜 주기 위해 나서 줬잖아. 나를 대신해서 무서운 벌도 달게 받겠다고 하면서 말이야. 죽을지도 모르는 상황에 너 자신을 희생하면서까지 나를 보호해 주는 모습을 보면서 엄마의 마음을 알 것 같았어. 엄마도 자신이 죽는 순간까지 내 걱정만 했을 것 같아. 그런 엄마가 나를 두고 스스로 죽기를 바랐을 리는 없잖아. 혹시라도 그랬을까 봐 잠시 걱정한 게 미안할 정도로 나한테는 세상에서 제일 착한 사람이었어. 살아생전 내가 알던 엄마라면 오히려 나를 두고 떠나는 걸 미안해할 사람이니까…. 어쩌면… 엄마의 마지막 말까지도 자식인 나를 위하는 거였을지도…. 그 말을 정작 엄마가 떠난 지금에서야 듣게 된다면, 엄마가 아닌 타인의 입을 빌려서 듣게 된다면, 오히려 더 마음이 아플 것 같아. 그럴 바에는 차라리 듣지 못하는 편이 나을지도 몰라. 내가 믿는 엄마의 모습 그대로 내 마음속에 고이 간직할 거야. 그러니까 괜찮아. 묘연.”

“진짜 괜찮겠어?”

"응. 그리고… 고마워. 나를 감싸 주고 지켜 준 거…. 가족이 아닌 누군가가 나를 위해서 나서 주고 그렇게까지 해 준 건 처음이었어. 고맙다, 묘연."

그 순간, 묘연의 시선과 나의 시선이 교차했다. 서로의 깊은 눈동자를 그윽하게 바라보다가 어느새 묘연의 볼이 복숭아처럼 물들어 갔다.

"어! 지금 얼굴 살짝 빨개진 것 같은데?

"뭐, 뭐래? 아, 아니야! 그런 거."

"묘연 너도 부끄러워할 줄 아는구나. 꽤 신선한데?"

발그레해진 묘연의 볼이 너무도 사랑스러웠다. 묘연은 크게 당황하며 머리 위에 있던 내 손을 얼른 치우면서 뾰로통하게 말했다.

"그런 거 아니거든!"

묘연이 어색한 걸음으로 총총거리며 서재를 벗어났다. 나는 그런 묘연을 곧바로 따라갔다.

이제부터는 다시 편해질 수 있는 시간이니까.

"얼굴 빨개진 거 맞으면서. 귀엽기는. 같이 가! 묘연!!"

"어허. 말이 짧다!!"

"오늘 임무 다 끝났거든! 그리고 아까부터 말 편하게 하고 있었어. 네가 눈치 못 챈 거지."

"그래. 잘 가지고 놀다가 곱게 제자리에 내려놔라."

"싫은데? 해 뜰 때까지 놀자. 고양이가 되면 같이 놀기도 힘들잖아."

"뭐라는 거야? 내가 네 친구냐?"

"사람일 땐 친구지. 스물셋, 동갑이자 청춘!!"

"뭐? 청춘?"

"누가 그러던데? 오늘이 제일 젊다고. 묘연, 너도 가끔은 수집사의 무게 같은 거 좀 내려놓고 하루라도 더 젊은 이 순간을 즐겁게 보내면 어때? 나중에 후회하지 않게."

농담인 듯 말했지만, 늘 수집사로서 책임감과 부담감을 지닌 묘연이 조금이라도 편안해지길 바라는 진담을 섞은 말이었다.

"하여튼 틈만 나면 놀 궁리는. 다음 외근 때 빡세게 돌릴 테니까 각오해."

잠시 부드러운 묘연의 반응을 기대했다가 어김없이 똑같은 묘연의 반응에 풋 하고 웃음이 터져 나왔다.

역시 묘연은 호락호락하지 않은 게 더 어울리지!

"어디 가!! 묘연, 같이 놀자니까!!"

내가 장난치면서 계속 뒤따라가자 묘연은 귀찮다는 듯 손사래를 치며 도망쳤지만, 얼굴에는 은은한 미소가 번져 가고 있었다. 그 모습을 바라보는 나에게도 함박웃음이 가득 차올랐다.

오늘 같은 날이 매일이 되면 좋겠다.

따뜻한 바람이 내내 불어오는 그런 날.

어제는 꿀잠을 푹 잤는지 아침에 몸이 개운해서 기분까지 산뜻했다. 기지개를 쭉 켜는데 갑자기 배에서 꼬르륵 소리가 크게 났다.

"와, 소리 대박! 오늘따라 엄청 배고프네."

다이닝룸에 가자 고양이가 된 묘연이 테이블 위에 앉아 햇볕을 쬐고 있었다.

"이 넓은 미다스 저택 안에서 왜 하필 이곳에서 햇볕을 쬐는 거야?"

묘연을 아침부터 봐서 무지 반가우면서도 겉으로는 괜히 틱틱거렸다.

"그건 내 맘이지. 미다스는 나와 한 몸 같은 곳이야. 어디든 내가 원하면 갈 수 있어. 특히 여기가 햇볕이 제일 잘 들어와서 완전 명당이라고! 테이블 높이도 딱 좋고."

"아, 그러셔? 덕분에 나는 밥이랑 반찬으로 고양이 털을 같이 먹게 생겼네. 우와! 천지에 날리는 이 풍성한 털 좀 봐. 이야~ 너무 좋아서 재채기가 나오려고 하네? 에취."

"쳇. 말본새하고는. 더럽고 치사해서 간다! 가!!"

말투가 또다시 뽀로통해진 묘연이 다이닝룸 밖으로 나갔다. 업무를 할 땐 세상 진지하고 근엄한 말투인데, 이럴 땐 꼭 내 또

래의 말투를 쓰는 묘연이 귀엽게 느껴지곤 한다. 그래서인지 자꾸만 놀리고 싶어져서 어제 어색하게 총총거리던 묘연의 걸음걸이를 따라 하며 얼른 뒤따라 나갔다. 총총총⋯

"배고프다며? 밥 안 먹고 왜 따라 나와?"

"그냥. 너 보니 배가 안 고파졌어."

"나를 보는데 왜 배가 안 고파?"

"그러게. 나도 모르지."

진짜였다. 꼬르륵거리던 배가 잠잠해졌다. 이상하게 묘연을 보는데 나도 모르게 웃음이 피식피식 새어 나왔다. 묘연은 그런 나를 모르고 갑자기 어디론가 쏜살같이 달려갔다. 내가 황급히 쫓아가자 여기 와서 처음 봤었던 계단 형태의 지그재그로 쌓인 기둥을 잽싸게 타고 올라갔다. 몇 초도 안 돼서 순식간에 천장 꼭대기까지 도착한 묘연은 바로 쫓아서 올라가지 못하는 나를 내려다보며 회심의 미소를 지었다. 나는 그 모습에 화들짝 놀라서 입이 떡하니 벌어졌다.

"우와! 고양이 맞네, 맞아."

잠시 잊고 있었다. 묘연이 사람이기도 하지만, 고양이기도 한 것을⋯. 그럼 저 기둥이 캣타워의 역할이었던 거야? 대박! 어쩐지 다소 특이하더라니!

놀라기에는 아직 이른 것 같았다. 기둥에 앉아 있던 묘연이 갑자기 높이 점프를 하더니 처음 여기에 왔을 때 내가 제일 의아하게 생각했던 골판지 같이 생긴 장식으로 날쌔게 달려갔다. 그 장식 앞에서 다리를 쭈욱 펴고 몸을 길게 세워서 앞발을 왼쪽, 오른쪽, 왔다 갔다 움직이는 모습을 보고 자연히 알게 됐다. 저 장식이 대형 스크래처였다는 것을!

"대박!! 고양이 스크래처 스케일 보소. 이야~~ 묘연답네, 묘연다워."

오늘에서야 궁금증이 풀렸다. 그렇게나 많던 깃털 장식들 역시 묘연의 장난감이었다. 신이 나서 깃털을 가지고 노는 모습을 보니 해맑은 어린아이같이 느껴졌다.

"저렇게 노는 거 보니 진짜 고양이 맞구나…."

그 모습을 한참 동안 바라보다가 갑자기 기분이 묘해졌다.

'나는 묘연이 사람일 때가 좋은 걸까, 아님 고양이일 때가 좋은 걸까….'

사실 어젯밤까지는 동갑이자 사람인 묘연이 좋았다. 고양이여도 상관이 없을 만큼…. 그런데 오늘 고양이로서의 본능을 보이는 묘연을 보니 기분이 이상해졌고, 나도 모르게 고민스러운 표정을 짓고 있었다. 그러다 문득, 정신을 차리고 다시 고개를 세차게 저었다. 내가 지금 무슨 생각을 하는 거야! 고양이든, 사람이든, 묘연인 건 똑같이 변함없잖아. 쓸데없는 생각하지 마! 문이안!

순간 당혹스러운 기분이 들어서 묘연에게 말도 하지 않고 뒤를 돌아서 급히 다이닝룸으로 향했다. 뒤에서 묘연이 어디 가는 거냐고 나에게 물었지만, 대꾸도 하지 않은 채 성큼성큼 걸어갔다. 지금 뒤를 돌아보면 이런 내 속마음을 다 들킬 것만 같아서….

모든 생명은 고귀하다
- 생명의 씨앗

오늘은 하늘에 반달이 떴다. 꼭 둘로 나눠진 내 마음 같았다. 묘연의 처소로 향하는 걸음이 가볍지만은 않았다.

　"집중해. 이안. 집사로서 이런 마음은 안 돼."

　나는 스스로 마음을 다잡아야만 했다.

　"이슬 집사답게! 임무에만 집중하자! 아자!"

　"안 들어오고 거기서 뭐 해?"

　문 앞에서 거듭 다짐하던 내 목소리를 들은 묘연이 처소 안에서 말했다. 방금 전, 애쓰던 내 모습이 무색할 정도로 묘연의 목소리가 들리자마자 급 긴장되기 시작했다.

　조심스레 문을 열고 들어가니 묘연이 반짝이는 비즈 장식과 꽃 자수가 화려하게 수놓인 드레스를 입고 있었다. 나도 모르게 넋을 놓고 바라보다가 묘연이 내민 명부를 보고 정신이 번뜩 돌아왔다.

나는 명부에 적힌 루인의 나이를 보고 경악했다.

"13살? 진짜 13살인 거예요?"

"맞아. 거기 적힌 나이."

"13살이면 죽음에 가까워지기엔 너무 어린 나이인데…."

"애석하지만 더 어린 나이에도 죽음을 맞이하기도 한다."

"그래도…."

루인의 나이를 보자마자 급격히 불안해져서 심장이 마구 뛰고, 긴장감이 몇 배로 더 늘어났다. 딱 저 나이 때의 암울했던 내 어린 시절이 떠올랐기에….

"이승에선 그런 말도 있잖아. '가는 데 순서 없다'고. 썩 좋은 말도 아니지만, 딱히 틀린 말도 아니야. 죽음의 순서에 나이는 정해져 있지 않으니. 간혹 태어나자마자 빛도 못 보고 숨을 거두는 안타까운 목숨도 있어. 그럴 때마다 집사가 일희일비한다면 루인은 더 동요하게 된다."

어제와는 다르게 묘연은 웃음기를 싹 지우고 사뭇 진지하게 말했다.

"이안, 네가 먼저 단단해져야 해. 그래야 루인도 흔들리지 않는다."

단호한 그 말에 나 역시 남아 있던 장난기를 모두 걷어 냈다.

"네! 묘연 아가씨."

"이제 가자. 오늘 장소는 주차장이던데?"

"주차장이요? 어린 학생이 주차장은 왜…."

"가보면 알겠지."

이번에도 묘연과 동시에 웜홀을 통과했다. 도착한 곳은 조명이 거의 없는 어둡고 습한 주차장이었다. 보통의 주차장보다 유독 공간이 비좁고, 협소한 곳. 그 어둠의 장소에 얼핏 봐도 얼굴이 앳되어 보이는 학생들이 여럿 모여 있었다. 몇 명은 담배를 피우며 바닥에 가래침을 뱉고 있었고, 몇 명은 욕을 하며 심한 장난을 치고 있었다. 그 뒤로 진탕 술을 마시고 정신 줄을 놓은 학생 같지 않은 모습까지…. 그야말로 암담하기 짝이 없는 탈선의 현장이었다.

"저 중에 오늘의 루인이 누구예요? 설마 저 불량 학생 중의 한 명은 아니죠?"

"…… 저기…."

순식간에 비통한 낯빛이 된 묘연은 주차장의 구석진 곳을 가리켰고, 무심코 고개를 따라 돌리던 나는 급히 입을 틀어막았다. 바닥까지 피가 묻어 있는 참혹한 모습에 하마터면 크게 비명을 지를 뻔했다. 몸집만 봐도 꽤 어려 보이는 학생이 옷이 갈기갈기 찢어진 채로 시커먼 곰팡이로 얼룩진 벽에 몸을 바싹 붙여서 웅크리고 있었다. 무슨 일을 당한 건지 살짝 보이는 옆얼굴과 눈가도 퉁퉁 부어올랐고, 찢어진 옷 사이로 보이는 팔과 다리도 어디 하나 성한 데가 없었다. 살이 터진 상처에서 아직 지혈되지 못한 피가 흘러내렸고, 이미 드문드문 말라비틀어진 피딱지까지 뒤섞여서 형편이 없었다. 거의 미동이 없어 보이는 루인은 왜소한 몸을 최대한 둥그렇게 말아서 품에 있는 무언가를 필사적으로 감싸고 있었다. 그런 루인을 보고 다른 학생들이 극도로 흥분하며 미친듯이 소리를 질러 댔다.

"새끼야! 그냥 장난이잖아. 빨리 그거 내놓으라니까!!"

"좋게 말할 때 진작 줬으면 우리가 그렇게까지 패진 않았을 텐데. 아이씨, 손에 피 다 튀었네. 더럽게. 이게 다 너 때문이잖아! 재수 없는 새끼!!"

"저 새끼, 저거 왜 저래? 길고양이 따위가 뭐라고. 그냥 주고 갔으면 끝날 일인데."

"그러니까. 그냥 심심해서 꼬리 한 번 태워본 건데 미친놈이 저 지랄이잖아!!"

그때, 술에 취해 있던 한 학생이 일어나서 루인에게로 성큼성큼 걸어가더니 움츠리고 있던 루인을 인정사정없이 발로 세게 걷어찼다. 그러자 루인이 시린 바닥에 힘없이 픽 쓰러졌다. 미동조차 하지 않는 루인을 보며 그 안에 있던 학생들이 놀라서 웅성거리기 시작했다.

"야! 저 새끼 진짜 죽은 거 아니야?"

"새끼야! 네가 방금 발로 걷어찼잖아! 문제 생기지 않게 적당히 팼어야지!"

"뭔 소리야? 어딜 나한테 떠넘겨? 이때까지 죽어라고 팬 게 누군데? 너잖아! 빙신아!"

"뭐, 뭐래? 나 아니야. 나보다 쟤가 더 많이 때렸어!"

"와씨, 이런 개 같은 경우를 봤나! 이 미친놈이 나한테 덤터기를 씌워?"

"뭐? 미친놈? 이 새끼가 진짜! 나도 네가 먼저 하자고 해서 그런 거잖아!!"

서로가 자신이 저지른 잘못이 아니라고 죄를 서로에게 미루고 있었다. 이런 쓰레기만도 못한 것들…. 그 모습을 보니 분노가 속에서부터 끓어올라서 머리 꼭대기까지 치밀었다.

"진짜 인간도 아니네요. 저래서 어리다고 봐주면 안 되는 건데! 그놈의 촉법소년 당장에라도 없애야 한다고요!! 얼어 죽을. 죄를 벌하는 데 나이가 뭔 상관이라고. 와씨, 젠장!"

"진정해. 이안. 나도 저 나쁜 놈들 잘근잘근 씹어 먹어도 시원찮지만, 그래도 우리는 집사니 경거망동해서는 안 돼. 일단 루인부터…."

쓰러진 루인을 보니 아까 모습 그대로 움직이지 않았다. 그 모습이 너무 걱정돼서 묘연에게 물었다.

"루인이 숨은 붙어 있는 거 맞아요? 상태가 너무…."

"아직까지는. 하지만 거의 생명이 꺼져 가고 있어. 이런 급한 상황에 왜 사자님께서 안 오시는 거지? 빨리 조치를 취해야 하는데…."

사자가 도착하기 전, 루인을 괴롭히던 학생들이 자신들이 저지른 죄를 숨기기 위해서 부리나케 도망쳤고, 어두운 주차장에는 쓰러진 루인만 홀로 차디찬 바닥에 남아 있었다. 바로 그때였다.

"어? 저게 뭐죠? 루인의 품에서 뭔가가 나오는 것 같은데…."

놀랍게도 쓰러진 루인의 품속에서 손바닥 크기 정도의 작은 새끼 고양이가 기어 나오는 게 아닌가! 그 고양이의 꼬리를 본 순간, 심장이 쿵 하고 내려앉았다. 털이 새카맣게 타고 피부가 벗겨져서 온통 피와 진물 범벅이 된 처참한 모습에….

더 충격적인 건 꼬리뿐만이 아니었다. 다른 곳도 말로 다 표현할 수 없을 정도로 심히 참혹한 상태여서 묘연과 나는 경악을 금치 못했다.

"사람의 탈을 쓰고 어떻게 저토록 잔인할 수가 있는 거지?

아무리 말을 못 하는 동물이라 해도 저런 끔찍한 학대를 하다니…."

평소 냉정함을 잃지 않는 묘연마저도 입술을 세게 짓이기며 몹시 분노했다.

"지옥의 마귀들이나 저지를 법한 끔찍한 짓을 학생들이…. 때론 사람이 제일 지독한 악마라더니, 어리다고 해서 사악하지 않은 건 아니었구나."

다른 곳도 다쳤는지 다리를 절뚝거리던 고양이는 쓰러진 루인을 바라보면서 크게 소리를 내어 울기 시작했다. 마치 도와줄 누군가를 애처롭게 부르는 듯이. 구슬픈 그 소리에 시간이 멈췄고, 이글이글 타오르는 커다란 검은 불씨가 루인과 새끼 고양이 앞에 나타났다.

"오늘 장소가 잘못되어 여태 찾느라 애를 먹었는데, 네가 나를 여기로 불렀구나."

불씨는 녹아내리듯이 형체가 변하더니 서서히 사람의 모습으로 변했다. 이번 사자는 정갈하게 땋아 내린 댕기 머리에, 곱게 한복을 차려입은 단아한 모습의 여성이었다. 무채색의 한복이기는 했지만, 일반적인 한복과는 달리 치마 길이가 짧고 일반 저고리보다 길이가 길어서 얼핏 보면 깔끔한 정장을 입은 것처럼 보이기도 했다. 저승사자 중에서 여자가 있을 거라고는 한 번도 생각을 해본 적이 없었는데, 오늘 온 사자는 그런 나의 편견을 보기 좋게 깨트렸다. 심각할 정도로 다친 고양이를 보며 탄식하던 사자는 매우 안타까운 표정을 지었다.

"저런, 딱하기도 하지. 루인도 루인이지만, 네 모습도 가엾기 그지없구나."

아파서 고통스러워하는 모습이 가여웠던 사자는 루인의 데이터를 확인하기 전에 새끼 고양이를 먼저 품에 안았다. 살갗이 벗겨진 꼬리에 조심스레 사자가 손을 올리자 눈부신 빛이 일면서 피부가 파였던 곳에 새살이 차올랐고, 털이 타서 그을린 곳에는 윤기 나는 털이 새로 자라나기 시작했다.

"이제 곧 고통이 사라질 거다."

치료를 마친 고양이를 조심히 바닥에 눕혀 놓고, 사자가 쓰러져 있는 루인에게로 다가갔다.

"흠, 어쩌다가 어린아이가 이리도 처참하게…"

사자가 루인의 몸에 손을 대자 공중에 루인의 데이터가 떠올랐다. 데이터를 차례대로 넘겨 보던 사자는 그럴 줄 알았다는 듯 고개를 끄덕였다.

"역시 착하게만 살았구나. 데려가야 할 이유가 없……!!!"

그런데, 어쩐 일인지 멈췄던 시간이 다시 흐르기 시작했고, 사자가 생사를 결정짓기 전에 루인의 숨이 끊겨 버렸다!!

갑작스럽게 루인이 숨을 거두자 투명 캡슐 안에는 시끄러운 비상벨이 울려 퍼졌다.

"묘연 아가씨! 이게 대체 어떻게 된 거예요? 왜 사자가 결정을 짓기도 전에 루인의 목숨이…."

"이런…. 방금 사자가 결정적인 실수를 해 버렸다."

"결정적인 실수라뇨?"

"사자는 하루에 한 생명만을 살릴 수 있다. 모든 생명을 살릴 수 없듯이 그만큼 결정을 신중히 하기 위함이지. 그래서 예전처럼 하루에 여러 명을 관리할 수도 없게 아예 바뀐 것이다. 집사와 사자는 동일하게 하루에 한 루인씩만 관리를 할 수 있게 된 거지. 즉, 루인의 생과 사 중에 생을 선택하면 그 한 생명만을 살릴 수 있는 거다. 하지만 방금 사자는 고양이의 생명을 먼저 살렸어. 사자는 단순히 고양이를 치료해 줬다고 생각해서 괜찮다고 여겼겠지만, 고양이는 그 상처로 인해서 이미 죽어가고 있었다. 방금 사자의 치료로 고양이는 새 생명을 얻은 거지. 그 때문에 루인을 살릴 수 없게 된 거고…. 안타깝게도 루인은… 자동으로 죽음이 결정된 거다."

"아니, 그래도 이건 너무 억울하잖아요! 그건 저 어린아이한테 너무 가혹한데… 왜 하필…."

"전에 내가 말했었지? 측은지심과 인정이 있다는 게 꼭 좋은 것만은 아니라고…. 만일 그런 마음이 없었다면 사자는 루인에 대한 임무만 바로 처리했을 거야. 하지만 그렇게 했다면 저 고양이도 안타까운 죽음을 맞이했겠지. 그래서 인정이 있다는 게 무조건 좋은 것만도, 그렇다고 무조건 나쁜 것만도 아닌 양면의 칼과 같다는 거야."

이제야 알았다. 묘연이 직접 겪어 보면 알게 된다는 그 말의 뜻을…. 그때의 나는 냉혈한 사자보다는 인정이 있는 쪽이 그나마 마음의 위안이 된다고 했었다.

<과연 그럴지~. 지금의 그 위안이 바뀌지 않길 바란다.>

의미를 알 수 없었던 그 말이 이런 뜻일 거라고는…. 하지만 이렇게 숨을 거두면 너무 안타깝잖아….

"그럼 다시 살릴 방도가 아예 없는 건가요? 저희가 이슬이라도…."

"애석하게도 지금 가지고 있는 이슬이 없어. 현재로서는 다른 방법이…."

사자도 자신 때문에 숨을 거둔 루인을 보며 몹시 당황했고, 애처로워서 어쩔 줄을 몰라 했다.

"이 어린 목숨을 저승으로 데려가야 하다니… 그저 착하게만 살았는데 억울해서 어찌하나…."

모두가 슬픔에 잠기던 그때, 저승의 문이 열렸고, 동시에 신기한 일이 일어났다. 내가 가지고 있던 호리병에서 눈부신 빛이 번쩍이더니 푸른빛의 이슬이 기적적으로 차오르는 게 아닌가!

"묘연 아가씨! 이것 좀 보세요. 호리병에 이슬이 생겼어요!

아니, 이게 대체 어떻게 된 일이죠? 루인이 이미 숨을 거두었는데….”

차오른 이슬을 보며 묘연도 믿기 어렵다는 듯 굉장히 놀라는 표정을 지었다.

“뭐지? 이변이 일어날 리가 없는데….”

말을 하던 묘연이 뭔가 결정적인 것을 알아차린 것처럼 두 눈을 반짝였다.

“이안, 진짜 기적 같은 일이 일어난 거야! 그건… 죽은 루인이 아닌 저 고양이의 눈물이니까!!”

“네? 고양이는 루인이 아니잖아요! 그리고 사람도 아닌데….”

“지금은 한시가 급한 상황이니 그 설명은 나중에 하기로 하고 이슬을 들고 빨리 가자! 지체할 시간이 없어! 저승의 문이 닫히기 전에 얼른 가야 해! 안타까운 루인을 살릴 방법을 방금 찾았으니까!!”

묘연은 고민할 겨를도 없이 곧바로 투명 캡슐 밖으로 뛰쳐나갔다. 나도 호리병을 챙겨서 전속력으로 달려갔다.

“사자님! 저승사자님!!”

저승의 문을 향해 걸어가려던 사자가 묘연의 다급한 목소리에 뒤를 돌아봤다.

“묘연 수집사? 자네가 왜….”

"나서서 죄송합니다. 하지만 제가 감히 사자님께 법도에 어긋나는 말씀을 드리겠습니다. 어린 루인의 죽음이 사자님께서도 심히 안타깝지 않으십니까?"

"그건…."

사자가 단칼에 거절하지 않자 묘연이 아직은 기회가 있다는 듯 바로 나를 보며 말했다.

"이안, 그 호리병 이리 건네줘."

내가 얼른 건네자 묘연은 주저하고 있는 사자에게 이슬이 담긴 호리병을 보였다.

"루인을 이 호리병 안에 있는 이슬로 살릴 수 있게 허락해 주십시오. 간곡히 부탁드립니다."

"그 이슬로 루인을 살리겠다고?"

"네. 이대로 저 루인을 저승으로 보낼 수는 없습니다. 루인은 새끼 고양이를 지키기 위해서 자신의 목숨을 걸었습니다. 루인의 은혜를 알고 새끼 고양이는 자신 때문에 루인이 죽었다는 자책에 눈물을 흘렸습니다. 그 증거가 이 호리병에 든 이슬입니다. 고양이는 영물이라 생명의 은인에게 보은을 하는 것을 아시지 않습니까? 고양이가 보은할 수 있도록 부디 허락해 주십시오. 사자님."

사자는 고민에 빠진 표정이었다. 묘연과 나는 그런 사자를 애타는 눈으로 바라봤다. 잠시 후, 고민을 끝낸 사자가 묘연에게 말했다.

"그걸 왜 내게 묻지? 이슬은 묘연 수집사 권한 아닌가? 살리고 싶으면 어서 살리게."

결정을 굳게 내린 사자는 묘연을 보면서 고개를 끄덕였다.

"아… 그런데… 저승의 문이 아예 열리지 않았거나 사자님의 임무가 끝난 이후라면 모르지만, 저렇게 저승의 문이 열린 상태에서 죽은 자를 데려가지 않으면 사자님 역시도 큰 징계를 받게 되실 텐데 괜찮으시겠습니까?"

"징계는 내가 알아서 하도록 하지. 나도 저 어린 루인을 데려가는 것이 마음이 꽤 무거웠는데, 차라리 묘연 수집사의 제안을 받아들이는 것이 한결 마음이 가벼워질 것 같네."

이 순간만큼은 사자가 인정과 측은지심이 있어서 정말 다행이었다. 묘연의 그 말이 맞았다. 양날의 검. 인정 때문에 뜻하지 않게 루인이 죽음에 이르렀지만, 또다시 그 인정 때문에 루인은 새로운 생명을 얻게 되었다.

"그리고 한 가지 더 부탁드릴 것이 있습니다."

"뭐지?"

"루인이 죽지 않고 위독한 상황이라면 이슬만으로도 바로 회복시킬 수 있습니다. 하지만 이미 숨을 거둔 상태라 이슬이 싹튼 상태인 생명의 씨앗을 루인에게 먹여야만 살릴 수 있습니다. 이곳에서는 이슬을 따뜻하게 보듬을 수 있는 진열장이 없으니 사자님께서 싹을 틔울 수 있게 도움을 주실 수 있으신지요?"

"허, 참…. 사자 체면상 했던 말을 도로 무를 수도 없고. 원래의 징계에다가 추가로 다른 징계까지 더해지겠군."

"복 받으실 겁니다. 사자님."

"지금 나를 놀리는 것이냐? 묘연, 너의 말솜씨는 못 당하겠군."

"저의 무례함을 말솜씨로 봐주시니 감사드립니다. 사자님."

"그런데, 이슬이 싹을 틔우기 위해서 내가 힘은 불어넣어 줄수는 있지만, 그전에 차가운 이슬이 따뜻해지려면 온기가 생기도록 보듬어 줄 무언가가 있어야 하는데…."

그때였다. 어느새 상처가 회복된 새끼 고양이가 사자 앞으로 걸어 나왔고, 고양이는 무언가를 말하고 싶은 듯, 입을 움직였다. 그 모습에 묘연이 급히 다가가서 귀를 가까이 댔다. 그리고 다시 사자에게로 와서 고양이가 하고 싶은 말을 대신 전해 주었다.

"고양이가 이슬을 따뜻하게 보듬어 주겠다고 합니다. 고양이는 털이 있으니 가능할 것입니다. 루인에게 자신을 살려준 은혜에 대한 보은을 꼭 하고 싶다는 말도 사자님께 전해 달라고 제게 부탁했습니다."

묘연의 말을 들은 사자가 새끼 고양이를 바라봤고, 고양이도 사자에게 간절한 눈빛을 보냈다.

"역시 고양이가 영물이긴 하구나. 자신에게 잔혹한 학대를 한 사람들이 극도로 싫을 텐데도 불구하고 자신을 도와준 사람에 대한 은혜를 잊지 않다니….".

사자는 크게 감명받은 듯한 얼굴로 재차 고개를 끄덕이고는 곧바로 이슬이 담긴 호리병을 고양이의 배 아래로 넣어 주었다. 그러자 고양이가 그 이슬을 따뜻하게 품어 주었고, 푸르던 이슬이 점차 분홍빛으로 변해 갔다. 색이 완전하게 변하자 사자는 그것에 힘을 불어넣었다. 그렇게 모두의 소중한 도움을 받아 드디어 이슬의 모습이 생명의 씨앗으로 변했다. 씨앗이 되자마자 묘연은 재빨리 죽은 루인의 입을 열어서 넣어 주었다. 씨앗이 루인의 몸에 흡수되니 창백해졌던 루인의 얼굴에 서서히 안색이 돌아왔다. 차갑게 굳어 있던 몸도 온기가 돌아오고 있었다. 점차 회복이 되어 가는 모습을 본 고양이는 기다렸다는 듯 단숨에 달려가서 루인의 품에 안겼다. 그러자 루인의 쳐져 있던 손이 조금씩 움직였고, 돌아온 자신을 제일 먼저 반겨 주는 새끼 고양이를 끌어안았다.

"살았구나… 다행이다. 냥아… 살아 있어서 다행이야….".

자신이 죽었다가 되살아난 것도 모른 채 루인은 그저 고양이가 무사히 살아 있다는 사실을 더 기뻐했다. 루인과 고양이가 서로를 위하는 모습을 흐뭇하게 바라보던 사자는 루인이 괜

찾아진 것을 확인하고 다시 저승으로 돌아갔다. 자신이 무거운 징계를 받게 됐음에도 사자의 얼굴에는 잔잔한 미소를 띠고 있었다.

"학생, 괜찮아?"

혹시나 놀랄까 봐 조심스레 다가가서 물었지만, 낯선 목소리에 이미 흠칫 놀란 루인은 나를 경계했다. 여전히 불안한지 고양이가 보이지 않게 급히 감싸면서 애써 숨기려고도 했다. 나를 보려고도 하지 않았고, 그저 아까처럼 고양이를 보호하기 위해 몸을 최대한 웅크리며 고개를 푹 숙였다.

"괜찮아. 무서워하지 않아도 돼. 나는 너를 도와주러 온 거야. 네 마음이 조금 진정될 때까지 여기서 천천히 기다릴게."

두려워하는 루인이 조금이라도 안심할 수 있는 말을 건넨 나는 루인의 곁에서 가만히 기다려 주었다. 그렇게 어느 정도 시간이 흐르고 난 후, 루인은 어렵게 고개를 들었다. 그제야 내 차림새를 확인한 루인은 단번에 눈이 커졌다.

"…… 경찰 아저씨?"

아! 오늘의 컨셉은 경찰이구나. 오랜만에 썩 맘에 드네. 경찰이라서 조금은 안심이 됐는지 루인이 먼저 내게 물었다.

"진짜… 나를 도와주러 온 거예요?"

"그래. 이젠 경찰 아저씨가 네 곁에 있으니까 아무 걱정하지 마. 학생이 여기에 쓰러져 있다는 신고 전화를 받고 급히 온 거야. 괜찮아? 많이 무서웠지?"

"……네…. 많이 무서웠어요… 아저씨."

여전히 루인은 두려움에 작은 몸을 파르르 떨고 있었다. 이 어두운 곳에서 혼자 두려움과 고통을 견뎌야 했을 어린 루인이 너무도 안쓰러웠다.

"… 많이 힘들겠지만… 어쩌다가 이런 곳에 있게 된 건지… 너에게 무슨 일이 있었던 건지… 아저씨에게 말해줄 수 있을까? 그래야 아저씨가 너를 도울 수 있어."

잠시 망설이던 루인은 품에 안고 있던 고양이를 안쓰럽게 바라보며 힘겹게 입을 열었다.

"나쁜 애들이 새끼 고양이에게 잔인한 짓을 했어요. 라이터로 꼬리에…."

끔찍했던 기억이 떠올랐는지 루인은 고개를 세차게 흔들며 크게 소리쳤다.

"하지 마! 하지 마! 제가 그렇게 소리를 쳤는데도 아무도 들어주지 않았어요. 오히려 고양이 다리도 줄로 묶어 두고 더 끔찍한 짓을 하려고 했어요. 그래서 제가 고양이를 몰래 데리고 와서 주차장으로 숨어들었는데 어떻게 알고 여기까지 찾아와서는…."

"이런, 나쁜 것들 같으니. 그런 몹쓸 짓을…. 많이 무섭고 두려웠을 텐데도 혼자 몸으로 새끼 고양이를 위해 나서 줬다니…. 하마터면 학생도 큰일이 날 뻔했구나. 몸은 괜찮니? 혼자서 걸어가기가 힘들 것 같은데 아저씨가 집까지 데려다줄게."

"저는 괜찮아요. 그런데… 제가 집에 돌아가고 나면 이 불쌍한 새끼 고양이는 어떻게 하죠? 제가 데려가고 싶지만… 고양이가 저와 함께 살고 싶을까요? 이 고양이도 분명히 엄마, 아빠가 있었을 텐데…. 나쁜 애들이 제멋대로 해코지하려고 데려와서 가엽게도 새끼 고양이는 부모 고양이와도 억지로 헤어졌어요. 왜 사람들은 약한 동물을 괴롭히는 걸까요? 이렇게 끔찍한 학대를 하니까 동물들은 사람을 싫어할 거예요. 이 고양이도… 사람인 저를 싫어하지 않을까요?"

"음…. 네 말대로 세상에는 말도 못 할 정도로 나쁜 사람이 많지만, 너처럼 진정으로 동물을 위하는 좋은 사람도 있어. 그러니 그 고양이는 사람을 미워하는 마음도 있지만, 반대로 고마운 마음도 있을 거야. 온 마음으로 걱정해 주는 너에게도…. 끝까지 지켜 준 그 진심을 고양이도 느끼니까."

루인은 자신의 품에서 곤히 잠든 고양이를 슬픈 눈으로 바라보면서 애틋하게 어루만졌다.

"사실은… 예전에 고양이를 키운 적이 있었어요. 길에서 혼자 있었던 어린 고양이였는데… 몇 시간 동안 주위를 찾아 봤지만, 부모를 잃어버린 것 같았어요. 안타까운 마음에 제가 저

희 집에 데려와서 소중하게 키웠어요. 저 나름대로는 사랑을
듬뿍 주려고 노력했었는데… 슬프게도 그 고양이는 오래 살지
못하고 하늘나라에 갔어요. 큰 슬픔에 빠져서 얼마나 많이 울
었는지 몰라요. 차라리 제가 그 고양이를 데려오지 않았다면
여전히 길에서 잘 살고 있지 않을까… 부모가 있는데 마음대로
데려온 게 아닐까… 그런 슬픈 생각이 자꾸만 들어서 죄책감까
지 생겼어요. 친구처럼 함께 했던 고양이와 헤어져서 오랫동안
너무 힘들고 아팠어요…. 혹시라도 다시 그렇게 될까 봐…."

루인은 후회의 눈물을 흘렸다. 그 순간, 호리병 안에 푸른빛
이 밝게 빛났다.

"아저씨가 다 아는 건 아니지만… 그래도 지금 학생의 품에
서 새근새근 잠든 걸 보면 고양이도 학생과 함께 있는 게 편안
하다는 뜻 아닐까? 이대로 길에 보낸다면 이 어린 고양이는 또
그런 나쁜 놈들에게 해코지를 당할지도 몰라. 부모를 찾아 준
다면 좋겠지만, 안타깝게도 그럴 수가 없으니…. 음…. 아저씨
가 생각하기에는 학생이 좋은 가족이 되어 주는 것도 새끼 고
양이에게는 더없이 좋은 일이 될 것 같아. 학생처럼 자신을 지
켜 주는 사람을 만나는 건 쉽지 않은 일이야. 그러니까… 학생
이 소중한 가족이 되어줘. 고양이에게…."

그제야 루인은 눈물을 닦고서 활짝 웃어 보였다. 루인의 따
뜻한 품속에서 잠이 든 새끼 고양이의 입가에도 편안한 미소가

번지는 듯했다.

◊ ◊ ◊

미다스 저택으로 돌아온 나는 뿌듯한 마음을 가득 안고 서재로 향했다. 드디어 진열장에 이슬이 담긴 호리병을 넣을 수 있게 돼서 기분이 날아갈 것 같았다.

"이안, 네 손으로 직접 넣어."

묘연이 진열장의 문을 활짝 열더니 나에게 말했다. 나는 품에서 호리병을 꺼내어 자랑스럽게 진열장에 올려놨다. 가슴이 벅찰 정도로 큰 보람이 느껴져서 유난히 더 밝게 웃음 지었다.

"아! 맞다! 아까 다 못 들었던 이야기 있었잖아! 묘연, 이제 말해줘. 고양이는 루인도 아니고, 사람도 아닌데, 어떻게 이슬이 수집될 수 있었던 거야?"

"사실은… 고양이는 사람의 환생이야."

"뭐? 그게 정말이야? 와, 좀 놀라운데?"

"놀랄 만도 해. 나도 수집사가 되고 나서 알게 된 거니까. 다른 동물은 사람으로 환생할 수 없어도, 고양이는 사람으로 환생할 수 있다는 걸. 영물이라고 말하는 이유도 사람의 환생이기 때문에 함부로 대하지 못하게 하려는 거야. 영물이면 나와 같은 레벨이라고 했지? 그래서 사람이 아니어도, 루인이 아니어도, 이슬이 수집될 수 있었던 거야."

"그렇구나. 음… 묘연, 뭐 하나만… 물어봐도 돼?"

"뭘 그렇게 뜸을 들여? 어울리지 않게. 궁금한 거 있으면 물어봐."

"너는… 오늘 임무하면서 유독 다른 때보다 더 힘들지 않았어?"

"왜 그렇게 생각하지?"

"너는 고양이기도 하니까…. 악독한 짓을 저지른 나쁜 사람들 때문에 새끼 고양이가 처참할 정도로 상처를 입은 모습을 봤을 때… 나보다는 묘연 네가 훨씬 더 힘들었을 것 같다는 생각이 들어서…."

"그게 내가 인간들을 싫어하는 이유 중의 하나이기도 하지."

인간을 싫어한다는 묘연의 말에 순간 움찔했다.

"그럼 나도…."

내가 금세 시무룩한 표정을 짓자 묘연이 나지막하게 말했다.

"하지만… 나도 그 고양이와 같아. 사람이 싫어도 오늘 만났던 루인과 이안 너처럼 좋은 사람도 있기에 완전히 사람과의 인연을 끊어내진 않는 거야. 너 묘연이라는 내 이름 뜻이 뭔지 알아?"

"이름의 뜻?"

"묘연…. 사람과의 연은 흔히 '인연'이라고들 하지. 고양이와의 연을 '묘연'이라고 하는 거다. 나는 이미 너와 연을 맺었어. 고양이는 아무나 연을 맺지 않아. 싫은 사람은 더더욱. 그러니 내가 너를 싫어하지는 않는다는 뜻이야. 이안."

내 방 침대에 누워 텅 빈 천정을 바라보다가 문득, 묘연이 내게 한 말이 떠올라서 마음이 복잡해졌다.

　"고양이와 사람과의 인연이라…."

　왜인지 모르겠다. 미묘해진 이 감정이 무얼 의미하는지를.

　그렇게 또다시 밤이 찾아왔다. 오늘은 구름에 가려져서 달이 보이지 않았다.

❦ 이름 : 우재훈 ❦

❦ 나이 : 47 ❦

❦ 사유 : 사고사 예정 ❦

　어쩐지 오늘따라 명부를 건네는 묘연의 표정도 구름에 가려진 달처럼 어두웠다.

"묘연, 안색이 조금 안 좋아 보이는데⋯."

"신경 꺼. 아무것도 아니니까."

아무것도 아니라기에는 묘연의 이마를 타고 흐르는 식은땀
이 마음에 걸렸다. 잠시 눈치를 보다가 다시 말을 꺼냈다.

"그래도⋯ 얼굴이 너무 창백한데⋯."

"신경 끄라고 했지?"

오랜만에 날 선 반응을 보이며 뾰족하게 말하는 묘연의 모습
에 은근히 서운해졌다.

"네네. 신경 끄라고 하시면 꺼야지요. 그럼 집사 업무에만 집
중하겠습니다. 오늘은 장소가 어디인가요?"

"학원 앞, 횡단보도⋯."

"명부를 보니 이번에도 안타까운 사고사네요. 요즘 들어 사
고사가 많은 것 같아요."

"⋯⋯."

내가 하는 말도 듣지 못한 채 묘연은 넋이 나간 표정을 하고
있었다.

"묘연 아가씨? 묘연 아가씨!"

"⋯⋯ 어? 방금 뭐라고 했지?"

"최근 들어 유독 사고사가 많다고요. 큰 사고는 아니어야 할
텐데⋯."

"최근에 그런 거 아니야. 원래도 사고사의 비중이 더 크니까. 그건 불가피한 일이니…. 일단은 가 보자. 오늘은 내가 좀 정신이 없으니까 이안 네가 신경을 더 쓰도록 해. 중요한 호리병부터 잘 챙기고."

"네. 묘연 아가씨!!"

오늘 장소에 도착하니 비가 추적추적 내리고 있었다. 우리가 있는 맞은편 건물의 학원에서는 밤이 꽤 늦었는데도 많은 학생들이 드나들고 있었다.

"이 늦은 시간까지 학원에 있어야 한다니…. 어른들이 밤늦게까지 어린 학생들 학원으로 뺑뺑이 돌리는 거 좀 고쳐야 해요."

"그 부분은 나도 같은 생각이야. 인간들의 욕심은 끝이 없지. 자기가 낳은 자식을 공부라는 핑계로 끊임없이 혹사시키는 부모도 많으니까."

마칠 시간이 다 돼서 그런지 학원 앞에는 연달아 오는 학부모들의 차로 줄을 이뤘고, 그중에는 차에서 일찍 내려서 자신의 아이를 기다리는 부모들도 있었다.

"저 중에서 오늘 루인이 누구죠?"

"저기 빨간 우산 쓰고 횡단보도에 서 있는 사람."

묘연이 가리키는 사람을 보자 중년의 남자가 우산을 쓰고 횡단보도 앞에서 신호가 바뀌기를 기다리고 있었고, 한 손에는 다른 우산을 하나 더 들고 있었다.

"비가 와서 아버지가 아이를 데리러 왔나 보네요."

그 모습을 보니 뭔가 씁쓸한 마음이 밀려왔다. 나도 한때는 저런 것을 기대한 적이 있었다. 늘 기대는 실망이 되었고, 홀로 비를 맞고서 집에 가야 했지만….

"루인의 아이는 좋겠네요. 저렇게 아버지가 비 오는 날, 직접 데리러 와 주고…."

"글쎄, 각자의 입장은 다른 거니까…."

말끝을 흐리던 묘연은 미세하게 몸을 떨고 있었다. 루인을 바라보는 눈동자도 심하게 흔들리는 것 같았다. 처소에서도 그랬지만 확실히 평소와는 다른 모습이었다.

"저… 아까부터 느꼈는데 몸을 떨고 있잖아요. 혹시 어디가 안 좋은 거예요?"

"…… 사실… 교통사고는 내가 좀 힘들어서…."

늘 아무것도 무서울 것이 없어 보이던 묘연이었는데, 힘겨워하며 떨고 있는 지금의 모습은 뜻밖이었다. 그래서 더 걱정이 됐다.

"아까 처소에서 물어봤을 때 미리 말해 줬으면 좋았잖아요. 그럼 여기 오기 전에 뭐라도 좀 챙겨 줬을 텐데…. 일단, 아가씨는 투명 캡슐 안에서 좀 쉬고 있으세요. 이제 여러 번 해 봤으니까 제가 이슬 잘 수집해서 올게요."

"고작 몇 번 했으면서."

아파도 입은 살았다.

"흠…. 제 말은 한 번이든, 세 번이든, 열 번이든, 그 횟수보다는 루인의 마음을 같이 공감하고 서로를 위로한 경험이 있는 저를 집사로서 믿고 맡겨 달라는 뜻이잖아요."

"그 말이 더 걱정되는군. 벌써부터 설레발치는 걸 보니 원체 미덥지 못해서. 원."

역시나 묘연은 입이 무기였다. 힘이 없어도 입으로 총은 잘 쏘니까.

"아무튼 쉬고 있어요. 다녀올게요."

캡슐 밖으로 나가려는 나를 보고 묘연이 인상을 세게 찌푸렸다.

"이것 봐! 벌써 실수투성이잖아!! 사고도 나기 전에 벌써 루인 앞에 나서겠다는 거야? 너부터 정신 똑바로 차려! 이안."

"아…."

"오늘따라 왜 그래? 왜 이렇게 들떠 있어? 내가 상태가 안 좋으면 너라도 제대로 해야지!"

들떠 있는 게 아니었다. 속에 있던 복잡한 마음이 나도 모르게 겉으로 드러나는 것 같았다.

"그런 게 아니라…."

"신중에 신중을 기해야지. 내가 재석의 이야기까지 해 줬잖

아. 이슬 집사는 어떠한 상황에서도 신중함을 잃지 않아야 해. 이렇게 무턱대고 나설 일이 아니라고!"

"저는 그저….."

"이슬 수집도 물론 중요하지만, 죽음 앞에서 예의라는 게 있어. 이승에 남을지, 저승에 가게 될지, 생사의 고비 앞에서 애도까지는 아니어도 그렇게 진중하지 않은 모습은 옳지 않아. 누군가에게는 지금 이 순간이 평생에 남는 트라우마가 될 수도 있고, 또 누군가에게는 이 순간이 단 한 번밖에 없는 간절한 기회일 수도 있어. 이안, 너도 겪어 봤잖아."

가장 중요한 것을 놓치고 있었다. 나도 죽음 앞에서 두려웠고, 생각지 못하게 죽음의 기로에서 할아버지를 만나 다시 살아날 기회를 얻었다는 것을.

삶이든, 죽음이든, 그것을 대하는 우리는 모두 다 간절하다.

놓치고 있던 부분을 깨닫자 다른 것에 흔들렸던 마음이 절로 숙연해졌다.

"죄송합니다. 묘연 아가씨. 제가 생각이 짧았네요."

"알았으면 됐으니까 이제 루인에게 최대한 집중해."

"네. 알겠습니다."

경거망동하지 않고 일단 캡슐 안에서 루인의 동태를 살피기로 했다. 수업이 마쳤는지 루인이 서 있는 건너편 학원 건물에서 학생들이 일제히 나오고 있었다. 루인은 많은 학생들 중에서 누군가를 찾더니 이내 반색하며 손을 연신 흔들어 댔다.

"예인아! 아빠야!"

루인의 딸로 보이는 학생이 아빠를 발견하고 잠시 멈칫했다. 하지만 반가워하는 루인과는 달리 당황하는 기색이 역력해 보였다.

"예인아! 아빠 왔어. 아빠 목소리 안 들려?"

있는 힘껏 소리치는 루인의 목소리를 딸이 듣지 못했을 리는 없었다. 하지만 그런 아버지를 못 본 척하고 딸은 그대로 뒤를 돌아서 반대 방향을 향해 도망치듯 뛰어가 버렸다. 그 모습을 본 루인은 신호가 바뀌지 않은 횡단보도를 다급하게 달려갔다.

"예인아! 잠깐만 서 봐! 예인아!!"

그때였다. 루인을 향해서 클랙슨을 울리며 큰 버스가 달려왔다. 빗속에서 흠뻑 젖은 루인은 자신에게 달려오는 버스를 뒤늦게 발견하고 비명을 지르며 두 손으로 머리를 감쌌고, 그 소리에 놀라서 루인의 딸이 뒤를 돌아봤다. 버스와 루인의 몸이 부딪히려는 일촉즉발의 순간, 모든 시간이 멈췄다. 뒤이어 검고 커다란 불씨가 루인의 앞에 나타났다. 내내 몸을 떨고 있던 묘연은 목례를 잊은 듯이 초점 없는 눈동자로 멍하니 있었고, 그 사이 불씨는 녹아내려서 형체가 서서히 사람의 모습으로 변해 갔다.

"쯧쯧. 딸을 쫓아가는 게 그리도 급했나?"

사자가 멈춰 있는 루인을 보고 말했다. 오늘은 보통 사자들보다 꽤 왜소해 보이는 체격의 사자였다. 패션과 헤어 또한 무난했다. 이번에도 저승사자의 트레이드마크인 모자는 없었다. 사자가 멈춰 있는 루인의 몸에 손을 대자 공중에 루인의 데이터가 떠올랐다. 매번 봐도 볼 때마다 저 모습은 신기하다. 데이터를 차례로 확인하던 사자가 고개를 끄덕였다.

"이놈은 무던히 살아왔구나. 이승에 남겨야겠군."

그러다 마지막 페이지에서 사자가 멈칫하며 인상을 찌푸렸다.

"이런, 썩 곤란하게 됐군. 오늘 밤 살려 준다 해도 일주일 후에 또다시 자살 예정이라…."

사자의 말을 듣고 소스라치게 놀라서 묘연에게 물었다.

"방금 들었어요? 루인이 일주일 후에 자살을 한다는데, 묘연 아가씨도 알고 있었던 거예요?"

"그래. 원래라면 추후에 자살을 한다고 해도 언제 그런 마음으로 돌아설지는 미지수니까 명부에 미리 표시되지는 않아. 하지만 우재훈 루인의 경우는 이미 일주일 후 자살할 마음의 준비를 마친 상태라서 특별 케이스로 명부에 따로 표시가 된 거다. 그래서 나도 미리 확인했고."

"그럼 오늘 루인을 살려 주는 건 아무런 의미가 없지 않나요?"

"무조건 의미가 없다고 단정 지을 수는 없어. 그러니 너의 역할이 정말 중요하다. 이안."

"그게 무슨 뜻이에요?"

묘연은 여전히 몸을 떨고 있었고, 안색이 점점 더 어두워졌다. 그런 묘연이 매우 신경 쓰였지만, 생사의 기로에 놓인 루인을 두고 미다스로 돌아갈 수도 없는 노릇이었다.

"이를 어쩐다… 어차피 죽을 자를 살리는 것도 우스운 일이고, 그렇다고 평생 나쁜 짓을 저지르지 않은 루인을 저승에 데려가는 것도 사자의 규칙에 어긋나는 일인데. 흠….."

그런 사자를 지켜보던 묘연이 힘든 몸을 일으켜 세웠다.

"내가… 다녀올게."

"네? 아직 사자가 결정을 내리지 못했는데….."

"나도 너한테 배운 게 좀 있어서."

"그게 무슨…. 그러다 큰 벌이라도….."

"벌을 받더라도 사자가 좋은 결정을 내릴 수 있도록 내가 도와야겠어. 너처럼."

'나처럼'이라니….. 어쩐지 묘연도 처음의 냉정했던 모습과는 많이 달라진 것 같이 느껴졌다. 내가 말릴 새도 없이 묘연은 투명 캡슐 밖으로 나갔고, 고민하고 있던 사자의 앞으로 성큼성큼 걸어갔다. 방금까지 힘겨워했던 모습이 믿기지 않을 정도로 비장한 모습이었다.

"사자님, 묘연입니다."

갑작스런 묘연의 등장에 사자의 인상이 고약해지면서 미간의 주름이 깊어졌다.

"묘연, 네가 왜 벌써 나서는 것이냐? 아직 사자의 결정이 내려지지도 않았는데! 소문은 익히 들었다. 지난번에도 겁도 없이 나섰다지? 네가 수집사라고 해서 감히 사자의 권한을 넘보는 것이냐? 다른 사자에게 한 번 통했다고 해서 나에게까지도 쉽게 통할 거라는 착각은 말거라. 소문대로 버릇이 영 없구나."

사자는 언짢다는 듯 혀를 끌끌 찼다. 불편한 내색을 대놓고 보이는데도 묘연은 개의치 않고 차분히 말을 이어 갔다.

"버릇없이 느끼셨다면 죄송합니다. 하지만 한 번 통했다고 해서 쉽게 또 통할 거라는 생각은 추호도 하지 않았습니다. 사자님께서 결정을 주저하셔서 그 신중한 결정에 제가 조금이나마 보탬이 되고자 나서게 된 것입니다. 넓은 아량으로 허락해 주신다면 제가 감히 한 말씀만 드려도 되겠습니까?"

묘연의 말에 사자는 못마땅한 표정을 지었다. 하지만 사자역시도 답을 쉽게 정하지 못한 터라 단박에 거절할 수는 없었다.

"그래. 일단 한 번 들어 보겠다. 시건방진 말을 지껄이면 큰 벌을 받을 것을 각오하고."

"네. 사자님."

"그래서 할 이야기란 게 뭐지?"

"저희 이안 집사가 루인이 일주일 후 자살하지 않게 만들겠습니다. 그러니 오늘 루인을 살려주십시오. 간청드립니다."

묘연이 꺼낸 뜻밖의 말에 나는 놀라서 뒤로 넘어갈 뻔했다. 지금 누구 말하는 거야? 설마… 나???

"내, 내, 내가? 루인이 자살하지 않게 만들 수 있다고? 아니, 나랑 상의 한마디 없이 저렇게 질러 버리면 나는 어쩌라고! 묘연은 대체 무슨 생각인 거야?"

지금 이 상황을 어떻게 수습하려는 건지 묘연의 생각을 짐작조차 할 수 없었다.

"이안 집사? 그자는 신입이 아닌가? 묘연 자네도 아니고 신입 집사 따위가 루인의 자살을 막겠다고? 그 어이없는 말을 나더러 믿으라는 소린가?"

"이미 한 번의 경험이 있습니다. 이안 집사가 첫 번째 맡은 루인의 자살을 막았습니다."

"고작 단 한 번의 경험으로 이렇게 호언장담을 한다는 말인가? 겁이 없더니 생각도 없어진 것인가?"

"제 말은 한 번이든, 세 번이든, 열 번이든, 그 횟수도 중요하겠지만…."

뭐지? 이거 어디서 많이 듣던 말인데….

"루인의 마음을 같이 공감하고 서로를 위로한 경험이 있는 이안을 집사로서 한 번만 믿어 달라는 말씀입니다. 그리고 저는… 이안을 믿습니다!"

이거 내가 묘연에게 했었던 말이잖아!! 그 말을 할 때는 그렇게 비웃더니 내 말을 진심으로 속에 담아 두고 있었던 거야? 그리고 마지막 말은… 묘연이 나를 믿는다니….

"그럼 그자가 못해내면 어떻게 할 텐가? 자네가 제의를 했으니 책임도 자네가 지는 건가?"

"네. 이안이 실패할 시, 제가 대신 벌을 받겠습니다."

아니야. 그거 아니야. 그러지 마. 묘연. 왜 심심하면 나를 대신해서 벌을 받겠다는 거야. 하, 쓸데없는 객기 부리지 마!! 무턱대고 나서는 건 내 캐릭턴데, 냉정한 당신이랑은 1도 안 어울린다고!! 그리고 언제는 나더러 루인의 죽음에 관여하지 말라며? 임무할 때마다 과몰입하는 건 요즘에 나보다 네가 더 하거든!! 그러고 보니… 언제부터 묘연이 저렇게 인정이 많아졌지?

"그렇게까지 모험을 하는 이유가 대체 뭔가? 그 이유를 알아야 자네의 부탁을 들어줄지 말지 내가 결정을 내릴 수 있겠군."

"저 학생이 가족이 죽는 모습을 두 눈으로 보게 하고 싶지 않습니다. 그 충격이 얼마나 오래 가는지, 그 흉터가 얼마나 깊게 남는지를… 그 누구보다 제가 잘 알고 있기 때문입니다."

묘연을 바라보던 사자는 나선 이유를 알았다는 듯 말없이 고개를 끄덕였다. 누구보다 잘 안다는 묘연의 저 말은 무슨 뜻일까? 그 말을 하는 동안 묘연의 표정은 한없이 슬퍼 보였다.

"좋다. 멋대로 나선 건 괘씸하지만 너의 뜻을 잘 이해했으니 청을 들어 주겠다. 하지만 벌을 받게 될지, 아닐지는 내가 똑똑히 두고 보겠다. 묘연."

시간이 다시 흐르고 돌진하던 버스는 멈춰 섰다. 간발의 차이로 다행히 루인은 차에 부딪히지 않았다. 잔뜩 얼어붙어 있던 딸이 버스가 멈추자 한걸음에 달려와서 루인을 안고 오열했다.

"아빠, 괜찮아? 미안해… 나 때문에 아빠가 죽을 뻔했잖아… 내가 다 잘못했어."

루인은 자신보다 놀랐을 딸을 먼저 걱정하며 서럽게 우는 딸의 등을 토닥여 주었다.

"아니야. 아빠는 다 괜찮아. 우리 딸 잘못한 거 하나도 없어. 아빠가 더 미안해. 예인아…."

루인은 딸을 끌어안고서 구슬피 울었다. 하지만 이미 마음속에 다음 죽음을 생각하고 있어서인지 호리병에 이슬은 생겨나지 않았다. 그렇게 내내 울던 루인과 딸은 함께 우산을 쓰고 집으로 향했다. 집 앞에 도착해서 둘은 나란히 들어갔고, 얼마 지나지 않아 루인이 다시 집 밖으로 나왔다. 담벼락 쪽에 기대서서 한 손은 우산을 받치고, 다른 한 손은 주머니 속에서 담배와 라이터를 꺼냈다. 금세 담배 연기가 자욱해져서 루인의 얼굴을 가렸다. 연기에 가려진 얼굴은 보이지 않았지만 루인의 흐느끼는 울음소리가 빗소리와 함께 들려왔다.

"이안, 가서 루인의 이야기를 들어줘."

얼굴빛이 조금 돌아온 묘연이 내 어깨를 툭 치며 말했다.

"도대체 뭘 믿고 사자한테 그런 말을 한 거예요?"

"… 너."

"네?"

"믿으라면서. 이안 너를. 난 그렇게 했을 뿐이야."

그렇게 말하면 내가 너무 열심히 하고 싶잖아. 이런 츤데레 같으니. 방금까지 하던 걱정을 싹 잊고, 두 주먹을 불끈 쥐었다.

"최선을 다하고 오겠습니다. 아가씨!"

덕분에 의지가 활활 불타오른 채로 루인에게 다가갔다. 인기척을 느끼고 루인이 나를 보더니 놀람과 반가움이 뒤섞인 표정을 지어 보였다.

"어? 석준아? 네가 왜 여기…."

석준이가 누구지? 루인이 아는 지인인가?

{루인의 오래된 친구야. 그래도 친구가 마음을 털어놓기에는 제일 나을 것 같아서.}

묘연의 목소리를 듣고 그나마 오늘 설정이 다행이라는 생각이 들었다. 친한 친구라면 나에게 경계심이 없을 테니.

"그래. 재훈아, 오랜만이다."

"이 밤에 갑자기 무슨 일로 찾아왔어?"

잠시 당황하다가 어색하게 어깨동무를 하며 일부러 더 너스레를 떨었다.

"에이, 친구끼리 굳이 일이 있어야 오냐? 자식아? 퇴근하는데 네가 문득 생각이 나서 잠깐 들러 봤어. 너 만난 지도 좀 된 것 같아서 보고 싶기도 했고."

"……고맙다."

"어? 뭐가?"

"그냥… 이렇게 나를 찾아 주는 사람이 아직은 있다는 게 고마워서…. 요즘 들어 내가 참 쓸모없이 느껴졌는데…."

힘없이 말하던 루인은 갑자기 눈물을 왈칵 쏟아 냈다. 그동안 애써 꾹꾹 누르고 있었는지, 한 번 터져 나온 눈물은 쉽사리 멈추질 않았다.

"왜… 그러는 거야? 재훈아, 괜찮아?"

"석준아…. 나 이제 어떻게 해야 하는 걸까?"

"대체 뭐 때문에 그래? 무슨 일 있어?"

"…… 아내가… 나와 이혼을 하고 싶대."

"뭐??"

이혼이란 단어를 꺼내고 한껏 서글퍼진 루인은 슬픔이 담긴 한숨을 내쉬었다.

"딸아이 데리고 외국으로 떠날 거라고…. 그곳에서 배우는 게 아이 미래에 더 도움이 된다면서…."

"아…. 그런 힘든 일이 있었구나. 그래서 얼굴도 그렇게 어두 웠던 거고…. 내가 쉽게 이야기하는 건 아닌데… 혹시 너도 괜 찮다면 아내와 같이 가는 건 안 되는 거야?"

"그럴 수… 없어."

"왜?"

"아내가 다른 남자를 따라 떠나는 거라서…."

"어? 아니, 그게 대체 무슨 말이야?"

"아내에게 좋아하는 남자가 생겼대… 나보다 훨씬 조건도 좋은…."

"뭐라고? 와씨, 빌어먹을. 뭐 그딴 일이!! 잠깐 나 욕 좀 해도 돼?"

이미 속으로는 삐삐삐삐------------------를 수백 번도 넘게 하고 있었다.

"아니…. 그 여자 욕하지 마."

"너는 배신당한 이 와중에도 속도 없이 아내 편드는 거야?"

"편드는 것보다… 그냥… 무능력한 나한테 더 화가 나서…. 내 딸이 다른 사람한테 아빠라고 부를 생각을 하니 속이 꽉 막 힌 것처럼 너무 답답하기만 해. 그래서 요즘은 잠도 제대로 못 자고 있어. 이런 비참한 일을 겪으니까 없었던 불면증이 다 생 기더라…."

"그게 무슨 바보 같은 소리야? 아내가 바람을 피웠으면 위자료 받고 네가 딸 잘 키우면 되잖아."

"실은… 얼마 전에 사업이 망했어. 내가 평생 이룬 모든 것들이 한순간에 무너져 내린 거야. 가족도, 회사도…. 아내가 나를 떠난다고 말하는데 차마 붙잡을 수도 없더라. 딸의 유학 자금까지 그 남자가 내준다고 하니까 딸마저 내가 앞길을 막는 건 아닌가 싶어서…. 딸에게 엄마를 따라가지 말라고 선뜻 붙잡을 수도 없었어. 자식이 공부하는 돈조차 줄 수 없는 아빠가 무슨 아빠 자격이 있어? 딸에게 미안하고 부끄러워서 앞에 당당히 나설 수도 없고…. 나한테는 이제… 아무것도 남은 게 없어. 우리 딸마저 떠나면 삶의 미련이 다 사라질 거야. 그럴 바에 차라리 죽는 게 더 나을지도…."

세상을 다 잃은 표정으로 어깨가 축 처져 있는 루인의 모습을 보고 나는 버럭 소리를 질렀다.

"야! 우재훈!! 너 그런 말 하는 거 딸에게 부끄럽지도 않아?"

"…… 뭐?"

"유학 자금을 해 주지 못하는 게 부끄러운 거 아니야. 그렇게 혼자서 다 포기하고 죽을 결심을 하는 게 더 부끄러운 거야. 부모가 자식을 이미 마음에서 지우고 멀리 떠나보내는 게 더 부끄러운 거라고! 딸에게 한 번이라도 물어본 적 있어? 그렇게 애지중지하면서 딸의 마음이 어떤지도 물어봤어야지!!"

"그게….."

"너 진짜 묻지도 않고 혼자서…. 딸이 진심으로 유학을 가고
싶은 게 맞기는 한 거야?"

나의 물음에 루인은 순간 멍한 표정을 지어 보였다.

"정신 차려! 우재훈!! 딸의 마음도 아직 모르면서 왜 벌써부
터 다 포기하려고 하는 거야?"

"겁이 나서… 막상 묻는 게 너무 두려워서…. 진짜로 나를 떠
나고 싶어 할까 봐…."

"이런, 미련한 놈. 하…. 잠시만 기다려 봐."

루인의 손에 있던 휴대폰을 가져와서 단축번호 1번을 꾹 누
르자 '세상에서 제일 사랑하는 우리 딸'이라는 글자가 화면에
뜨면서 전화가 걸렸다. 한참 신호음이 들리더니 수화기 너머로
목소리가 들려왔다.

[여보세요. 아빠 왜 안 들어오고 전화를….]

[예인아, 나 아빠 친구 석준이 아저씨인데, 너희 아빠가 술이 많이
취해서 전화했어. 지금 집 앞인데, 혹시 괜찮으면 잠깐 나올 수 있겠
니?]

전화를 끊고 잠시 후, 루인의 딸이 집 대문을 열고 밖으로 나
왔다.

"아빠가 어디 있어요? 아빠 좀 전에 저와 함께 들어왔는데…
언제 술을….."

"저기…."

나는 골목 구석에 주저앉아 있는 루인을 손으로 가리켰다. 차가운 바닥에 힘없이 있는 루인을 보자 딸의 두 눈에 금세 눈물이 가득 차올랐다.

"사실은 술 마신 게 아니야…. 너희 아빠가 혼자 힘들어해서 전화했어. 이런 말 주제넘은 거 알지만… 그래도 아저씨가 아빠 친구로서 하나만 물어봐도 되니?"

"뭘…요?"

"혹시 예인이는 아빠를… 싫어하니?"

나의 느닷없는 물음에 딸의 눈에 가득 고여 있던 눈물이 툭 하고 아래로 떨어졌다.

"…… 아니요. 제가 왜 아빠를 싫어해요. 오히려 아빠가 저를… 싫어하겠죠."

말을 끝낸 딸의 표정이 급격히 어두워졌다. 그 얼굴에서 깊은 슬픔을 읽은 내가 다시 물었다.

"그게 무슨 말이야? 아빠가 왜 너를 싫어한다고 생각해?"

"바람피운 엄마의 딸이니까…."

생각지도 못한 대답에 몹시 당혹스러웠고, 한편으로는 씁쓸했다. 이미 다 알고 있으면서도, 부모의 눈치를 살피며 모르는 척, 애써 자신의 상처를 꼭꼭 숨겨야 했을 아이를 생각하니 너무나 안쓰러웠다. 다투는 부모 사이에서 아이는 혼자 아파하며 마음의 상처가 깊이 곪아가고 있었던 것이다.

"오해야. 예인아, 그렇지 않아."

"아니요. 아저씨 말이 틀렸어요. 아빠는 저를 싫어해요. 엄마가 다른 남자와 바람을 피워서 엄마를 닮은 저까지 싫어하는 거예요. 그래서 엄마가 저를 데리고 외국으로 갈 준비를 하는데도, 아빠는 한 번도 저에게 가지 말라는 말을 하지 않았어요. 저는 아빠 곁에 남고 싶었는데…. 하지만 잘못을 저지른 엄마를 생각하면 아빠의 곁에 제가 있는 게 더 큰 상처가 될까 봐 차마 가고 싶지 않다는 말을 할 수가 없었어요. 아빠의 상처를 두 번 건드리는 것 같아서…."

이렇게 서로에 대해서 깊은 오해를 하고 있다니…. 서로를 위한다는 게 오히려 더 멀어지게 만들고 있었다. 그 사실을 모르고 있는 부녀의 모습이 못내 안타까웠다.

"왜… 그렇게 서로에 대해 모르니… 아빠도, 너도…."

"네? 그게 무슨…."

"너희 아빠는… 그저 네 생각뿐이야…. 아빠 곁에 예인이가 있으면 혹시라도 더 힘들까 봐… 그래서 잡지 못하는 거라고 했어. 아빠의 휴대폰 단축번호 1번은 예인이 너야. '세상에서 제일 사랑하는 우리 딸'이라고 저장할 정도로…. 예인이를 너무 아끼고 사랑해서 너에게까지 무거운 짐을 주고 싶지 않은 거야. 아빠처럼 예인이가 힘들어지는 게 두려운 거지. 너와 함께하고 싶어도 그 말조차 입 밖으로 꺼내지 못할 만큼….”

“……!!”

“네가 생각하는 그 이상으로 아빠는 너를 많이 아끼고 사랑하고 있어. 아빠에게 예인이 너는… 세상 그 누구보다 더없이 귀하고 소중한 존재니까….”

아빠의 진심을 전해 들은 딸은 눈물을 흘리면서 루인에게로 달려갔다.

“왜… 나한테 말 안 했어? 사실은 나도 아빠와 같이 살고 싶었단 말이야. 엄마 따라가고 싶지 않아. 나는 아빠가 나를 싫어하는 줄 알고… 그래서 그런 거였는데….”

뒤늦게 딸의 마음을 알게 된 루인은 서럽게 울고 있는 딸을 꼭 끌어안으며 같이 눈물을 흘렸다.

“미안해. 예인아…. 아빠가 너무 미안해. 네 마음도 모르고… 아빠 혼자서만 생각했어. 내 옆에 남으면 네가 더 힘들까 봐….”

“아니야. 나는 아빠 옆에 남고 싶은데… 아빠가 나를 미워하는 줄로만 알았어. 그래서….”

“내가 왜 우리 딸을 미워하겠어. 아빠가 예인이 너를 얼마나 많이 사랑하는데….”

“아빠….”

어느새 오해가 눈 녹듯이 녹아내렸고, 얼어붙었던 둘의 마음도 오해처럼 다 녹아서 사라졌다. 그 모습을 바라보다가 뭉클해져서 문득 부모님이 떠올랐다. 나도 부모님에 대해서 알지 못하는 부분이 있었을까…. 어쩌면 나도… 혼자만의 생각으로 부모님을 오해하고 있었을지도 모른다. 하지만 이제 나에게는 루인과 딸처럼 뒤늦게라도 물어보고 오해를 풀 수 있는 가족이 남아 있질 않았다. 늘 부정해 오던 가족의 빈자리가 오늘따라 그리워져서 끝도 없이 속이 시려 왔다.

"그래도 다행이야. 저 둘은 나처럼 되지 않았으니…."

미다스 저택으로 돌아가기 전에 루인에게 천천히 다가갔다. 여전히 딸을 안고 울고 있던 루인이 인기척에 고개를 들어 젖은 눈으로 나를 바라봤다.

"아이가 혼자 오래도록 울게 만들지 마. 부모는 아이의 거울이잖아. 그래서 부모가 남긴 상처는 더 아프고 쓰라린 거야. 오랜 시간 동안 사라지지 않은 채 깊은 흉터를 만들 만큼. 하지만 그 흉터를 옅어지게 만드는 것도 부모의 꾸준한 노력과 진심을 담은 사랑이라는 것을 기억해. 그러니 어떤 힘든 상황이 닥쳐도 늘 딸의 곁에 있어 주고 지켜줘. 쉽게 헤어질 생각부터 하지 말고. 절대… 아이만 두고 떠나지 마. 생각보다 아이에게 부모라는 존재는 참 큰 법이니까…."

◊◊◊

미다스로 돌아와서 호리병을 확인하니 이슬이 담겨 있었다. 루인이 죽을 마음을 되돌려서 다시 살아갈 결심을 한 것이다. 그리고 자신이 잘못된 생각을 했던 것을 후회하면서 흘린 눈물이 이슬이 되었다. 한참 동안 그 호리병을 넋 놓고 바라보다가 마음속 깊은 곳이 저릿하게 느껴져서 나도 모르는 사이 눈가가 촉촉해졌다.

"부모와 자식이라…. 가족이란 인연은 보이지 않는 끈으로 이어져 있는 걸까?"

이슬이 담긴 호리병을 진열장에 고이 넣어 두고, 나는 서재를 나와서 곧장 할아버지를 찾아 나섰다. 이상하게 오늘 루인을 만나고 오니 할아버지를 당장 만나야 된다는 생각이 들었다. 한동안 할아버지를 못 봤었지만, 묘연의 심부름을 갔거나 다른 일을 하는 중이라서 마주치지 못하는 거라고 생각했었다. 하지만 오늘만큼은 그렇게 무심히 넘기고 싶지 않았다. 루인처럼 직접 진심을 말하지 않고 혼자만의 생각으로 더 깊은 오해를 만들고 싶지 않으니까…. 그 때문인지 마음이 급해져서 미다스 저택의 모든 곳을 샅샅이 찾아봤지만, 그 어디에도 할아버지의 모습은 보이지 않았다.

"이대로는 안 되겠어. 혼자 끙끙대지 말고 가서 물어보자. 할아버지의 행방을 정확히 알고 있는 건, 이 미다스에서 묘연밖에 없을 테니."

혼자 찾는 것을 포기하고 곧바로 묘연의 처소로 향했다. 진즉에 이랬어야 했다. 이곳 미다스의 주인이니 할아버지가 있는 곳을 묘연이 모를 리가 없었다.

"나 이안이야. 잠시 안으로 들어가도 돼?"

"들어와"

처소로 들어가니 묘연이 고양이가 된 모습으로 햇살을 맞으며 창가에 앉아 있었다. 할아버지를 찾아다니는 사이, 해가 떠올랐기 때문이다. 창가에서 편하게 휴식을 취하는 묘연의 모습은 분명 고양이인데, 이상하게 사람처럼 느껴졌다.

"묘연…."

나의 소리에 눈을 감고 있던 묘연이 천천히 눈을 뜨더니 내가 있는 쪽으로 바라봤다.

"무슨 일이지?"

"할아버지가 보이지 않아. 미다스에서 못 본 지 오래된 것 같은데…."

"그래서?"

"묘연 너는 알고 있을 것 같아서. 이곳의 주인이잖아. 혹시 할아버지 어디 갔는지 알아?"

갑작스러운 나의 질문에 묘연의 눈빛이 순식간에 사나워졌다.

"이래서 교육을 더 꼼꼼히 시키고 보냈어야 했는데…. 미다스 내에서 다른 집사들의 근황은 서로 묻지 않는 게 정해진 룰이야. 다 각자의 사정이 있으니."

"그래도 할아버지는 내 가족이니까…."

"참 인간은 간사하군. 아니라고 할 때는 언제고. 언제부터 문 집사가 너의 가족이었지?"

묘연의 물음에 선뜻 답할 수가 없었다. 할아버지가 나를 찾아오기 전까지는 우리가 가족이라는 사실조차 알지도 못했고, 할아버지인 것을 알게 된 후에도 가족으로 오롯이 다 받아들인 것은 아니었기에…. 착잡해져서 고개를 떨구자 오랜만에 묘연의 표독스러운 목소리가 귓가에 들려왔다.

"문 집사의 빈자리를 채우기 위해 너를 데려온 게 화근이었군."

"그, 그게 무슨 말이야? 빈자리라니? 할아버지가 어디 멀리 간 거야?"

어느새 묘연의 눈빛이 더욱 날카로워져 있었고, 말투 역시 냉랭해졌다.

"나를 속인 대가로 백로 징벌소에서 일정 기간 동안 수감된 후에 이곳으로 다시 오게 될 거다. 문 집사가 말하지 않았나? 자신을 대신해서 집사 일을 해 달라고."

그러고 보니 할아버지가 그때 그런 말을 했었다. 나에게 30억이라는 큰돈을 주는 조건….

<딱 석 달만 나를 대신해서 집사가 되는 조건이다.>

그 말을 할 때 할아버지는 자신을 대신해서라는 것을 미리 언급했었다. 왜 나는 여태껏 그런 생각을 못 한 거지?

"그러니 넌 문 집사의 대타라는 것만 알아둬. 그래서 계약 기간도 다른 집사들에 비해서 훨씬 단기간인 거다. 일종의 계약 직인 셈이지."

찬 바람이 쌩쌩 불 정도로 쌀쌀맞은 묘연의 말에 울컥해서 나도 화를 냈다.

"대타든 뭐든 상관없지만, 이러면 약속이 틀리잖아! 내가 집사 계약을 하면 할아버지한테 벌을 주지 않기로 한 거 아니었어? 이 거짓말쟁이!!"

흥분한 나와 달리 묘연은 오히려 더 침착하고 냉정했다.

"틀렸어! 나는 분명히 너에게 미리 힌트를 줬는데? 나를 속여서 수집 명부에 너의 이름을 올린 문 집사도 단죄를 받게 될 거라고. 하지만 네가 추가 특약에 다른 조건을 넣었잖아. 우리가 추가 특약에 동의한 건, 문 집사가 나에게 진 빚을 탕감해 준다는 것뿐이었지. 그 빚은 너와는 완전히 별개의 빚이었다. 그러니 문 집사가 명부를 조작해서 너를 올린 것에 대해서 용서해 준다거나, 문 집사가 받아야 할 단죄를 면제해 준다는 추가 특약은 계약서의 그 어디에도 넣지 않았다. 내가 약속을 어긴 건 아니라는 말이다. 나는 너에게 한 치의 거짓말도 한 게 없으니. 그저 너의 선택을 존중했을 뿐. 그러게 애초에 계약을 꼼꼼히 하지 그랬어. 어리석긴."

요즘 들어 조금 친절해졌다고 생각했는데, 혼자만의 착각이었나 보다. 냉정하기 짝이 없는 묘연의 말이 하나도 틀리지 않아서 더 분했다. 분노에 휩싸여서 주먹을 꽉 쥐고 벽을 세게 내리쳤다. 그러고도 좀처럼 가라앉질 않아서 묘연을 향해 크게 소리쳤다.

"이 나쁜 마녀야!! 내가 속아 넘어가도록 유도한 거지?"

"마음대로 생각해. 그리고 여전히 상대를 보지 않고 욕을 하는군. 전에도 말했지만 나는 마녀여도 상관없어. 같은 레벨의 영물이니까."

"됐으니까 빨리 말해줘. 백로 징벌소가 어디야? 뭐 하는 곳이냐고?"

"저승에 임무를 맡은 자들이 죄를 지었을 때 가는 곳. 우리 집사들 외에도 저승사자나 저승의 수많은 관리직들이 벌을 받는 곳이지. 그곳의 시간은 보통의 시간과 많이 다르다. 그래서 백로 징벌소에 수감됐다가 돌아오면 시간이 빠르게 흘러서 자신의 나이보다 늙어 버리게 된다."

"뭐, 뭐라고? 젊은 사람도 아니고 이미 머리가 새하얗게 변해 버린 노인네인데…. 할아버지가 지금 상태에서 더 늙으면 어떻게 되는 거야?"

"흠… 심하면 죽을 수도…."

아무렇지 않게 죽는다는 말을 입 밖으로 내뱉는 묘연을 보니 일전에 서재에서 묘연이 하던 말이 떠올라서 소름이 쫙 끼쳤다.

<착각하지 마! 나는 너처럼 감성적인 인간이 아니니까.>

잠시나마 묘연이 나와 같은 마음일 거라고 혼자서 착각했던 스스로가 한심하게 느껴져서 참을 수가 없었다. 하지만 무작정 화부터 낸다고 해결되는 일이 아니다. 나는 묘연을 보며 그 자리에서 바로 무릎을 꿇었다.

"내가 이렇게 빌게. 제발…. 할아버지는 이미 노쇠해서 더는 늙으면 안 된다고…. 내가 어떻게 하면 되겠어? 네가 하라는 대로 다 할게. 그러니 제발 도와줘. 묘연…."

잊고 있었다. 나에게 아직은 남아 있는 가족이 있다는 것을. 내 곁에 이제 가족은 없다고 생각했는데, 할아버지가 유일하게 남아 있었다. 서로 정이 들 시간은 부족했지만, 이상하게 할아버지마저 세상을 뜰 수도 있다고 생각하니 느닷없이 서러움이 폭발했다. 간절한 내 모습을 보면서도 묘연은 냉담하게 말했다.

"눈물겨워서 도저히 못 봐주겠군. 그래도 문 집사가 이 모습을 보면 손주인 너를 대타로 데려오길 잘했다고 생각하겠어."

"다른 방법이 있다면 제발 알려줘. 묘연 너에게 진심으로 부탁하는 거야."

"부탁하면서 지금은 존대를 안 하네? 왜지?"

"지금은 집사 간의 일과 관련된 게 아닌, 나 '이안'이 너 '묘연'에게 간절히 부탁하는 거니까."

"여전히 어리석구나. 나는 너와 같은 인간이 아니라니까. 머리를 쓰려면 제대로 써야지. 나에게는 그딴 감성팔이가 통하지 않아."

"절대 감성팔이 아니야. 내 부탁은 네가 나에게 방법을 제시해 달라는 뜻이야. 할아버지를 백로 징벌소에서 구해올 방법을 알려 준다면 그 어떠한 대가라도 마땅히 치르겠어."

"어떠한 대가라도? 그 말 후회하게 될 텐데?"

"아니. 절대로 후회하지 않아."

"그래. 좋아. 한번 테스트해 보지. 나약한 인간이 후회를 할지, 안 할지를."

"테스트?"

"해가 저물고 달이 뜨면 외근 갈 때처럼 내 처소로 와. 오늘 밤은 이슬 수집의 외근이 아니라 백로 징벌소로 외출을 할 테니."

진실은 언젠가 드러난다
- 백로 징벌소

그렇게 밤이 될 때까지 초조하게 기다렸다. 평소보다 시간이 매우 더디게 갔다.

"할아버지…. 제가 갈 때까지 꼭 버텨주세요…."

어느덧 해가 뉘엿뉘엿 넘어가고 검푸른 보름달이 하늘 높이 떠올랐다. 달이 뜬 것을 확인하자마자 묘연의 처소를 향해서 빠르게 달려갔다. 노크를 하니 다른 때와 다르게 묘연이 문을 열고 나왔다.

"왜 미리 나와? 오늘따라 문도 다 열어 주고…."

"백로 징벌소는 웜홀로 가는 게 아니니까. 정원의 분수를 통해서 가야 해. 나를 따라와."

정원으로 나가자 묘연은 분수가 있는 방향이 아닌 동물원이 있는 곳으로 향했다.

"분수로 간다며? 이 방향은 동물원인데…."

"동물원에 가서 백로 어르신을 모셔 가야 해. 백로 어르신만

이 백로 징벌소를 가는 문을 열어 주실 수 있다."

아…. 그래서 정원에 동물원도 있고, 분수도 있는 거였구나. 단순히 눈요기를 위해서 지어 놓은 것이 아니었어.

동물원에 도착하자 고급 양단 방석 위에 하얀 백로가 자태를 뽐내며 고고히 서 있었다.

"백로 어르신, 묘연입니다."

묘연이 정중하게 고개를 숙이며 인사를 하자 놀랍게도 백로가 입을 움직이며 말을 했다.

"이 밤에 무슨 일이지?"

"급히 백로 징벌소에 가야 할 일이 생겼습니다. 그래서 도움을 청하러 왔습니다. 어르신."

"백로 징벌소? 지금은 가야 할 때가 아닌 것 같은데…."

"변수가 생겨서 긴히 다녀와야 합니다."

"그래? 묘연 자네가 오랜만에 하는 부탁이니 내 들어주지."

고고하게 서 있던 백로가 사뿐히 몸을 움직이자 주변으로 새하얀 연기가 일었다. 그 연기가 백로를 감싸자 어느새 백로의 모습이 긴 백발을 휘날리는 노인의 모습으로 변해 있었다. 모습이 변한 백로 어르신이 성큼성큼 다가와서 나를 손으로 가리켰다.

"근데 이 녀석은 누구지?"

"새로 온 집사입니다."

"새로 온 집사? 지금 집사를 뽑을 시기가 아닌 걸로 알고 있는데."

"문 집사가 일신상의 이유로 부재중이라 그 대타로 단기 집사를 뽑았습니다."

"그래? 하긴 문 집사가 백로 징벌소에 갇혔으니 일손이 달리긴 하겠지."

"네. 그렇습니다."

어르신도 할아버지를 알고 있다. 어떻게 아는 거지? 백로 징벌소에 갇힌 사실까지도….

"자네는 이름이 뭔가?"

백로 어르신이 나에게 물었다.

"문이안입니다."

나도 모르게 오랜만에 성을 붙여서 똑바로 말했다. 늘 이안이라고 먼저 말했었는데….

"문 씨라…. 흠… 묘연, 이것이 정녕 우연이 맞는 것인가?"

백로 어르신이 다 안다는 듯이 진지하게 묻자 묘연은 답 대신 고개를 저었다. 그 모습에 백로 어르신은 왠지 모를 깊은 한숨을 내쉬더니 나를 보며 말했다.

"따라오게."

백로 어르신이 앞장서고 그 뒤를 묘연과 내가 따랐다. 동물원을 지나서 분수 앞에 다다르니 황홀한 조명이 분수를 비추고 있었고, 오색찬란한 빛이 우리를 맞이했다.

"분수여! 물길을 열어라!"

백로 어르신이 근엄하게 소리치자 높이 치솟아 있던 분수의 물이 두 갈래로 갈라지면서 물속으로 신비로운 길이 자태를 드러냈다.

"묘연, 어째서 자네가 이런 일에 마음을 쓰는지 그 까닭은 모르겠다만, 여하튼 물길 속에 갇히지 말고 무사히 돌아오게."

"네. 어르신."

묘연은 한 번 더 정중히 고개를 숙이며 인사를 했고, 그 모습을 따라서 나도 고개를 숙였다. 그런 나를 보면서 백로 어르신은 진중한 눈빛으로 근엄하게 말했다.

"이안 집사, 묘연을 위험하게 만들지 말게."

"네? 그게 무슨 뜻이신지…."

백로 어르신은 고개를 절레절레 흔들더니 이내 사라졌다.

"방금 어르신의 말씀이 무슨 뜻이야?"

괜스레 찜찜해져서 어르신에게 듣지 못한 답을 묘연에게 대신 물었다.

"지체할 시간 없어. 얼른 가자."

이상하게 꺼림칙했다. 묘연이 급히 말을 돌리는 것이. 하지만 지금은 신경 쓸 여력이 없었다. 백로 징벌소에 갇힌 할아버지를 한시라도 빨리 구해야 하니.

묘연이 먼저 열린 물길 사이로 발을 내디뎠고, 나도 뒤따라 물길 사이에 발을 들였다. 우리가 안으로 들어오자 열려 있던 물길이 닫히고 원래의 분수 모습으로 되돌아갔다.

"시간 안에 돌아와야 해. 제시간 내에 오지 못하면 우리는 물길 속에 갇히게 될 거다."

아! 이곳에 갇히지 말고 무사히 돌아오라는 어르신의 말씀이 이 뜻이었구나.

"머무를 수 있는 시간이 어떻게 돼? 시간이 얼마나 지났는지 알 수 있는 방법이 있어?"

"내가 지정한 머리카락 10개를 뽑아. 시간의 영향을 제일 먼저 받는 순서대로 일러줄 테니까. 뽑은 머리카락 10개가 하나씩 색이 하얗게 변할 때마다 1시간이 흐른 거야. 반드시 10개의 검은 머리카락 중 9개가 흰색으로 변했을 때까지는 물길 입구로 다시 돌아와야 해. 그러지 못하고 10개가 모두 다 변하고 나면 물길이 닫혀서 절대로 열리지 않아."

"그런데 왜 하필 머리카락이야?"

"내가 말했지? 백로 징벌소에 갇히면 시간이 빠르게 지나가서 자신의 나이보다 늦게 된다고. 이미 여기서부터 백로 징벌소까지 같은 공간이라고 생각하면 돼."

은근히 무서웠다. 내 나이보다 늦게 된다니. 백로 어르신처럼 갑자기 하얀 백발로 변해 버리면 어떡하지? 나의 걱정을 눈치챈 묘연이 말했다.

"멍청아. 정신 차려! 내가 말했잖아. 시간의 영향을 받는 순서대로 알려 준다고. 그 10개의 머리카락이 제일 먼저 하얗게 변하도록 정해져 있는 차례 순이야. 10개의 머리카락이 전부 다 흰 머리로 변하기 전에 무사히 이곳에서 나가기만 하면 더 이상 늙지 않아. 우리 둘은 백로 징벌소에 갇힌 게 아니니까."

"그럼 여기보다 백로 징벌소에 갇히면 더 빨리 늙는다는 거야?"

"그렇지. 벌을 받는 기간만큼 훨씬 더 빠르게."

그렇다면 안 된다. 할아버지가 더 늙으면 진짜 위험하다고! 마음이 급해져서 서둘렀다.

"얼른 가자. 할아버지를 구하러!"

"잠깐, 머리카락부터 뽑아야지! 뽑은 건 이 케이스에 담아."

묘연이 일러 준 차례대로 머리카락 10개를 뽑아서 묘연이 건넨 투명 케이스에 담았다.

"여기 넣어 두면 색이 변했을 때 바로 알 수 있어. 잊지 마! 9개가 변했을 때, 꼭 물길 입구까지 다시 돌아와야 한다는 것을."

말을 끝낸 묘연이 뜬금없이 호리병을 건넸다.

"갑자기 호리병은 왜? 지금은 루인 만나러 가는 것도 아닌데…."

"이곳에서는 루인이 아니어도 눈물을 흘리면 이슬이 생길 수 있어. 만약 문 집사나 이안 네가 다치는 상황이 생기면 그 이슬로 낫게 만들어야 되니까 내가 챙겨 왔어. 잃어버리지 않게 잘 넣어둬."

묘연이 건넨 호리병을 옷 깊숙이 챙겨 넣었다.

"이제 가자. 여기선 나를 놓치면 위험하니까 한눈팔지 말고 잘 따라와!!"

묘연이 먼저 앞장섰다. 생각보다 길이 매우 험했고, 뾰족한 가시들이 사정없이 다리와 팔을 긁어대며 여기저기 상처를 냈다. 사람 키만큼 높이 자라난 억센 풀을 손으로 헤쳐 나가면서 울퉁불퉁한 돌길을 힘겹게 걸어 나가자 마침내 작은 황토집이 보였다.

"이곳이 백로 징벌소야?"

"그래. 맞아."

내가 생각했던 무시무시한 징벌소와는 완전히 다른 느낌이었다. 크기도 아담하고 외관도 시골에 가면 볼 수 있는 정겨운 황토집 같았다. 징벌소라는 무서운 이름과는 전혀 어울리지 않는 모습.

"이런 곳이 징벌소라고?"

"외부의 모습과 내부의 모습이 확연히 달라. 일단 안으로 들어가자."

작은 황토집의 문을 여니 외부에서 보던 것과는 사뭇 다르게 끝이 보이지 않을 정도로 긴 통로가 보였고, 양쪽으로는 셀 수도 없을 만큼의 수많은 문이 있었다. 그리고 소름 돋는 비명 소리와 처절하게 울부짖는 소리, 살려 달라며 절규하는 소리가 그 문들을 지나칠 때마다 간담이 서늘해질 정도로 들려왔다. 순식간에 등골이 오싹해져서 묘연에게 바싹 붙으며 물었다.

"이 문들은 다 뭐야? 그리고 이 소름 끼치는 소리들은…."

"징벌소에 수감된 자들의 방. 그 안에 갇힌 자들의 울음소리지."

겁을 내는 나와 달리 묘연은 전혀 괘념치 않고 수십 개의 방을 무심하게 지나쳐 갔다. 나는 잔뜩 쫄아서 묘연의 뒤를 따라 붙었고, 그래도 여전히 불안해서 묘연의 옷자락 끝을 붙잡았다.

"뭐지?"

"좀 무서워서…."

"이렇게 겁이 많아서 문 집사를 구해 낼 수가 있겠어?"

"괜찮아. 네가 같이 있으니까."

나의 말에 묘연이 알 수 없는 표정을 지으며 나를 바라봤다. 그리고 다시 뒤를 돌아서 앞으로 향했다. 방의 번호가 100번을 넘어 1,000번, 그리고 더 넘어 10,000번이 되었을 때쯤이었다.

"이곳이군."

그 방문에는 10739라는 숫자가 적혀 있었다.

"이 방에 할아버지가 있다는 뜻이야?"

"그래. 문을 열어봐. 이안."

묘연은 내게 황금색 열쇠를 건넸다. 급 긴장이 돼서 열쇠를 건네받은 손이 미세하게 떨려 왔다. 반대편 손으로 떨리는 손을 붙잡고 겨우 진정시켰다. 두 손으로 구멍에 열쇠를 넣어 세게 힘을 줘서 돌리자 방문이 끼익하는 소리를 내며 열렸고, 그 안에 뒤돌아 앉아 있는 할아버지의 모습이 보였다.

"할아버지!!"

다급하게 부르며 뛰어 들어가니 할아버지는 내 목소리를 듣고 혼비백산한 표정으로 뒤를 돌아봤다.

"이안아… 네가 어떻게 여기에…."

할아버지는 목소리에서조차 기력이 없었고, 외형적인 모습은 더 형편이 없었다. 원래도 주름져 있던 이마에는 깊은 주름이 더 늘어났으며, 얼굴 여기저기에는 짙은 검버섯이 퍼져 있었다. 몇 가닥 남아 있지 않던 검은 머리카락까지 모두 다 새하얗게 변했고, 그나마도 반쯤은 빠져서 허연 두피가 드러난 상태였다. 손과 발도 쭈글쭈글해져서 뼈의 모양이 그대로 표시날 정도로 야위었다. 웅크리고 있던 할아버지의 몸은 마른 나뭇가지보다 앙상해져서 보기만 해도 안쓰러움에 눈물이 날 지경이었다.

"할아버지, 얼른 저와 같이 돌아가요."

이제야 깨달은 절절한 마음이 겉으로도 드러나듯 내 말투도 까칠했던 평소와 달라져 있었다. 하지만 할아버지는 같이 가자는 나의 말에도 선뜻 일어나지 않았다.

"어떻게 여기에 왔냐고 내가 먼저 물었다. 이안아."

"그거야 나와 거래를 했으니까!"

묘연이 앞으로 나서며 나를 대신해서 할아버지의 물음에 답을 해 주었다.

"묘연 아가씨, 이안이는 아직 아무것도 모릅니다. 거래라니 가당치도 않습니다. 철이 없어서 그런 실수를 범한 거니 이안이를 데리고 제발 돌아가 주세요. 저는 원래의 법도대로 여기에 남겠습니다."

할아버지는 앙상해진 다리로 묘연의 앞에 무릎을 꿇으며 사정을 했다.

"할아버지! 그게 무슨 말이에요? 여기에 남는다니…. 할아버지와 함께 돌아가려고 여기까지 왔다니까요!!"

"이안아, 제발 돌아가거라. 여긴 네가 있을 곳이 못 돼."

"할아버지. 제발… 우리와 같이 가요. 제발 부탁이에요."

"안 돼. 이안아, 할아버지도 부탁하마. 제발 너라도 돌아가…."

그런 우리를 보며 묘연이 미간을 찌푸렸다.

"정말 눈물겨워서 못 봐주겠군. 문 집사! 거래를 떠나서 내

명령이네. 일어나서 나오게."

"묘연 아가씨… 저는…."

그래도 할아버지가 주저하자 묘연은 강경한 말투를 꺼냈다.

"잔말 말고 얼른 나오게. 문 집사답지 않게 내 명을 거역하는 건 아니겠지? 거역하는 건 그때 한 번으로 족해. 나도 두 번은 용납할 수 없어. 그러니 이안 집사의 부축을 받고 얼른 일어나. 여기서 더는 지체할 시간 없으니까. 이러다 재수 없으면 우리 셋 다 물길 속에 갇혀 버린다고!!"

그러고 보니 투명 케이스 안에 든 머리카락이 벌써 4개나 하얗게 변해 있었다.

"할아버지 빨리 가요. 내 손 잡고서 조심히 일어나세요."

내가 부축하자 할아버지는 오래 갇혀 있어서 야윈 다리로 겨우 일어났다. 할아버지가 밖으로 나오는 것을 본 다른 죄수들이 여기저기서 자신도 꺼내 달라며 살려 달라고 비명에 가까운 소리를 질러 댔다.

"내가 이런 죽는소리를 듣기 싫어서 여기에 잘 오지 않는 건데, 문 집사 자네니까 내가 특별히 직접 온 거라는 것만 알아둬."

"감… 사합니다. 묘연 아가씨…."

"이안, 쇠창살 사이로 갑자기 죄수들의 손이 튀어나와도 놀라거나 절대로 붙잡히면 안 돼. 죄수들이 우리가 여기에서 무사히 나가는 게 꼴사나워서 죽어라고 방해할 거야. 혹시나 끔찍한 비명소리가 나더라도 뒤돌아보지 말고. 결코, 죄수들에게 여지를 남겨선 안 돼. 알겠지?"

또다시 긴장감이 몰려와서 침을 꼴딱 삼켰다. 고개를 돌려 할아버지를 바라보니 이미 지칠 대로 지쳐서 힘이 하나도 없어 보였다. 그런 할아버지를 지키려면 지금의 두려움을 이겨 내야만 했다. 숨을 크게 들이쉬고 굳은 결심을 마친 나는 묘연에게 힘차게 고개를 끄덕여 보였다.

"좋아. 그 눈빛이면 이곳을 헤쳐 나갈 수도 있겠군. 무슨 일이 있어도 끝까지 버텨내. 이안. 문 집사를 위해서라도."

"반드시 그렇게. 우리 셋을 위해."

할아버지의 야윈 어깨를 감싸 안은 채 앞만 보며 걸었다. 중간에 피투성이가 된 손들이 불쑥불쑥 튀어나와서 우리를 붙잡으려고 아우성이었다. 묘연의 말대로 놀라거나 이대로 뒤처지면 할아버지를 구할 수 없다는 생각에 무서워도 이를 꽉 물고 견뎠다. 그렇게 잘 버텨 오다가 마지막 남은 구간에서 갑자기 흉측한 손이 불쑥 튀어나와서 우악스럽게 내 다리를 붙잡았다.

"악!!!!!"

소름 끼치도록 놀라서 비명을 지르자 그 모습을 보고 더 놀란 할아버지가 그대로 기절하고 말았다. 비명소리를 듣고 앞서 가던 묘연이 쏜살같이 달려와서 내 다리를 붙잡은 흉측한 손을 발로 세게 걷어차 버렸다. 그러자 이번에는 검게 썩어 버린 손이 혹 튀어나와서 묘연의 다리를 덥석 붙잡았다.

"이런, 젠장. 이안! 이대로 있다간 셋 다 죽어. 그러니 내가 시간을 벌 동안 너는 무조건 앞만 보고 달려! 왔던 길을 그대로 쭉 걸어가면 아까 들어왔던 물길 입구가 나올 거야. 입구에 손을 대고 백로 어르신을 부르면 문을 열어 주실 거다. 쓰러진 문집사를 업고 지금 바로 뛰어가! 당장!"

"묘연, 너는? 너 혼자 어쩌려고 그래!"

"잊었어? 나는 수집사다!. 너보다 훨씬 더 강하다고!! 그러니 빨리 문 집사를 데리고 가!! 이대로 있다가 저승에서 다 같이 만나고 싶지 않으면."

어떻게 해야 할지 고민하던 찰나, 투명 케이스 안의 머리카락이 이미 6개나 하얗게 변해 버린 모습이 보였다. 묘연의 말대로 더는 이곳에서 여유 부릴 시간이 없었다.

"묘연, 나와 약속해! 꼭 입구에서 만나겠다고. 무사히 돌아온다고."

"이 상황에서도 감성 찾는 인간이라니. 나는 감성팔이 따위…."

"아니. 감성팔이가 아니야. 이건 걱정이라고! 묘연 너를 진심으로 걱정하는 마음."

묘연은 이번에도 알 수 없는 표정을 지어 보였다.

"하, 알겠으니까 이상한 말 하지 말고 얼른 꺼져."

"나와 꼭 약속한 거다. 묘연… 믿을게."

나는 묘연이 매우 걱정됐지만, 할아버지를 지켜야 하기에 어쩔 수 없이 가야만 했다. 눈물이 핑 돌아도 애써 삼켜야만 했다. 그렇게 무거운 마음을 뒤로 하고 기절한 할아버지를 등에 업고서 입술을 꽉 깨물었다. 그리고는 무작정 앞만 보며 달렸다. 뒤돌아서 묘연을 보고 싶은 마음이 간절했지만, 내가 그러면 자칫 묘연이 더 힘들어질까 봐 꾹 참았다. 그렇게 쉬지 않고 한참을 달려가서야 드디어 물길 입구가 보였다. 그곳에 도착해서 머리카락을 확인하니 8개가 변해 있었고, 9개째가 차츰 변해 가고 있었다.

"묘연, 무사히 돌아와. 제발…."

초조한 시간이 지나가고, 9개의 머리카락이 완전히 하얗게 변해 버렸다. 그럼에도 돌아오는 묘연의 모습이 보이질 않자 내 눈에서 눈물이 툭 떨어져 내렸다. 순간, 옷 속에서 신비한 푸른빛이 감돌았지만, 그걸 눈치챌 겨를이 없었다.

"…… 약속했잖아. 이 거짓말쟁이."

위험한 곳에 묘연을 홀로 두고 온 내가 원망스러웠다. 깊은 후회의 눈물을 쏟아 내며 고개를 푹 숙인 채로 자책하고 있던 바로 그때,

"내가 먼저 가라고 했지? 약속 안 지킨 건 이안 너잖아. 멍청아."

그토록 바라던 목소리가 들리면서 피를 흘리며 나를 향해 힘겹게 걸어오는 묘연이 보였다.

"왜 이제야 온 거야? 그리고 이 피는 뭐야? 다친 거야? 나보다 훨씬 더 강하다며? 그렇게 말했으면서 이 꼴이 대체 뭐냐고! 당당하게 큰소리치더니…."

반가움과 걱정이 뒤섞여서 괜히 마음에도 없는 소리를 퍼부어 댔다.

"그게 죽다 살아난 아가씨한테 할 소리냐? 여전히 버릇없긴."

"너무… 반가우니까…. 내가 얼마나 많이 걱정했는지 알아? 이렇게 다시 볼 수 있어서 정말 다행이야. 네가 무사히 돌아오기만을 간절히 기도했어. 애타게 너를 기다렸다고…."

그제야 속마음이 제대로 튀어나왔다. 그런 내 진심을 들은 건지, 아님 듣지 못한 건지, 묘연은 나의 말과는 다른 대답을 했다.

"이안, 빨리 이곳에서 나가자."

묘연이 물길의 입구에 손을 대고 백로 어르신을 부르니 물길이 두 갈래로 갈라지면서 문이 열렸다. 그곳으로 들어가자 미다스의 정원으로 나올 수 있었다. 정원에 발이 닿으니 갈라졌던 분수의 물길이 다시 닫히고 분수가 원래처럼 화려한 물 쇼를 선보였다.

"휴, 진짜 아슬아슬했다."

숨 돌릴 틈도 없이 곧장 할아버지를 집사 방에 옮겨서 침대에 눕혔다. 할아버지에게 이불을 덮어주고 나서야 나는 다리에 힘이 풀려서 그대로 주저앉았다.

"수고했어. 이안. 생각보다 꽤 용감했어."

묘연이 시크하게 말을 던지고는 아무렇지 않은 척, 밖으로 걸어 나가는데, 묘연이 가는 길을 따라서 핏방울이 뚝뚝 떨어지고 있었다. 뒤늦게 그 모습을 발견한 나는 덜컥 겁이 나서 동공이 심하게 흔들렸다. 설마….

"묘연! 잠깐만!"

힘없이 주저앉아 있던 내가 언제 그랬냐는 듯 벌떡 일어나서 묘연을 향해 단숨에 달려갔다.

"왜…."

아무것도 모르는지 무심코 뒤를 돌아보는 묘연에게 나도 모르게 버럭 화를 냈다.

"지금 제정신이야? 이 꼴로 혼자 처소에 가서 뭐 어쩌려고? 다쳤잖아! 이 바보야!!"

"뭐? 이게 오냐오냐했더니 누구더러 바보래?"

"바보 소리 안 하게 생겼어? 지 몸이 다친 줄도 모르고, 이렇게 피도 많이 흘리면서…. 그러다 고양이로 바뀌면 상처 치료도 제대로 할 수 없잖아!"

내 말을 들은 묘연은 바닥에 떨어진 붉은 핏자국을 바라봤다. 그리고 자신의 몸에 난 심각한 상처를 확인했다. 출혈이 멈추지 않는 것을 보고 묘연도 꽤 당황한 듯 보였지만, 애써 내 앞에서는 표정 관리를 했다.

"호들갑 좀 떨지 마. 이깟 피 조금 흘린다고 무슨 일 일어나지 않아. 난 아무래도 상관없어."

"이게 조금이야? 피가 멈추지 않고 철철 나는데 상관없기는. 할아버지 깨어나면 얼른 치료해 달라고 하자. 할아버지한테 상처를 낫게 하는 치유의 능력 있잖아."

"잊었어? 내가 수집사라는 것을. 우두머리가 아래 집사한테 있는 능력이 없겠어?"

"그럼 왜 그렇게 피를 흘리고 있는 거야? 그런 능력이 있는 거면 당장 치료하면 되잖아!"

"이건 마귀한테 당해서 그런 거다. 아까 나를 붙잡았던 그 썩은 손! 문 집사처럼 일반 죄수가 아니었지. 간혹 지승 관리지 중 큰 죄악을 저지르는 자가 있다. 그건 저승에 잡혀 온 극악무도한 범죄자의 악령이 몸에 들어간 거야. 자칫 폭주하면 마귀가 된다. 마귀는 악의 기운을 소멸하기 위해 온몸이 썩어 들어가는 형벌을 받지. 하필 그런 놈에게 붙잡혀서 상처가 부패했군."

"그런 심각한 말을 무슨 남의 말 하듯이…. 하, 진짜 넌…. 그럼 어떻게 하면 되는 거야?"

"뭘 어떻게 해? 그냥 쉬면 낫겠지. 뭐."

아무렇지 않은 것처럼 말하면서도 묘연의 얼굴은 점점 하얗게 질려 갔고, 이마에 식은땀도 흘리고 있었다.

"그래도 마귀한테 당했는데 급히 치료를…. 이렇게나 크게 다쳤는데도 묘연 넌 겁도 안 나?"

"겁은 무슨. 쓸데없는 걱정 넣어둬. 난 내가 알아서 할 테니까 너는 문 집사나 잘 돌봐줘. 나보다 노인네가 더 걱정이니."

센 척하며 돌아서려던 묘연은 순간적으로 몸을 크게 휘청거렸다. 그 모습에 더욱 걱정이 돼서 달려가 부축하려고 했지만, 묘연은 내 손을 뿌리치고 피를 흘리며 다시 걸어갔다. 그렇게 묘연이 처소로 돌아가고도 절뚝거리던 뒷모습이 계속 떠올라서 걱정이 됐다.

"하, 말로만 독하지. 진짜 모질지도 못하면서… 내가 걱정하는 거 싫으면… 아프지 마… 묘연."

시간이 지나도 창백하던 묘연의 얼굴이 잊히지 않아서 신경이 쓰였다. 이대로 가만히 있으면 도저히 안 될 것 같아 할아버지가 잠이 들자마자 묘연의 처소로 급히 향했다. 문 앞에 도착해서 노크를 했지만 평소처럼 들어오라는 묘연의 목소리가 들리지 않았다. 아무런 기척이 없자 불안해져서 더는 기다리지 못하고 문을 열고 들어갔다. 그런데, 바닥에 묘연이 피를 흘리며 쓰러져 있는 게 아닌가!

"묘연! 정신 차려! 묘연!!"

다급하게 묘연의 이름을 부르다 불현듯, 내가 물길 입구에서 눈물을 흘렸던 기억과 묘연히 했었던 말이 머릿속에서 빠르게 스쳐 지나갔다.

<이곳에서는 루인이 아니어도 눈물을 흘리면 이슬이 생길 수 있어. 만약 문 집사나 이안 네가 다치는 상황이 생기면 그 이슬로 낫게 만들어야 되니까 내가 챙겨 왔어.>

맞아!! 호리병!! 거기에 이슬만 담겨 있다면 묘연을 살릴 수 있어!!

옷 속에 깊숙이 넣어 두었던 호리병을 재빨리 꺼내서 확인했다. 나의 간절한 마음이 하늘에도 닿았는지 천만다행으로 호리병 안에는 영롱한 푸른 이슬이 담겨져 있었다. 얼른 뚜껑을 열어 묘연이 한주군 루인의 할머니에게 했던 방법 그대로 이슬을 묘연의 몸에 남김없이 들이부었다. 이슬이 몸에 닿으니 그날처럼 눈부실 정도로 큰 빛이 사방을 가득 채웠다. 이옥고, 흐르던 피가 점차 사라져 갔고, 몸 곳곳에 생겼던 깊은 상처들도 서서히 옅어지며 아물어 갔다. 그제야 묘연이 제대로 숨을 쉬기 시작했다.

"묘연! 정신이 좀 들어? 눈 좀 떠봐!!"

나의 목소리를 들었는지 묘연이 천천히 눈을 떴다.

"이안… 여전히 시끄럽군… 나에게 이슬을 사용한 건가? 서재에 있는 것을 마음대로 쓰면…."

그 와중에도 수집사로서의 역할을 하려는 묘연이었다. 하지만 말을 끝까지 마치지도 못하고 힘겹게 기침을 해댔다.

"죽다 살아나서 겨우 한다는 소리가…. 그래도 그 말 들으니까 네가 무사히 돌아온 거 같아서 조금 안심이 되네. 정말 다행이다…. 그리고 이거 서재에 있던 거 아니야. 외출 갔을 때, 내 눈물이 만들어 낸 이슬이니까…."

순간, 묘연의 눈빛이 촉촉해진 것 같은 건 내 기분 탓이었을까? 지그시 나를 바라보던 묘연이 천천히 입을 열었고 나지막하게 말했다.

"…… 인간의 감성이란 건… 아무짝에도 쓸모없는 줄로만 알았더니…. 그게 나를 살리게 될 줄이야. 이안, 너는 참… 알다가도 모르겠어. 수집사 생활하며 너 같은 인간은 처음이라…."

"그건 오히려 내가 너에게 하고 싶은 말이야. 그리고 이제 그만 말해. 아직은 힘들어 보이니까."

나는 바닥에 쓰러져 있던 묘연을 번쩍 들어 안아서 침대에 조심스럽게 눕혔다.

"이 핑계로라도 제발 좀 쉬어. 아무리 수집사라도 몸이 단단한 로봇은 아니니까. 이럴 땐 아프다고 징징대도 돼. 내 앞에서 센 척 좀 그만하라고. 이제 나한테 그런 거 안 통하니까."

그때, 믿기지 않은 말이 내 귓가에 들려왔다.

"… 고… 마워… 이안."

"…어?"

처음으로 묘연이 내게 보인 진심이었다. 묘연답지 않은 쑥스러운 말이라 내가 놀란 눈으로 바라보자 나와 눈을 마주치지 않으려는 듯 묘연이 벽 쪽으로 등을 돌려 누웠다. 나는 그런 뒷모습을 한참 동안이나 말없이 바라봤고, 내내 묘연의 곁을 떠나지 않았다. 긴 시간이 흘러서 묘연이 겨우 잠이 든 것을 확인한 후에야 조용히 처소를 나섰다.

"무사해서 다행이야. 실은… 너까지 잃게 될까 봐… 겁이 났어."

◊◊◊

꼬박 사흘이 지났다. 달이 뜰 때마다 처소에 찾아갔지만, 방문은 열리지 않았고, 방문 너머로 묘연은 돌아가라고만 말했다. 그 사이, 할아버지는 재석이 찾아와서 치유 능력을 써준 덕분에 기력을 회복했다. 재석도 오래된 집사라더니 할아버지처럼 치유 능력을 가지고 있었다. 과거의 일로 집사 일은 못하게 됐어도 능력까지는 빼앗기지 않은 게 진짜 신의 한 수였다.

"위급한 상황이었는데 도와주셔서 정말 감사합니다. 재석 집사님."

"아닙니다. 제가 이렇게라도 도움이 될 수 있어서 기쁩니다. 저도 이안 집사님이 좋은 소식을 전해 준 이후로 많이 호전되고 있습니다. 늘 마음 한편이 무거웠는데, 덕분에 한결 가벼워져서 이제부터라도 제대로 심신 단련을 해보려 합니다. 그 시작으로 선글라스의 렌즈 색상을 엷게 해서 상대를 똑바로 바라보는 것부터 연습하고 있습니다. 그게 익숙해지면 앞으로는 선글라스 없이 상대의 눈을 보는 것까지 차차 해나가려고 합니다. 이안 집사님의 귀중한 조언대로."

그러고 보니 재석의 선글라스가 처음 만났을 때, 눈도 보이지 않을 정도의 짙고 새카맣던 그 렌즈가 아니었다. 큰 눈망울이 렌즈 너머로 보일 정도의 엷은 색으로 바뀌어 있었다. 재석의 마음속 변화가 고스란히 느껴질 만큼.

"오! 다행이네요. 이제 저에게 말씀 편하게 하세요. 그래도 저보다 선배 집사님이신데…."

"음…. 그건 제가 이슬 집사로 정식 복귀를 하게 되면 그렇게 하겠습니다. 머지않아 그렇게 될 것 같으니…."

"진짜요?"

"실은, 이안 집사님이 다녀갔던 날, 묘연 아가씨께서도 저를 찾아오셨습니다. 과거의 그 일이 있고 나서 처음으로 저를 먼저 찾아오신 거라 적잖이 놀랐습니다."

나도 덩달아 놀라고 말았다. 묘연이 재석을 직접 찾아갈 거라고는 꿈에도 몰랐다.

"아가씨께서 직접이요?"

"네. 저승에 다녀오는 길에 제게 들렀다고 하셨습니다."

"저승은 또 언제 다녀오셨지? 거긴 왜…."

"죽은 자와 관련된 중대 사안이 마침내 해결됐음을 보고 드리고, 더불어 제가 마음의 치유를 온전히 다 마치고 나면 미다스의 이슬 집사로 다시 복귀할 수 있도록 염라대왕님께 미리 허락을 구하셨다고 합니다."

"우와! 추진력! 대박!"

그날 묘연이 재석을 걱정하는 모습을 은연중에 내비치긴 했지만, 이렇게까지 즉각 실행에 옮길 줄은 몰랐다. 겉으로 냉담한 척한 것도 섣불리 재석의 편을 들면 오히려 염라대왕의 반감을 사서 역효과를 불러올 수도 있으니 이번처럼 확실한 명분이 생길 날만을 기다린 거였다.

"저도 많이 놀랐습니다. 이안 집사님에게 이야기를 전해 들을 때까지만 해도 솔직히 긴가민가했는데…. 이렇게까지 저를 생각해 주실 줄은…. 당연히 저를 싫어하실 줄 알았습니다. 저 때문에 아가씨께서 큰 벌까지 받으셔서…."

"네? 큰 벌이라고요?"

묘연이 벌을 받았다는 사실에 흥분해서 자리에서 벌떡 일어났다. 다소 격한 반응을 보이는 나를 보고 재석의 표정이 금세 쓸쓸해졌다.

"아…. 그 부분까지는 아가씨께서 말씀을 하지 않으셨군요…. 휴…."

"아가씨께서 왜 벌을 받으신 거예요? 무슨 잘못으로…."

"수집사로서 아래 집사를 제대로 관리하지 못한 죄…. 그 때문에 이슬 수집 업무가 정지되고 새 생명이 오랜 시간 탄생하지 못한 죄를 물어 그 벌로 모습이 변하게 된 겁니다."

"변하게 되다니요? 그게 무슨…."

"낮이면 고양이로 변하는 거 말입니다. 그게 묘연 아가씨에게 내려진 무거운 형벌이었습니다. 원래는 묘연 아가씨도 인간이었죠. 낮이든, 밤이든, 상관없이 우리와 똑같은 모습의 인간."

"네??!!!!!"

묘연이 처음부터 고양이가 아닌 인간이었다니!! 더 이상은 놀랄 일이 없을 줄 알았는데 이번에는 더 심한 충격을 받아서 머릿속이 어질어질할 지경이었다. 표정 관리조차 제대로 할 수 없는 나를 보며 재석의 목소리가 떨려 왔다.

"저 때문에 그런 고초를 겪으실 줄은…. 그래서 묘연 아가씨께 송구하고 면목이 없었습니다. 그럼에도 불구하고 이번에 저를 위해서 아가씨께서 직접 해결해 주시고, 저의 아픔까지 깊이 헤아려 주시는 모습을 보면서… 뒤늦게 그런 생각이 들었습니다. 어쩌면… 그 벌도 저를 대신해서 받으신 건지도 모른다는…. 사고를 친 저는 직위 강등 정도의 미약한 처분을 받았는데, 오히려 묘연 아가씨께서는 상상 이상의 큰 벌을 받으셨으니…."

그러고 보니 묘연이 그런 말을 했었다.

<아래 집사의 실수는 수집사인 내가 수습해야지. 그것이 수집사로서의 막중한 책임이다.>

집사들의 우두머리로서 지닌 책임감의 무게는 이런 거였구나…. 한편으론 대단하다는 생각이 들면서도 다른 한편으로는 자신을 먼저 생각지 않는 묘연이 안쓰러웠다. 이번에 일을 해결한 것도 정작 묘연인데, 자신의 안위보다는 재석의 복귀를 먼저 청하다니…. 오히려 고양이가 되는 자신의 모습을 원래대로 되돌려 달라고 간청드릴 수도 있었을 텐데…. 당당히 감성적인 인간이 아니라고 말할 때는 언제고… 거짓말…. 이렇게나 다른 집사들을 걱정하는 인간다운 면모를 보이면서….

<고양이가 된 순간부터 나는 완전히 달라졌으니까.>

무심코 지나쳤던 그 말이 이런 뜻이라니…. 허투루 한 말이 아니었어.

그러다 문득, 궁금했다. 묘연은 왜 그동안 자신의 사연을 나에게 말해 준 적이 없을까? 이제는 꼭 알고 싶어졌다.

내가 몰랐던 묘연의 진짜 이야기를.

"재석 집사님, 저… 궁금한 게 있어요. 그럼 원래는 인간이었던 묘연 아가씨께서 어떻게 미다스의 수집사가 되신 거예요?"

"그건…."

"이안아!"

그때, 할아버지가 계단을 내려오며 나를 불렀다. 할아버지의 갑작스러운 등장에 질문에 대한 답을 듣지도 못한 채 할아버지에게로 바로 달려가야 했고, 재석 집사는 못내 아쉬운 표정을 지으며 다시 정원으로 돌아갔다.

"할아버지, 아직 몸도 성치 않으신데 왜 내려오시는 거예요?"

"너와 함께 식사하려고."

"힘드신데 뭘 그렇게까지 하세요. 식사도 제가 침대까지 가져다드리면 되잖아요."

"이제 많이 나았어. 이안이 네 덕분에."

내 덕분이라는 말이 괜스레 쑥스러워서 어색하게 머리를 긁적였다.

"아니에요. 제가 해 드린 게 딱히 없는데…."

"나를 위해서 그 험한 곳까지 와주었잖니. 고맙다. 이안아."

할아버지의 고맙다는 말이 은근히 듣기가 좋아서 배시시 웃음이 새어 나왔다. 그러다 묘연이 내게 한 말이 떠올랐다.

< - 고 - 마워 - 이안.>

할아버지도, 묘연도 자신의 마음을 겉으로 표현해 줘서 나도

고마운 마음이 들었다.

"할아버지, 오늘은 평소보다 더 많이 드세요. 영양제 같은 좋은 것도 다 챙겨 드셔야 해요. 그래야 오래 사시니까…."

백로 징벌소에 다녀와서 혹여나 할아버지의 수명이 줄어들었을까 봐 내심 걱정이 됐다. 묘연처럼 나도 처음으로 할아버지에게 진심을 보인 것이다. 내 걱정을 들은 할아버지는 인자한 미소를 띠며 천천히 고개를 끄덕였다.

"내게 그렇게 말해 줘서… 고맙구나. 이안아…. 못 보는 사이많이 달라졌구나. 말투도, 행동도, 처음보다 훨씬 어른스러워졌고. 이렇게 성장한 모습을 보니 참 대견하다."

할아버지에게 칭찬의 말을 들으니 얼굴에서 미소가 떠나질 않았다. 그토록 바라던 말이었기에…. 할아버지도 그런 나를 보며 활짝 웃어 보였다. 그 밝은 얼굴을 오래 보고 싶다는 생각이 들 정도로….

기분이 한층 좋아진 김에 할아버지와 오랜만에 식탁에서 마주 보며 함께 식사를 했다. 할아버지는 부드러운 미음을, 나는 미다스 정식을 먹었다. 미다스 정식은 언제나 맛있다. 시간이 될 때마다 어디서 오는지 맛있는 음식이 식탁에 정갈하게 매번 차려져 있었다. 항상 새로운 반찬과 국이 푸짐하게 차려져서 보기만 해도 먹음직스러웠다. 이곳에 와서 마음에 드는 것 중의 하나였다. 나름 미다스 저택의 직원 복지랄까? 여기에 오기

전에 나 혼자 있을 때는 늘 식사를 거르거나 빵 쪼가리 정도로
겨우 때웠었는데, 이곳에서는 정성스러운 식사를 항상 차려 줘
서 끼니를 거르는 일이 없었다. 식사가 끝나갈 때쯤 내가 먼저
말문을 열었다.

"할아버지."

"왜 그러니? 이안아."

"할아버지께서 미다스의 집사가 되신 이유를 알고 싶어요.
묘연 아가씨의 사연에 대해서도…. 이제는 저에게 사실대로 말
씀해 주세요."

할아버지는 손에 들고 있던 수저를 식탁에 천천히 내려놓더
니 금세 얼굴에 수심의 그늘이 드리웠다.

"조금 더 시간이 지나서 말해 주면 안 되겠니? 지금의 좋은
기분을 사라지게 하고 싶지 않은데…."

"그게 무슨 말씀이세요? 좋은 기분이 사라진다니…. 혹시 심
각한 이야기예요?"

"이안아…. 나는…."

할아버지는 말을 꺼내려다가 다시 입을 다물고는 슬픈 표정
을 지었다. 그 모습을 보니 내가 모르고 있는 중요한 무언가가
있다는 확신이 들었다. 오늘만큼은 할아버지가 집사를 시작하
게 된 이유를 꼭 알고 싶어서 재차 물었다.

"할아버지, 저는 지금 듣고 싶어요. 그리고 예전에 제게 하셨

던 말씀이요. 대체 저에게 빚을 졌다는 게 무슨 뜻이에요? 그 말을 들은 이후로 내내 마음에 걸려서 늘 생각했어요. 도대체 그 빚이라는 게 뭔지를….”

“빚은… 너에게 지기도 했지만, 묘연 아가씨께 진 빚이란다. 그게 시작인 셈이니.”

“네? 시작이요? 그건 또 무슨 뜻이에요? 자세히 설명을….”

내 말이 끝나기도 전에 할아버지가 자리에서 일어났다.

“이 부분은 아가씨의 허락이 떨어지기 전에는 내가 먼저 말을 할 수가 없구나. 이해해다오.”

“그럼 제가 직접 묘연 아가씨에게 가서 물어봐도 되나요?”

내 질문에 할아버지는 심히 당혹스러운 표정을 짓더니 황급히 밖으로 나가려 했다.

“할아버지! 갑자기 어디 가세요? 아직 이야기를 다 못 들었는데….”

걸어 나가던 할아버지가 멈칫하더니 슬픈 표정으로 나를 돌아봤다.

“언젠가는 너도 다 알게 되겠지. 그렇게 되면 나를 다시 원망하게 될 것 같아서 몹시도 두렵구나. 징벌소에서 나를 구해 온 것까지 전부… 깊이 후회하게 될까 봐….”

그렇게 알 수 없는 말을 남기고 할아버지는 힘없이 계단으로 올라갔다. 내가 다 알게 된다면 할아버지를 원망할 수도 있다는 말과 후회하게 될 수도 있다는 말이 무거운 돌덩이가 되어 내 마음속 짐이 하나 더 늘어났다. 안 그래도 징벌소를 다녀오고 몸집이 더 왜소해져서 안쓰러운데, 기운 빠져서 어깨가 축 처져 있는 모습까지 보니 할아버지가 더 걱정됐다.

"혹시나 그동안 내가 모르고 있던 사실이나 오해가 있다면 이제라도 풀고 싶어서 물어본 건데….."

우재훈 루인과 그의 딸을 만나고 온 이후로 가족끼리 서로 오해하고 상처받는 시간을 더는 만들고 싶지 않았다. 그러기 위해 내가 모르고 있는 중요한 무언가를 꼭 알아야만 했다.

"그래, 묘연에게 물어보자. 까짓것, 그 허락 내가 직접 받지, 뭐."

달이 뜨자마자 묘연의 처소로 향했다. 오늘은 묘연이 돌아가라고 해도 무조건 안으로 들어가겠다는 굳은 다짐을 안고서 일부러 더 크게 발걸음 소리를 내며 계단을 올라갔다. 묘연의 처소에 도착해서 노크를 하니 내가 예상했던 것과는 다른 말이 귓가에 들려왔다.

"들어와. 이안."

오랜만에 묘연의 목소리를 들으니 반가우면서도 살짝 긴장이 됐다.

"후, 침착하자."

숨을 크게 몇 번 들이쉬고 조금 진정시킨 후, 슬며시 문을 열어 보니 묘연이 창가에 앉아서 밤하늘의 달을 보고 있었다.

"묘연, 묻고 싶은 게 있어서 찾아왔어."

"다짜고짜? 얼마 만에 보는 건데 질문부터 하다니. 너도 참···."

사실 내 속마음은 묘연의 안부가 제일 먼저였는지도 모른다. 묘연을 볼 수 없었던 며칠 동안 처소 앞에 매일 찾아왔었다. 한참 동안 그 앞에서 앉아 있다가 늦은 새벽이 돼서야 내 방으로 돌아가곤 했다. 묘연을 걱정하는 마음과 지켜 주고 싶은 마음이 행동으로 나타난 거였다. 하지만 나는 겉으로 애써 담담한 척일부러 티를 내지 않으려고 했다.

"아··· 묘연, 이제 몸은 좀 괜찮아?"

"참 빨리도 물어본다. 보다시피 괜찮아졌어. 이안 네 눈물이 만든 이슬 덕분에."

묘연이 상처가 났었던 자리가 깨끗이 아문 것을 보여 줬다.

"다행이네. 온전히 회복해서···."

"그럼 이제 들어 볼까? 그렇게 비장한 표정으로 나를 찾아온 연유를?"

"너에게 묻고 싶은 게 있어서."

"그건 이미 들었고."

"물어봐도 돼?"

"그것도 이미 들어 본다고 했고."

허락을 받았음에도 선뜻 바로 묻지 못하고 애꿎은 손만 만지작거리면서 어색한 헛기침을 반복했다. 그렇게 계속 머뭇거리는 나를 보고 묘연이 답답하다는 듯 재촉했다.

"뜸 들이지 말고 얼른 말해. 내게 묻고 싶다는 게 대체 뭔지."

"왜… 우리 할아버지가 너를 모시는 거야? 왜 할아버지가 미다스의 집사가 된 거야?"

내 질문을 들은 묘연의 분위기가 순식간에 달라졌다. 시리도록 차갑게. 말투까지도 딱딱하게 변했다.

"문 집사도 알고 있나? 이안 네가 이런 질문을 내게 할 거라는 것을."

"사실 할아버지에게 먼저 물어봤지만 나에게 아무런 답을 주지 않았어. 이 부분은 아가씨의 허락이 떨어지기 전에는 할아버지가 먼저 말을 할 수가 없다면서…."

"그래? 그건 문 집사답군. 입이 무거워서 내가 문 집사를 신임하긴 하지."

"그러니 묘연 네가 대신 말해줘. 왜 할아버지가 미다스의 집사가 됐는지를."

잠시 어색한 공기가 흐른 후, 이윽고 묘연의 입에서 뜻밖의 말이 나왔다.

"그날… 문 집사가 큰 죄를 지었다."

심장이 철렁 내려앉으며 지진이 난 것처럼 동공이 심하게 흔들렸다.

"그, 그날? 큰 죄? 너와 나에게 빚을 졌다는 말을 듣긴 했지만 죄라니… 그게 무슨 뜻이야?"

"아, 성가셔. 귀찮게 도대체 어디까지 설명해 줘야 해?"

묘연은 답답해하는 나를 뒤로한 채 침대로 향하더니 이불 위로 털썩 누웠다. 그런데 눕자마자 곧바로 일어나더니 갑자기 신경질을 냈다.

"짜증나! 내 침대에 피비린내가 베었어. 기분 나빠."

하지만 나도 굴하지 않고 묘연에게로 성큼성큼 걸어가 단호한 말투로 거듭 물었다.

"말 돌리지 말고. 할아버지가 지었다는 그 죄가 대체 뭐야? 그때 약속했잖아. 나에게."

"그놈의 약속 참 좋아하네. 또 무슨 약속?"

"이슬 3개를 얻어 오면 할아버지가 진 빚이 뭔지 알려 준다고. 기억 안 나? 내가 궁금한 걸 알려 주기로 했잖이."

"그건 루인에게 3개를 얻었을 때…."

"그런 조건은 없었어. 집사가 돼서 이슬을 3개 얻으면 된다고만 했지. 네가 했었던 말 그대로 되돌려줘? 애초에 계약을 꼼꼼히 하지 그랬어! 예의상 '어리석긴'이라는 말까지는 돌려주지 않을게."

"뭐야! 그건 그 말까지 돌려준 거나 마찬가지잖아. 은근히 약은 녀석."

"암튼 약속을 지켜. 묘연. 내가 이슬을 3개 얻었으니 이제는 말해줘."

"흠, 마지막 기회다. 차라리 듣지 않는 게 더 좋을 텐데."

"아니. 나는 꼭 들어야겠어."

묘연은 처음 보는 싸늘한 얼굴로 나를 노려봤다.

"그날도 피비린내가 났었지. 바닥엔 선혈이 낭자했으니까."

"그, 그게 무슨 말이야? 알아듣게 똑바로 말해!"

"그렇게 원한다면 할 수 없지. 굳이 듣고 나서 후회나 하지 마."

"후회… 안 해."

"그래? 과연 그럴지. 나는 이안 네가 조만간 깊은 후회를 하게 될 것 같으니 백로 징벌소에 가기 전, 마땅한 대가를 치르겠다고 했던 그것을 곧 네가 느낄 참담한 후회로 대신 받겠다."

"도대체 뭐기에 그렇게까지…."

순간, 내 말을 단칼에 싹둑 잘라 내며 묘연이 소리쳤다.

"문 집사가 우리 언니를 죽게 만들었어!!"

핏기가 서려서 나를 노려보는 묘연의 그 눈빛이 비수가 되어 내 심장에 날카롭게 꽂혔다. 언젠가, 묘연이 내게 말했다.

<뭐든, 미리 장담하진 마! 사람 앞일은 모르는 거니까.>

그때의 나는 1,000%로 라며 호언장담했었다. 그런데 이제

와서 보니 나는 어리석은 허세와 객기를 부렸나 보다.

듣지 말아야 할 것을 기어이 듣고 말았으니.

◊◊◊

"언니와 나는 쌍둥이였다. 우리 둘은 같은 운명을 타고났지. 그날, 큰 사고가 있었어. 문 집사가 길을 건너던 언니를 차로 쳤고, 뒤따르던 나는 언니가 사고를 당하는 충격적인 그 모습을 고스란히 목격했다. 차디찬 바닥은 순식간에 붉은 피로 뒤덮였고, 머리에서 피를 흘리며 처참하게 쓰러져 있는 언니를 보고서 나는 그대로 기절하고 말았다."

전혀 예상치 못했던 비극에 극심한 충격을 받은 나는 한순간에 칠흑 같은 어둠으로 뒤덮였다. 빛에 대한 이야기를 들었을 때도 무수한 상상을 했었지만, 이런 불행일 거라고는 추호도 생각해 본 적이 없었다. 비통한 심정을 감추지 못하고 얼굴에 확연히 드러나자 묘연 역시 아득한 슬픔에 휩싸였다. 지우고 싶었던 과거의 기억을 꺼내는 게 몹시 괴로웠는지 묘연은 잠시 말을 잃었고, 가냘픈 몸이 떨리고 있었다. 그 모습이 여러 루인을 만났을 때와 겹쳐 보였다. 내가 걱정스럽게 바라보자 묘연은 천천히 숨을 고르며 애써 힘겨운 마음을 가다듬고는 다시 말을 이었다.

"하…. 그날… 돌이킬 수 없는 일이 벌어졌다. 사고 장소에 도착한 사자가 판단을 내리기 전에 시간부터 멈춰야 한다는 것을 까맣게 잊은 거였지. 하필이면 경험이 없는 신입 사자였어. 큰 실수로 인해서 언니는 그 자리에서 바로 즉사했고, 사자의 결정과 무관하게 언니의 영혼을 저승으로 이송해야만 했다. 그런데… 그때, 신입 사자는 두 번째 치명적인 실수를 해 버렸다."

"치명적인 실수?"

"그래. 단순히 실수라고 말하기에는 너무도 가혹한…. 바닥에 같이 쓰러져 있던 언니와 나를 살펴보던 사자가… 크나큰 잘못을 저지르고 말았지. 언니가 아닌 나의 영혼을 저승으로 이송해 버렸으니까…."

"…!!! … 어떻게… 그… 그런 일이…."

"언니와 나는 쌍둥이로 같은 얼굴, 같은 운명을 타고났기에 가령 영혼이 바뀐다고 해도 오랜 경력이 있는 사자가 아니라면 단번에 알아보기는 어려웠지. 게다가 사고 장소에 우리 둘 다 나란히 쓰러져 있던 게 화근이었어. 그날의 잘못으로 저승에서도 비상이 걸렸다. 혹여나 같은 전력이 없는지 철저한 검열에 들어갔고, 저승의 모든 사자가 심판대 위에 올랐다. 하지만 그 결과, 나와 같은 케이스는 단 한 명도 나오지 않았다. 저승 입장에서는 그나마 불행 중 다행이었겠지만, 나에게는 오히려 더 비참함을 안겨준 결과였다."

"…… 생사람을 죽은 목숨이나 다름없게 만들다니…. 그런 어마어마한 짓을 해 놓고 저승에서 무슨 해결책이라도 세워 줬어? 그토록 중대한 잘못을 저질렀는데 제대로 책임을 져야지!!"

"저승에서도 이런 경우는 처음이라 어떻게 수습을 해야 할지 심히 난감해했다. 선례가 없으니 대처할 방법 역시 딱히 없었지. 사자들의 선에서 도저히 수습이 되잖자 급기야 옥황상제와 염라대왕까지 나서게 됐다. 너무도 억울하게 저승에 오게 된 나를 가엽게 여기며 나의 원통함을 풀어줄 방법에 대해 오래도록 고심했지. 하지만… 이미 신입 사자의 실수를 만회하기 위해 이승에 남아 있던 언니의 몸에 숨을 불어넣은 상태라 그것을 되돌릴 수 있는 방법은 마땅치가 않았다. 무엇보다… 내가 다시 돌아간다면 이승의 사람들이 큰 혼란에 빠질 테니…."

"아무리 그렇다고 해도… 끝까지 돌아갈 방법을 찾는 게…."

듣다 보니 내가 다 억울할 지경이라서 속이 타들어 갔다. 내가 그 상황에 처했다면 어떻게든지 돌아가려고 필사적이었을 텐데…. 그런 나를 보며 묘연은 씁쓸한 얼굴로 고개를 저었다.

"아니, 나는 다시 돌아갈 수 없었다. 결국, 나를 대신해 언니가 이승에서 살게 됐고, 옥황상제와 염라대왕의 합의 끝에 공석이었던 밤이슬 수집사로 나를 임명했다. 불가피하게 오갈 곳을 잃은 나는 이승의 사람도, 저승의 사람도, 아니게 됐으니 그 경계선에서 꽤 적당한 책임자였지."

"뭐? 임명? 와, 진짜 어이없네. 그딴 게 보상이야? 잘못한 건 저승인데 안 그래도 힘들었을 너한테 밤이슬 수집사라는 막중한 책임까지 떠넘긴 거나 마찬가지잖아. 더 귀한 것으로 보상을 해 줘도 시원찮을 판에. 빌어먹을!"

"보상이라…. 그런 비슷한 것을 받긴 했지."

"받았다고? 어떤…."

"소원권! 나에게 그 어떠한 것이든 한 가지의 소원을 들어주겠다고 했다."

"겨우 한 가지로 생색낸 거야? 백 가지를 들어줘도 부족한데…. 하…. 얼마나 억울하고 힘들었을지…. 그 모든 걸 혼자서 어떻게 감당해낸 거야? 비록 수집사로 임명됐다고 해도 다시 살아서 돌아가고 싶진 않았어? 갑작스럽게 죽음을 맞게 됐고, 가족과도 강제 이별을 당한 거였잖아."

듣는 내내 사연이 안타까워서 묘연이 더 애처로웠다. 소중한 이들과 헤어진 아픔과 슬픔을 홀로 견뎌 내며 외로운 수집사로 살아가야 했던 묘연이….

"사실 처음엔 그랬어. 분노하기도 했고, 그다음엔 가족이 그리워서 애달팠지. 하지만 돌아갈 수 있다고 했어도 나는 차마 갈 수 없었을 거야. 내가 가게 되면 언니가 죽어야 하니까…."

가족을 위해 자신을 희생해야만 했던 묘연의 눈동자에는 오래된 슬픔이 담겨 있었다. 한참 동안 우리 둘은 말이 없었고, 구슬픈 정적만이 주위를 감쌌다. 긴 시간이 흐른 뒤에 내가 먼저 조심스럽게 입을 열었다.

"묘연… 네 이야기를 다 들으니까 더 이해하기가 쉽지 않아. 부정하고 싶은 마음이 굴뚝같지만 그래도… 솔직히 말하자면… 네 인생이 바뀐 것에 할아버지가 일조한 부분이 있는 거잖아. 그렇다면 할아버지가 그 누구보다 원망스러울 것 같은데… 어째서 이곳에서 같이 집사를…"

방금까지 슬픔에 잠겨 있던 묘연은 원래의 냉담한 모습으로 돌아왔다. 그리고 내 눈을 똑바로 보며 진지하게 말했다.

"이제부터 처음 네가 질문한 것에 대한 이야기다. 앞서 긴 설명이 필요했던 이유…."

극도의 긴장감이 감돌던 그때, 묘연이 도저히 믿을 수 없는 말을 꺼냈다.

"문 집사는 스스로 목숨을 끊었다. 자신이 사람을 차로 치여 죽게 만들었다는 죄책감에…."

"……!!!"

그날 밤, 목숨을 버리려고 했던 나를 크게 꾸짖던 할아버지가 나와 같은 선택을 했었다니…. 먼저 받았던 충격이 가시지도 않았는데, 또 다른 충격에 혼비백산해서 한동안 멍해졌다.

그런 내 반응을 미리 예상했던 것처럼 묘연은 전혀 동요하지 않았다.

"고의가 아니었음에도 문 집사는 죄책감에 짓눌려서 하루하루 버틸 수가 없었던 거다. 내가 뒤늦게 알고 찾아갔지만, 이미 목숨을 잃은 후였고, 루인의 명단에도 없던 자라서 수집사인 나도 다른 방도가 없었지."

"그러면 더 말이 되질 않잖아. 죽은 자는 미다스의 이슬 집사가 될 수 없다고 들었는데…."

"그래, 네 말이 맞아. 하지만 나는 저승에 가서 문 집사를 다시 데려왔다. 대신, 저승에서 받아야 할 벌만큼 징벌소에서 수감되는 것으로 합의하고. 문 집사는 이미 저승의 문을 넘어갔으니 옥황상제와 염라대왕은 절대 안 된다며 반대했었지만, 내가 받은 소원권을 문 집사를 데려오는 것에 쓰겠다고 했다. 내 밑에서 일하게 만들고 싶다고 말이야."

"왜 하필… 그런 소원을 빌었던 거야? 단 하나의 소원이면 무조건 너를 위해 쓰는 게 맞지 않아? 억만장자가 되고 싶다거나, 아님 지금이라도 이승으로 돌아가게 해 달라거나…."

"글쎄, 그랬다면 많은 것이 달라졌을지도…. 하지만 지금도 그 소원을 빈 건 후회하지 않아."

"후회하지 않는다니…. 그럼 소원권까지 써서 할아버지를 데려온 게 연민이나 동정심 같은 거야?

"… 처음에는 내 밑에서 일을 시키면서 두고두고 괴롭히려는 심산이었다. 복수하는 심정으로…. 저승에서 벌을 받는 것보다 훨씬 더 고통스럽게 만들겠다고…."

"……."

"하지만… 이곳에서 함께 지내면서 언제부턴가 내 안에 이상한 마음이 자라났다. 문 집사의 처지도 참 딱하고 가엾다는 생각이 들었으니까…. 내가 괴로워하고 고통스러워하던 그 모습이 문 집사에게서도 보였던 거야. 마치 나를 보듯이…. 하루 아침에 가족과 헤어진 것도, 스스로 자책하면서 자신의 목숨을 끊은 것도, 백로 징벌소에 다녀와서 제 나이보다 훨씬 늙어 버린 것도…. 그 모든 것들이 내가 벌을 따로 주지 않아도 이미 무거운 형벌을 받은 것이나 다름없었지. 문 집사는 가족이 그리워서 밤마다 자식의 이름을 부르며 서럽게 오열했다. 구슬픈 울음소리가 매일 밤, 미다스를 가득 메울 정도로…. 원래 저승에 오면 이승의 가족에 대한 기억을 모두 잃게 된다. 하지만 문 집사는 미다스로 다시 오게 돼서 그 기억을 고스란히 떠안은 채, 가족이 보고 싶고 그리워서 하염없이 절규했다. 그 애통함이 문 집사에게는 가장 괴롭고 고통스러운 벌이었던 거다."

"할아버지에게도 그렇게 기구한 사연이 있었다니…. 얼마나 가족이 그리웠으면 매일 자식의 이름을 부르면서 울기까지…. 할아버지의 자식이라면 우리 아버지일 텐데…."

"… 아니다."

"뭐? 그럼 내가 모르는 아버지의 다른 형제가 있었나?"

"여전히 너는 눈치가 없구나."

"……?"

"이안, 너다."

"…… 뭐?"

"문 집사의 아들이 바로 너라고!"

청천벽력과도 같은 사실에 하늘이 와르르 무너져 내리는 것 같았다.

"묘, 묘연… 지, 지금 대체 무슨 말을 하는 거야? 할아버지가 왜… 내 아버지라는 거야?"

"이안! 아직도 모르겠어? 백로 징벌소에 다녀오면 어떻게 되는지 너 스스로도 겪어 봤잖아!!"

충격의 늪에 깊이 빠져서 헤어 나오지 못하고 정신이 아득해졌다. 얼굴이 창백하게 질려 버렸고, 눈앞도 캄캄해지는 것 같았다. 머리가 새하얗게 백발이 되어 버린 할아버지가… 바로 내 아버지였다니…!

"아니야! 그럴 리가 없어. 그럴 리가 없다고!! 아무리 내가 대가를 치르기로 했어도 이렇게 심한 거짓말까지 하는 건 아니잖아! 묘연, 방금 한 말 다 거짓말이라고 말해! 당장 말하라고!!!"

도저히 받아들이기 힘든 진실에 미친 사람처럼 울부짖었지만, 묘연은 거짓이 아니라는 듯, 남은 이야기를 마저 들려 주었다.

"이안… 너는 돌아오지 않는 아버지를 내내 원망했지. 하지만 네 아버지는 돌아가지 않은 게 아니라 돌아갈 수가 없었던 거다. 그건 말로 표현할 수 없을 정도로 피를 토하는 심정이지. 나는 그 고통을 겪어 봤기에 문 집사를 이해할 수 있게 된 거다. 하지만 너는 모르고 있었으니 아버지를 죽도록 원망했지. 서로의 오해가 깊었으니…. 네 아버지는 아무도 찾지 않는 그 슬픈 골목에서 생을 마감했다. 사람의 발길이 닿지 않은 곳이라서 가족인 너희 어머니조차 아버지의 시신을 찾지 못했었지. 남편이 죽은 줄도 모르고 애꿎은 노숙자들만 찾아다녔으니. 쯧쯧. 내가 어두운 골목길에서 너의 아버지를 데려왔기에 망정이지, 아니었으면 여태 떠돌이 귀신이 되어 구천을 허망하게 떠돌고 있었을 거다. 네가 죽으려고 했었던 바로 그 골목에서!!"

불현듯, 처음 만났던 그날, 할아버지가 내게 했었던 말이 떠올랐다.

<사람이 오가지 않는 낡은 골목이라". 이런 곳에서 죽으면 떠돌이 귀신이 돼서 구천을 정처 없이 떠돌아야 해! 사자들도 이런 곳은 부정 탄다고 피해 다닌다. 죽지 못해 사는 것보다 죽어서 더 비참한 꼴이 된다고! 알아들어? 네 몸이 문드러져 썩어 들어갈 때까지 아무도 못 찾는다는 말이다!>

할아버지는… 아니, 아버지는, 자신의 쓰디쓴 경험을 나에게 알려 준 거였다. 자신과 똑같은 과오를 저지르지 말라고…. 귀중한 목숨을 버리지 말라고…. 그 모든 걸 너무 늦게 깨달은 나는 머리를 세게 얻어맞은 것만 같았다.

"왜… 아버지는 나에게 자신의 정체에 대해서 숨겼던 거야? 왜 처음부터 아버지라고 사실대로 말하지 않고 할아버지라고 말한 거지?"

"당연히 널 생각해서겠지. 네가 받을 충격이 걱정돼서… 문 집사는 자신의 안위보다는 자식인 너를 먼저 걱정한 거다."

어린 나를 버리고 가서 평생 원망만 하게 만들었던 그 아버지가 나를 먼저 걱정했다니….

"아니야! 그럴 리가 없어! 엄마도 분명 할아버지의 성함을 알고 있었어. 내게 할아버지를 찾아가라고…."

"그거야 당연하지. '문현남'은 너의 진짜 할아버지 성함이니까. 내가 알기로는 네 할아버지도 살아계신 건 맞아. 너의 어머니는 진짜 할아버지를 찾아가라는 뜻이었겠지만, 그 덕에 좀 수월했어. 너를 속이기에 어머니의 그 말이 썩 도움이 됐거든. 그리고 문 집사의 원래 이름은 문.은.수! 한 번쯤은 들어 봤겠지? 이안, 너의 아버지 성함이니."

아주 오랜만에 아버지의 이름 세 글자를 들었다. 어머니와 나를 매몰차게 버렸다고 생각해서 그토록 증오했던 아버지를 낯선 곳에서 이렇게 생소한 모습으로 마주하게 될 줄이야….

"그럼 묘연, 너는 처음부터 이 사실을 다 알고 있었으면서 왜 말해 주지 않았어? 왜… 아버지가 나에게 자신의 정체를 속이는 것에 동참해 준 거야?"

"동참이라…. 그런 의도는 아니었어도 결과적으로는 그렇게 됐네. 내가 문 집사의 속마음을 다 헤아릴 수는 없지만, 정체를 속인 건 아마도… 네가 아버지를 극도로 미워했기 때문이 아닐까?"

"…뭐?"

"이곳에는 인생경이라는 거울이 있다. 그 거울은 집사 10년 차 이상이 되면 한 달에 한 번씩 볼 수 있어. 적적한 집사 생활에 나름의 낙이기도 하지. 인생경은 자신의 인생에 포함된 사람들의 안부를 확인할 수 있다. 그 인생경을 통해서 문 집사는 이안 네가 아버지를 한없이 원망하는 모습을 봤을 거야. 안 그래도 미워하는 아버지인데, 백발노인으로 늙어 버린 자신의 모습을 보면 행여나 가족에게 버림을 받게 될까 봐… 그게 더 두려웠던 건 아닐까?"

"뭐? 버림받을까 봐 두려웠을 거라고? 어째서…. 정작 버림받은 건 어머니와 나인데…. 그자는 우리를 가차 없이 버리고 떠났어!! 한마디 말도 없이. 그러니 난 그 말 절대 인정 못 해!"

한껏 격앙돼서 소리치자 묘연도 목소리 톤이 높게 올라갔다.

"엄밀히 말하면 문 집사가 너와 어머니를 버린 게 아니야! 이승과 저승으로 나뉘어서 자신의 의지와 상관없이 가족과 이별을 당한 거다. 나 역시도 그랬고. 그건 겪어보지 않으면 절대로 모르는 심정이다. 내가 앞서 피를 토하는 심정이라고 표현할 만큼 심장이 찢겨 나가는 고통 속에서 끊임없이 몸부림쳐야 하는 거라고!"

나는 몹쓸 아버지에게 버림을 받았다고만 생각했었다. 그 탓에 아버지를 떠올리면 항상 분노와 미움이 동반됐었다. 그런데… 아버지 역시도 나처럼 가족에게 버림받을까 봐 두려워했었다니…. 어른이라고 해서 두렵지 않은 것은 아니라는 걸 알았다. 아니, 실은 알고 있었지만 모르는 척했다. 어머니 역시 늘 무언가를 두려워했었으니…. 하지만 나는 어머니가 나약한 것을 절대 인정하고 싶지 않았다. 남들에게 속수무책으로 당하는 것만으로도 충분히 힘들어서 나약함을 인정하는 순간 모든 게 무너질 것 같았다. 그저, 부모면, 어른이면, 자식을 마땅히 지켜야 한다고 생각했다. 아버지 없이 어머니의 두려움까지 감당하기엔 내 삶이 숨 쉬는 것조차 버거웠기에….

"그런데… 계속 듣다 보니 마음에 걸리는 게 있어. 이건 아무리 생각해 봐도 이해할 수 없는 부분이라…."

"그게 뭐지?"

"왜… 묘연 너는… 미워해도 모자랄… 아버지의 편을 들어 주는 거지? 성가신 건 딱 싫어하는 네 성격에 이렇게 긴 설명을 덧붙여 가면서…."

내 질문이 예상 밖이었는지 묘연이 당혹스러운 표정을 지으며 눈썹 한쪽 끝이 치켜 올라갔다.

"……뭐?"

"묘연, 네 말대로라면 우리 아버지가 너의 언니를 죽게 만들었는데… 아니, 그 때문에 대신 네가 죽게 됐지. 그래서 복수할 마음으로 귀중한 소원권까지 써 가면서 자격조차 되지 않는 자를 미다스의 집사로 들이기까지 했다며? 그런데 지금, 내게 해주는 말들은 전부 다 아버지의 마음을 대변해 주고 있잖아. 자식인 나보다 더 아버지의 심정을 이해해 주면서까지…. 죽도록 미워해도 시원찮을 판에 그게 가능한 거야? 그 부분이 너무 이해가 안 돼서…. 아버지 이야기를 꺼내기 전에도 나에게 조만간 깊은 후회를 하게 될 거라고 말했었잖아. 그래서 내가 치러야 할 대가 대신에 참담한 후회를 받겠다며? 그런데 지금 넌…"

"흠… 그렇지. 내가 생각해도 좀 모순적이긴 해. 하지만 일단은 하려던 이야기를 마저 하겠다. 이것까지 다 듣고 나서 네가 직접 판단해. 깊은 후회를 얻을지, 아니면 다른 것을 얻게 될지…. 이안, 혹시 미다스 저택에 휴직 중인 집사가 있다는 것을 알고 있어?"

"알아. 처음 여기 왔을 때 들었어. 그런데 갑자기 그 집사 이야기는 왜 꺼내는 거야?"

"그 집사는 원래 루인이었다. 아이를 출산하던 중에 의료 사고가 예정되어 있었지. 그날 온 사자는 루인을 안타까워하며 살려 주려고 했지만, 산모를 살리면 아이까지 위험한 상황이었어. 사자는 선택의 기로에서 결국 아이를 살렸지. 너도 알듯이 사자는 하루에 한 생명밖에 살릴 수 없으니까 부득이하게 루인을 포기한 거였다. 그런데 모성이라는 게 참…. 자신의 영혼을 저승으로 데려가는 사자에게 감사하다고 몇 번씩이나 고개 숙이며 루인이 인사를 하는 거야. 자신이 아닌 아이를 살려 준 것에 진심으로 감사하다며…. 아이가 세상에 살아갈 수 있어서 정말 다행이라고 하염없이 눈물을 흘렸어. 당연히 자신을 탓할 줄로만 알았던 사자는 그런 루인의 모습에 더 미안해져서 마음에 가책을 느꼈고, 루인이 너무나 가여웠어. 그래서 쉽게 꺼내선 안 되는 말을 해 주고 말았지. 저승에 가지 않고 미다스 저택의 이슬 집사가 되면 10년 차가 됐을 때, 인생경으로 아이가 자라난 모습을 볼 수 있다고 말이야."

"그래서… 어떻게 됐어?"

"예상대로 루인은 저승에 가지 않고 집사 심사를 받았어. 다행히 루인의 데이터를 보니 살아오면서 좋은 업을 많이 쌓아 둔 상태라 심사를 받을 자격이 있었지. 이슬 집사가 되기 위한 여러 테스트까지 모두 통과한 루인은 마침내 집사로 채용이 됐고, 미다스에서 성실히 일했다. 10년의 연차가 쌓일 때까지 그 누구보다도 열심히 이슬을 수집했지. 드디어 10년이 되었을 때, 간절하게 그리워하던 아이를 인생경으로 보게 된 거야. 아이는 어느새 훌쩍 자라서 말도 할 수 있게 되었고, 키도 제법 자라서 아장아장 걷는 게 아닌 달리기도 잘하는 초등학생이 되어 있었다. 그런데….”

“그런데?”

“사람의 욕심이라는 건 참 어쩔 수 없는 건지…. 그렇게 10년을 잘 버텨 오더니 인생경으로 아이의 얼굴을 한 번 보고 나서부터 그 집사는 매일 같이 아이가 보고 싶어졌다. 한 달에 한 번을 기다릴 수도 없을 만큼. 아이를 보지 않으면 도저히 견딜 수가 없게 된 그 집사는 급기야 해서는 안 되는 짓을 저지르고 말았다.”

“해서는 안 되는 짓? 그게 뭔데?”

“이슬 수집을 위해 외근을 나가던 날, 루인에게 가지 않고 자신의 아이를 보러 간 거다!”

“뭐라고? 그게 가능해? 묘연, 너는 그때 같이 가지 않았어?”

“그전까지는 초보 집사가 아닌 연차가 어느 정도 쌓인 집사들은 단독으로 외근이 가능했었다. 집사들을 굳게 믿었던 거지. 하지만 그 일 이후로 집사의 단독 외근은 금지됐고, 외근을 나갈 땐 항상 내가 동행하게 된 거다.”

"그럼 그 집사는 어떻게 됐어?"

"금기를 어겼으니 저승으로 끌려갔다. 원래의 업을 보면 집사 이전에 천국이 내정되어 있던 자였는데, 금기를 어긴 탓에 지옥으로 가게 됐지. 지옥의 뜨거운 불구덩이 속으로…."

"하…. 아이를 보고 온 대가가… 너무도 크구나."

"이안, 내가 왜 그 집사의 이야기를 네 앞에서 꺼내는 것 같아?"

"글쎄, 그 집사와 같은 실수를 범하지 말라는 뜻 아닌가?"

"아니, 잘 들어. 이안. 그 집사가 지옥의 불구덩이에 빠져서 비명을 지르는 그 처참한 모습을 미다스 저택의 집사들은 모두 다 직관했다. 이루 말할 수도 없을 정도로 끔찍한 모습이었지. 지금 생각해도 몸서리칠 정도로 두려울 만큼. 저승에서는 집사들에게 경각심을 일깨워 주기 위해 그 잔인한 현장에 일부러 참관시킨 거였다. 모든 집사들은 무서울 정도로 참담한 그 모습을 봤으니 굳게 다짐했을 거야. 절대로 그 집사와 같은 실수를 범하지 않겠다고 말이다. 그런데 이안… 사람들은 흔히 모성이 세상에서 제일 강하다고들 하지. 너도 반미나 루인에게 그런 말을 했었어. 세상에 어머니만큼 무한한 사랑을 주는 존재가 있느냐고. 하지만 그렇다고 해서 부성이 더 약하다거나 그 깊이가 얕은 건 아니야. 그때, 이안 네가 그런 말도 했었다. 자식은 부모를 위해 희생하는 것을 힘겨워하지만, 부모는 자식을 위해서 희생하는 것을 감내한다고…. 그러니 그날 밤, 문 집사가 너를 찾아간 거겠지."

"……!!!"

"그토록 참혹했던 지옥의 불구덩이 속으로 빠지는 것까지도 다 각오하고서 너를 찾아간 거야. 이안, 너의 아버지가."

아무런 말도 할 수 없었다. 그대로 털썩 주저앉아서 서럽게 오열했다. 처연한 눈물들이 바닥에 비처럼 무수히 쏟아져 내렸다. 왜 나는 진즉에 그 모든 사실을 알지 못했을까….

"너를 집사로 고용하기 위해서가 아닌, 너를 살리기 위해서. 네가 죽는 것을 막기 위해서…. 문 집사가 아니었다면 넌 그날 밤, 죽을 운명이었다. 그래서 죽은 자들이 듣는 소리를 네가 들을 수 있었던 거야. 문 집사는 잘못을 저질렀으니 당연히 자신도 지옥에 갈 것이라고 생각해서 너에게 대신 집사 제안을 한 거였다. 그 집사처럼 지옥의 불구덩이 속에 화형을 당하면 다시는 너를 구해 줄 수 없으니까…. 문 집사가 자신의 자리를 물려주려고 한 것도, 이안 네가 이슬 집사 일을 하면서 삶의 소중함을 깨닫고, 다시 살아갈 이유를 스스로 찾을 수 있게끔 도와주고 싶었던 거야. 모성 못지않은 부성이란 바로 그런 거다."

너무 많은 눈물을 두 눈이 감당하기가 버거웠는지 이제는 마음에서도 눈물이 나는 것 같았다. 부모가 자식을 향한 애절한 마음이 아버지에게는 절대 없는 줄 알았는데, 그 누구보다도 절실하게 나를 걱정했다는 사실을 알게 되자 증오와 원망만 했던 지난날들이 끝도 없이 후회가 돼서 가슴이 미어졌다.

"내가 부모의 심정까진 다 몰라도, 가족을 잃고 그리워하는 그 심정은 잘 알기에… 나는 처음부터 네가 루인의 명부에 없다는 것도, 문 집사의 아들이라는 것도, 다 알고 있었지만 모르는 척 널 받아 주었다. 자식이란 말 대신 생전에 빚진 사람의 손주라며 집사 시험을 치르지 않고 너를 특별 채용 할 수 있게 도와 달라던 문 집사의 간절한 부탁도 마지못해 하는 척 다 들어 주었고."

"묘연, 그럼 너는 그 사실까지도 전부 다 알면서…."

"나는 문 집사가 그런 결정을 내린 것을 알고 수없이 고민했다. 분명히 그 사실을 저승에서 알면 어떤 결과가 따라올지 불보듯 뻔했으니까. 하지만 막는다고 해서 문 집사가 포기할 것 같지도 않았지. 하나뿐인 자식이 목숨을 끊으려고 하는데 눈 돌아가지 않을 부모는 세상 어디에도 없을 테니…. 그래서 차마 말리지도 못했다. 생각하고 있던 것보다… 내가 훨씬 더 문 집사를 아끼고 있었더군. 나도 모르는 새…. 그래서 문 집사마저 그 끔찍한 곳에 끌려가는 것을 절대 두 눈 뜨고 볼 수는 없었다. 기나긴 고민 끝에 결단을 내렸지."

"…결…단?"

"너를 처음 만나러 가던 날, 염라국을 먼저 찾아가서 염라대왕과 거래를 했다. 문 집사도 모르게…. 그래야만 네가 죽으려 던 그 골목에 사자가 잡으러 오지 않을 테니…."

석연치 않던 부분이 비로소 풀렸다. 그날, 내가 죽을 운명이 었다고 묘연이 말했음에도, 왜 사자가 나를 데리러 오지 않았 는지 그 연유가 줄곧 궁금했다. 그런데, 묘연이 미리 손을 쓴 거 였다니!

"그리고 처음 너에게 제안한 30억은 문 집사의 퇴직금이다. 이승의 말로 어림잡아 30억이라고 말했겠지만, 사실 그것보다 가치가 월등히 높지. 그 돈은 이승으로 돌아갈 때 쓰이는 아주 중요한 것이기 때문이다. 그래서 더욱 반대하고 싶었지만, 그것 마저도 자식인 너에게 전부 주겠다고 문 집사가 말하더군."

"뭐? 그럼 여기서 다시 이승으로 돌아갈 수도 있다는 뜻이 야?"

"그래. 문 집사도 이승으로 돌아갈 수 있다. 이슬을 10,000 개 모은 집사는 환생의 의무 기간을 면제받고 퇴직금으로 새 삶을 바꿔서 이승으로 돌아가거나, 천국으로 가서 영원히 신선 놀음하는 것, 둘 중의 하나를 선택할 수 있다. 하지만 문 집사는 모든 것을 포기했다. 그 무엇보다 네가 중요했던 거지. 자신이 세상에서 가장 귀하게 여기는 이안, 너를 위해서."

묘연이 전해 준 아버지의 진심에 끊임없이 눈물이 흘러내렸 고, 쉽게 멈추질 않았다. 심장을 세게 찔린 것처럼 마음 깊은 곳이 쓰리고 아프기만 했다. 애처로운 아버지의 사랑이 오늘에야 비로소 나에게 닿아서….

"나는 염라대왕에게 간곡히 청했다. 문 집사가 너를 찾아가 집사로서의 본분을 어기는 죄를 짓게 되더라도 이번만큼은 감형을 해달라고…. 화형을 당했던 그 집사를 수집사인 내가 끝까지 지키지 못한 죄책감을 늘 가슴에 품고 있었다. 그렇기에 문 집사만큼은 제발 화형을 피할 수 있게 하고 싶었지. 자식을 위하는 부모의 절절한 마음이니 그 부분을 참작하여 문 집사를 지옥 불구덩이 대신 백로 징벌소로 보내 달라고 염라대왕에게 빌었다. 그렇게만 해 준다면 저승과 이승을 대신해서 내가 너를 미다스의 이슬 집사로 거두겠다고 말이다. 사실 너를 데려오는 부분은 문 집사가 이미 내게 부탁을 해서 들어주기로 결정한 상태였지만, 그걸 숨기고 염라대왕에게 조건으로 내걸었지. 그렇게라도 저승의 허락을 받아 놓아야 네가 집사가 돼도 추후에 탈이 없을 테니. 그리고 문 집사가 너의 자살을 막으면 살아남은 너의 존재가 저승에서도 골칫덩어리가 되니 그 조건을 내걸 수 있었던 거야. 예전의 나처럼 이승의 사람도, 저승의 사람도, 아닌 상태가 되기 때문에…."

"아…. 하지만 염라대왕이 굳이 너의 청을 들어주지 않아도 되잖아. 염라대왕은 아쉬울 게 없으니까. 어째서 들어준 거지?"

"추가로… 나의 수집사 근무 기간을 연장하겠다고 했다."

"…뭐라고?!! 그게 무슨 소리야?"

"앞서 말한 조건보다는 훨씬 더 염라대왕의 구미를 확 끌어당길 수 있는 조건이었지. 실은… 이번에 나도 환생을 할 차례였다. 하지만 수집사 자리가 다시 공석이 되면 염라대왕 입장에선 썩 번거로운 일이 많아지니 이 조건을 선뜻 거절할 수 없었던 거다."

"묘연, 너도 환생을 할 차례였다고? 언니가 네 자리에 있어서 환생이 어려운 거 아니었어?"

"맞아. 나도 영영 안 되는 줄로만 알았지…. 그래서 이슬 수집사의 자리를 받아들인 거고…. 그런데… 뒤늦게 문 집사의 계약서를 보고 알게 된 거야. 집사가 이슬을 10,000개 모으면 환생을 선택할 수 있다는 것을. 내가 강조했었지? 애초에 계약을 꼼꼼히 해야 한다고. 쓴 경험에서 우러나온 말이었다. 염라대왕과 옥황상제가 저승의 실수를 외부에 알리고 싶지 않아서 나를 수집사로 영원히 묶어 두려고 그 중요한 사실을 숨긴 거였다. 뒤늦게 알게 된 나는 크게 분노했고, 수집사 계약을 완전히 파기하던지, 아니면 계약서를 새로 작성하겠다고 말했다. 집사들의 기본 조건과 동일하되, 나를 속인 대가로 특약 사항을 추가하겠다고!"

"특약 사항?

"그래. 원래는 환생을 하면 전혀 다른 가정에서 새로운 삶으로 태어나지만, 나는 원래의 가족에게로 돌아가고 싶었다. 지금의 내 자리에는 언니가 있으니, 환생한다면 언니의 동생으로 다시 태어나고 싶다고 했지. 혹시라도 이슬을 수집하기까지 오랜 시간이 지나서 동생으로 태어나기가 어려워지면 그땐, 언니의 딸이라도 되고 싶다고 했다. 내가 마지막으로 본 언니의 모습은 피를 흘리는 처참한 모습이었기에 그 끔찍한 기억을 다시 행복한 기억으로 바꾸고 싶었으니까…. 그래서 너처럼 이슬 수집사 계약서를 다시 작성할 때, 그 특약 사항을 넣었다."

묘연의 쓰라린 과거 이야기를 가만히 듣고 있던 나는 어느새 어깨가 들썩이고 있었다.

"…왜… 대체 왜 그랬어…."

"……."

"왜 그랬냐고!! 이 바보야!! 특약까지 넣을 만큼 간절했던 환생을 아버지와 나를 위해서 포기했다는 거야? 도대체 왜 그렇게까지 해 주는 거야? 솔직히 아버지가 원수나 다름없잖아. 그런데도 우리를 위해서 환생까지 포기하다니…. 이건 말도 안 돼… 묘연 너는 아버지를 싫어해야 맞는 거 아니야?"

울부짖는 나를 측은한 눈빛으로 바라보던 묘연은 천천히 고개를 저었다.

"아니, 이건 포기하는 게 아니야. 잠시 뒤로 미뤄 둔 것뿐이지. 이것 또한 내가 원했던 선택이다. 그러니 이번에도 후회는 없어. 오히려 나는 그 결정을 내리고 나서 마음이 홀가분해졌다. 이제라도 내가 말했던 그 모순을 오롯이 받아들이기로 한 거니까."

"그게 무슨…."

"나는 문 집사를 죽도록 원망했지만, 네 말대로 어느새 그 원망이 동정과 연민으로 변해 있었지. 문 집사의 모습에서 나와 동일한 아픔을 발견하면서부터 한겨울처럼 시리기만 하던 내 마음에도 동요가 생겼지만 그걸 바로 인정하기가 쉽지 않았다. 모순이라는 말로 밀어내고만 있었지. 하지만 이제는 받아들이려고 해. 내가 겪어 보니 알겠더군. 복수란 건… 통쾌해지는 것이 아니라 내 속을 더 갉아 먹는 일이란 걸…. 내 아픔을 직접 눈으로 보는 것과 마찬가지였다는 걸…."

"묘연…."

"그리고… 더 중요한 이유가 있다."

"더 중요한 이유?"

"너와 한 약속."

묘연이 늘 핀잔을 주던 '약속'이라는 말을 먼저 입 밖으로 꺼내자 자동으로 눈이 커졌다.

"약속?"

"그새 잊었어? 우리가 맺었던 추가 특약 사항! 방금 내 이야기를 듣고도 그 중요한 걸 잊다니. 아직 한참 멀었군. 이안."

그 순간, 머릿속을 빠르게 스쳐 지나가는 기억!

> 문이안과 계약이 되는 동시에 수집사 묘연은 문남현의 빚
> 을 탕감해 준다.

"설마… 그거 때문에 이 모든 것을 해 준 거란 말이야?"

"빚은 무조건 안 좋은 거라며? 짧게나마 살아 보니 그렇다
며?"

"그건 그렇지만….."

"나 수집사, 묘연. 한 번 맺은 약속은 지킨다. 그리고 문 집사
에게 측은한 마음이 든 건 이미 오래됐어도 그 빚을 탕감해 줄
구실이 없었지. 내가 먼저 나서서 그렇게 하기에는 여러 가지
로 걸리는 부분이 남아 있었으니까…. 하지만 이안 네가 나에
게 딱 적당한 구실을 만들어 주었다 그러니 언니와 내 사고에
대한 문 집사의 빚은 약속한 대로 완전히 탕감해 주겠다. 기나
긴 시간 동안 나도 꽤 고단했으니 이제는 한결 편안해지고 싶
기도 해서….."

오랜 이야기를 끝낸 묘연은 아이러니하게도 평온한 얼굴이
었다. 여전히 쉽게 믿기지 않을 만큼 모든 것이 의외였다. 묘연

이 그토록 원망하던 아버지를 진심으로 용서해 주는 것도, 수 집사로서의 신념을 잠시 내려놓고 우리를 도와준 것도, 그리고 나와의 약속을 지켜준 것까지도…. 처음 빚을 졌다는 말을 들었을 때, 나는 단순히 돈일 거라고만 생각했었다. 이런 빚일 거라고는 꿈에도 예상하지 못했으니까.

<세상사. 빚이라는 게 꼭 돈만 의미하는 건 아니라는 것을 잘 기억해 둬.>

지금에 와서 생각해 보니 그때, 묘연은 나에게 정말 중요한 것을 미리 알려 준 거였다. 그걸 다 알면서도 내 특약 조건까지 거절하지 않고 받아 준 것이다. 아버지를 용서해 주기 위해서….

"문 집사가 죽음을 각오하면서까지 그 밤에 너를 찾아간 것은 부모는 어떤 상황에서도 자식이 삶을 포기하지 않고 계속 살아가기를 바라기 때문이야. 이안, 문 집사의 그 마음을 잊지 마."

그렇게 말하는 묘연 역시 아버지처럼 자신이 곤경에 처할 것을 뻔히 알면서도 온 마음을 다해 우리를 도와줬다. 저승에서 큰 벌을 줄지도 모르는 위험 부담을 감수하면서까지. 겉으로는 차갑게 말해도 묘연의 따뜻한 진심이 느껴져서 만감이 교차했다.

"이 모든 사실을 알면서도 위험을 무릅쓰고 나를 미다스로 데려온 진짜 이유가…."

"그저… 문 집사를 살리기 위해서다. 갑작스러운 사고로 낯선 이곳에 왔을 때, 나는 자포자기하는 심정이었다. 그랬던 내가 오늘까지 수집사로서 버틸 수 있었던 건, 내 곁에 문 집사가 있었기 때문이야. 시작은 미움과 원망이었어도 때론 그런 게 살아갈 핑계가 되어 주기도 하더군. 겉으론 복수라고 말하면서 사실은 내가 무너지지 않게 문 집사에게 의지를 했던 거였다."

"묘연…."

"이안, 가족을 잃는다는 건… 세상을 잃는 것과 마찬가지다. 다시는… 겪고 싶지 않았다."

"그 말은…."

"나도 너만큼 문 집사가 죽는 것을 원치 않는다는 말이다. 이제는 나에게도… 더없이 소중한 이가 되었으니까."

오늘의 아픔을 잊지 않고 기억하다
- 비운의 구슬

묘연의 마음을 알다가도 모르겠다. 하지만 어떤 이유라 하더라도 결론은 하나였다.

"어찌 됐든… 고맙다는 말 정도는 하는 게 맞겠지."

묘연이 없었으면 지금쯤 아버지도, 나도, 이미 저승의 지옥불 속에서 비명을 지르며 절규하고 있었을 테니. 고민을 끝내고 묘연의 처소로 향했다. 노크를 했지만 아무런 말이 없었다.

"어딜 갔나?"

조심스럽게 문을 열고 들어가자 묘연이 옷을 갈아입고 있었다.

"아! 미안."

화들짝 놀라며 황급히 뒤로 돌아섰다. 붉은 태양처럼 얼굴이 달아오른 채로.

"상관없어. 어차피 볼 것도 없으니."

당혹스러워하는 나와는 반대로 묘연은 허무할 정도로 태연하게 말했다. 그럼에도 내가 여전히 뒤돌아 있자 묘연이 갑자기 깔깔대며 크게 웃었다.

"나한테 불같이 화내던 그 기백은 다 어디 가고 새삼스레 수줍어하기는. 너 어차피 내 알몸 다 봤었잖아? 처음도 아닌데 오늘따라 내외하는 척은."

"알, 알몸을 보다니! 그, 그게 무슨…. 나, 나는 그, 그런 적 없는데? 새, 생사람 잡지 마!!"

"그런 적 없기는. 고양이일 때 내가 옷을 입고 있었던가?"

아! 그러고 보니 그것도 알몸이라면 알몸이군. 하, 문이안. 방금 대체 무슨 생각을 한 거냐. 등신! 머저리!! 이 바보야!!!

"속으로 은근 야한 생각을 했나 봐?"

"털… 털옷을 입고 있었잖아. 엄밀히 말하면 그것도 완전히 알몸은 아니지."

"그래? 그럼 기대에 부응이라도 해 줘?"

묘연이 장난스럽게 외투를 어깨에 흘러내리며 말하자 내 얼굴이 더 불타올랐다.

"뭐, 뭐래. 이상한 소리 그만해. 그런 농담이나 하려고 온 거 아니야. 할 말이 있어서 왔어. 묘연."

방금 전과 다르게 사뭇 진지해진 내 얼굴을 보고 묘연도 제대로 옷을 갖춰 입고 다시 물었다.

"어울리지도 않게 진지해지기는. 대체 무슨 말이야?"

"분위기상 이런 말이 뜬금없을 수도 있겠지만… 이 말을 꼭 너에게 해야 할 것 같아서….”

“뭔데 그렇게까지 뜸을 들여?”

“고……”

“고?”

“마……”

“마?”

“……워.”

“뭐라고? 안 들려!”

“고맙다고!!!”

귀까지 빨개질 정도로 창피해하며 내가 느닷없이 크게 말하자 묘연은 잠시 놀란 토끼 눈이 되더니 이내 호탕하게 웃어 보였다.

“지금 그 말을 하자고 이렇게 결의에 찬 표정으로 있었던 거야? 난 또 뭔 대단한 말을 한다고.”

“대단한 말은 아니지만… 진심이 담긴 말이야.”

“진심이라….”

“사실 그것보다… 네가 걱정이 돼서 온 거야. 곰곰이 생각해 보니까 우리 때문에 많이 난처해졌을 것 같아서…. 염라대왕과 거래까지 해서 아버지를 백로 징벌소에 보낸 거였잖아. 미리 저승에 허락을 구하지 않고 우리가 다시 데려왔는데 너 괜찮은 거야? 혹시 그것 때문에 묘연 네가 벌을 받는다거나, 아니면 아버지 대신 백로 징벌소로 네가 끌려간다거나…”

한껏 심각한 표정이 된 나를 물끄러미 바라보던 묘연이 갑자기 내 이마를 손가락으로 세게 튕겼다.

"아야! 아프잖아! 나는 너 걱정한 건데 왜 때리는 거야?"

"도와 달라고 사정할 땐 언제고, 이제 와서 그런 걱정은 왜 하는 거지?"

"묘연… 너한테 무슨 일이 생길까 봐 겁이 나서…. 일전에 백로 어르신께서 하신 말씀이 내내 걸렸었어. 너를 위험하게 만들지 말라던 그 말…. 그게 혹시 이런 뜻이었어?"

백로 어르신의 말씀이 내 마음에 얹힌 것처럼 계속 걸려 있었다. 그동안의 내막을 다 듣고 나니 이런 뜻인 것 같아 마음이 너무 불편했다. 묘연이 나 때문에 위험해지는 건 싫으니까….

"그건 내가 알아서 해. 난 수집사다. 집사들의 우두머리! 벌을 받아야 한다면 마땅히 받는 게 수집사의 몫! 그런 생각도 없이 널 돕진 않았단 소리지. 그리고 이번에 내가 수집사 기간을 연장했기 때문에 염라대왕도 함부로 나를 건들진 못할 거야. 이 자리가 공석이 되면 아쉬운 건 오히려 그쪽이니까. 그러니 넌 내 걱정 말고 문 집사나 잘 챙겨줘."

쌀쌀맞은 척해도 그 속에 묘연의 진심이 느껴졌다. 나는 묘연을 향해 정중히 고개를 숙였다.

"아버지를 구해 준 것도, 나를 미다스로 데려와 준 것도, 전부 다 고마워. 묘연. 그리고 혹시라도 나중에 네가 벌을 받게 된다면, 나도 너와 같이 그 벌 달게 받을게. 약속."

내가 진중한 눈빛으로 말하자 나를 바라보던 묘연의 얼굴에 옅은 미소가 번졌다.

"하여튼 약속 진짜 좋아하네. 오케이. 접수."

"하고 싶은 말 다 했으니까 이제 갈…."

막상 말을 다 하고 보니 부끄러움이 한꺼번에 몰려와서 어색한 발걸음으로 얼른 자리를 뜨려고 하자 묘연이 나의 옷을 꽉 붙잡았다.

"가긴 어딜 가?"

"어? 내 방으로…."

"아니, 이제 마지막 루인한테 가야지."

마지막이란 말에 순간 움찔했다. 벌써 그렇게 됐다니….

"마지막? 3개월이 아직 안 됐잖아. 그런데 왜…."

"계약 조건 4번, 계약 기간 3개월 내에 루인 6인을 관리할 것. 이미 우리는 5인을 했어. 그러니 오늘 루인까지 하면 6인. 그리고 특약 조건 2번, 루인 6인에 대한 임무가 끝나면 계약 기간과 상관없이 계약 종료. 그러니 3개월이 안 됐어도 오늘 임무가 끝나면 바로 종료야."

"그래도… 그거 있잖아. 집사 재계약 가능! 그 조건은 왜 빼?"

"네가 재계약할 이유는 없으니까. 그때 나한테 1,000%라고

오늘의 아픔을 잊지 않고 기억하다 · 비운의 구슬 **305**

했던가?"

처음엔 당연히 그렇게 생각했다. 하지만 지금은… 내 마음이 반반이다. 그런 내 속도 모르고 묘연이 나에게 수집 명부를 건넸다.

"마지막 루인의 정보 확인해."

마지막이라는 말에 이상하게 코끝이 시큰거렸다.

✿ 이름 : 박태순 ✿

✿ 나이 : 80 ✿

✿ 사유 : ✿

명부를 받고 임무가 시작되자마자 묘연에게 깍듯이 존대를 했다.

"그런데 오늘은 왜 사유가 없어요?"

"오늘 루인은 네가 한 번 본 적이 있어."

"네?"

"한주군 루인 기억해?"

"네. 그 손가락 사고…."

"그래. 네가 그때 이슬 일부를 그 루인에게 썼고, 내가 나머지를 그 루인의 할머니에게 써서 몸을 회복시켜 줬었지."

"네. 그랬죠."

"오늘 루인이 그 할머니야."

"네?!!!"

"원래 정해진 운명이 오늘이었던 거지. 귀한 이슬을 사용한 보람도 없이."

"아니, 왜 하필…. 그리고 그때 이슬을 썼으니 손주의 그 손주를 볼 때까지 살 수 있다고…."

"나도 그렇게 생각했었는데, 생각보다 저승이 호락호락하지 않네. 은근 칼 정석이라."

"하, 진짜 유도리라고는 눈곱만큼도 없는 이런 모진 저승 같으니."

"그렇다고 해서 완전히 유도리가 없진 않아. 그러니 네가 지금 내 눈앞에 살아 있지."

듣고 보니 할 말이 없었다. 힘이 빠져서 축 처진 내 어깨를 묘연이 툭 쳤다.

"그렇게 기운 빠져 있지 말고 일단 가자. 모든 일에는 그에 따른 마땅한 이유가 있는 법이야. 그리고 오늘은 재석 집사도 우리와 같이 갈 거야. 오늘 자로 재석 집사가 정식 복귀했다."

처음으로 묘연이 재석의 이름 뒤에 '집사'를 붙였다.

"진짜요? 우와, 정식으로 복귀가 됐다니!"

"그래. 재석 집사에게도 스스로 실수를 만회할 수 있는 기회를 줘야지. 오늘 루인을 만나서 끝맺음을 잘 지으면 재석 집사에게 남아 있던 마음의 상처도 완전하게 치유될 수 있을 거다."

그때, 처소 문을 열고 재석이 들어왔다. 늘 얼굴에 붙어 있던 까만 선글라스가 오늘은 없었다. 집사로서 예의를 갖춰 내가 먼저 정중하게 90도로 인사했다.

"재석 집사님, 복귀를 축하드립니다."

선글라스가 사라진 재석의 얼굴은 미소를 머금고 있었고, 예전과 사뭇 달라진 말투로 말했다.

"오늘은 선임 집사로 귀환했으니 너에게 편하게 말하겠다. 이안 집사."

"네. 선배님."

그런 우리를 보고 묘연이 얼른 오라는 손짓을 했다.

"이제 가자. 둘 다 잘 따라와."

웜홀을 통과해서 우리가 도착한 곳은 아무도 없는 조용한 방이었다. 그곳에 루인이 곤히 잠든 것처럼 바르게 누워 있었다.

"루인은 이미 숨을 거뒀어."

"네? 왜 벌써 숨을…."

"지난번 우리가 이슬로 한 번 목숨을 살렸기 때문이야. 형평성에 어긋나니 두 번은 불가능해."

"그렇다면 루인이 바로 저승으로 가게 되나요? 그럼 왜 여기에…. 이미 루인은 돌아가셨는데 저희가 필요 없는 거잖아요."

"아니, 비운의 구슬을 얻어야지."

"비운의 구슬이요?"

"그때 말했었지? 비운의 구슬은 죽은 자가 되었을 때 생겨나는 구슬이라고. 갈림길에 발이 닿으면 구슬이 사라지니 죽은 자들이 저승의 문을 넘기 전에 반드시 구슬을 채집해야 한다고."

"네. 잘 기억하고 있어요. 그런데 그 채집 방법은 저에게 알려 주지 않았잖아요. 비운의 구슬은 어떻게 채집을 하는 거예요?"

"그건 내가 알려 주지."

재석이 나에게 다가와서 말했다. 그 모습에 묘연이 잠시 뒤로 물러났다.

"죽은 자와 거래를 하는 거다. 비운의 구슬을 받는 대신 무엇을 줄 수 있는지를."

"뭘 줘야 한다고요? 저는 지금 아무것도 가진 게 없는데…."

"꼭 물건을 뜻하는 것이 아니야. 죽은 자가 제일 바라는 것을 주는 거니까."

너무 어렵기만 하다. 제일 바라는 게 뭔지 내가 어떻게 알 수 있지?

"이번 루인에 맞춰서 힌트를 하나 준다면, 나이가 차서 죽음을 맞이한 노인에게 무엇이 제일 필요하겠어?"

"잘… 모르겠어요."

"그렇다면 부모에게는 뭐가 가장 필요하겠어?"

"그것도 잘⋯."

내가 선뜻 답을 못하자 묘연이 다시 앞으로 불쑥 튀어나왔다.

"텄네, 텄어. 마지막은 실패인 건가⋯."

그 순간, 루인의 영혼이 몸에서 빠져나왔다.

"여기가 어디죠? 제가 죽은 건가요?"

루인이 주위를 두리번거리며 묻자 묘연은 대답 대신 고개를 끄덕였다.

"그렇군요. 그래도 다행이에요. 죽기 전에 손주 얼굴을 잠시나마 보고 갈 수 있어서⋯."

손주 이야기가 나오자 나는 반가운 마음이 들어서 루인에게 물었다.

"한주군 씨 이야기죠? 손주분을 보셨다고요?"

"네⋯ 혼수상태로 영영 떠날 줄 알았는데⋯ 어느 날 갑자기 푹 자고 일어난 듯이 몸이 가볍게 깨어나졌어요. 혹시⋯ 그때 저를 깨워 주신 분들인가요? 우리가⋯ 만난 적이 있지 않았나요?"

루인의 물음에 묘연이 나지막하게 말했다.

"네. 태순님, 손주분을 만나서서 기쁘셨나요?"

"더없이 기쁘고 행복했습니다. 떠나기 전에 손주를 만날 수 있게 도와주셔서 진심으로 감사합니다. 그날⋯ 누군가의 목소리를 들었는데 지금 보니 여러분이었군요. 언젠가 다시 만나면 감사하다는 이 말을 꼭 전하고 싶었습니다."

죽음을 향해 있던 루인을 이슬로 억지로 살렸기에 루인은 우리의 목소리를 미리 들은 것이다.

바로 그때, 저승의 문이 열렸다. 하지만 오늘은 루인을 데리러 온 저승사자의 모습은 보이지 않았다.

"이번에는 사자가 데리러 오지 않는 건가요?"

"이미 한 번 살린 목숨이니 올 필요가 없기도 하지만, 저 루인처럼 초연하게 자신의 죽음을 받아들이는 자는 굳이 데리러 오지 않아. 스스로 저승의 문을 향해 걸어 들어가니까. 그렇기에 오늘은 루인이 눈물을 흘려도 이슬을 수집할 수 없어. 대신 비운의 구슬만 얻을 수 있지."

어느새 루인의 손에는 신비한 보랏빛이 뿜어져 나오는 비운의 구슬이 생겨나 있었다. 루인이 구슬을 안고 저승의 문을 향해 천천히 걸어가고 있던 그때, 재석이 갑자기 루인의 앞을 막아서더니 곧바로 무릎을 꿇고 눈물을 쏟아 냈다.

"죄송합니다. 꼭 진심으로 사죄를 드리고 싶었습니다."

그런 재석의 모습에 당황한 루인은 난처한 표정으로 물었다.

"왜… 저에게 사죄를 하는 거죠?"

"제가 저승에 가야 하는 아드님을 살리는 바람에 할머니와 손주분을 힘들게 만들었으니까요."

재석의 말에 루인의 눈동자가 심하게 흔들렸다.

"아드님? 우리 아들?"

"네. 지금은 저승에 다시 갔지만 그 전에 혼수상태로 목숨을 부지하게 만든 게 저입니다. 큰 잘못을 저지른 자를 그렇게 살리면 안 되는 거였는데…. 정말 잘못했습니다. 용서해 주십시오."

루인은 재석의 말을 듣자마자 그대로 바닥에 털썩 주저앉았고, 이내 서러운 울음을 터트렸다. 자신을 탓하면서 한참 동안이나 눈물을 흘리던 루인이 어렵게 말을 꺼냈다.

"내 아들은 몹쓸 놈, 죽일 놈이 맞아요. 백번 죽어 마땅한 놈도 맞고. 그렇지만 자식이라서… 내 자식이라서… 제가 붙잡은 손을 먼저 놓을 수가 없었어요. 그래서 불쌍한 손주 녀석이 지 삼촌에게 수시로 맞고, 힘들어한다는 것을 다 알면서도… 나쁜 짓을 저지르는 아들을 매몰차게 내치지도 못했습니다…. 그놈의 자식이란 게 뭔지…. 어쩌면… 손주를 위한다고 말하면서도 몹쓸 그 자식이 먼저였는지도 모릅니다. 그 탓에 손주도 평생을 속에 상처를 끌어안고서 살아갔을 겁니다. 그래서 늘 손주에게 죄스러운 마음뿐이었어요…. 병원에서 기적처럼 깨어났을 때, 손주를 다시 만나게 되면 지난날의 잘못에 대해 용서를 구하려고 했는데…. 막상 얼굴을 보니 차마 입이 떨어지지 않았어요. 이렇게 또다시 멀리 가게 될 줄도 모르고… 하루하루 미루다 결국 손주에게 미안하다는 말 한마디 못하고 영영 떠나게 됐네요…. 손주에게 씻을 수 없는 상처를 안긴 것은 다 제 잘

못입니다. 이 늙은이 때문에 모진 교도소까지 다녀왔으니…. 제가 손주의 인생을 다 망친 거예요. 손주도 자신을 지켜주지 못한 저를 속으로 많이 원망할 겁니다. 부디… 이 늙은이를 지옥으로 끌고 가세요…. 그렇게라도 저의 죄를 씻고 싶습니다."

애처롭게 눈물을 쏟아 내는 루인을 보면서 할머니를 그리워하며 눈물을 흘리던 한주군 루인의 모습이 떠올랐다. 재석은 천천히 일어나서 울고 있는 루인을 포근히 안아 주었다. 나도 루인이 안타까워서 가까이 다가가 떨고 있는 주름진 손을 따뜻하게 잡아 주었다.

"할머니…. 그렇지 않아요. 손주분은 할머니를 원망하지 않았어요."

손주라는 말을 듣자 루인은 젖은 눈으로 나를 바라봤다.

"… 우리 손주를… 만난 적이 있어요?"

나는 한주군 루인의 진심을 대신 전했다.

"네…. 할머니께서 깨어나시기 전에 손주분을 먼저 만난 적이 있었어요. 제 앞에서 아프신 할머니 이야기를 꺼내며 참 많이 울었어요…. 할머니와 단둘이 있었을 때가 살면서 제일 사랑받은 순간이라고… 할머니께서 바라봐 주시던 그 따스한 눈빛과 온기로 가득했던 할머니의 사랑이 그립다고 했어요…. 그리고 손주분에게 제가 들은 마지막 말은…."

"……"

"보고 싶어요… 우리 할머니…."

"……!!!"

손주의 진심을 뒤늦게 전해 들은 루인은 깊은 후회로 가득 찼다. 숨쉬기조차 어려운 듯 자신의 가슴을 손으로 쥐어뜯으며 꺼이꺼이 목 놓아 울었다. 그 모습을 바라보는 내 눈에도 눈물이 한가득 차올랐다. 그렇게 길었던 눈물의 시간이 흐른 후에 루인은 손에 들고 있던 비운의 구슬을 나에게 건넸다.

"이게 지금 내가 가진 전부예요. 그 구슬을 우리 손주한테 전해줄 수 있어요?"

루인의 말을 듣고 묘연이 천천히 우리 곁으로 다가왔다. 어느새 눈가가 촉촉해진 묘연은 나를 바라보며 고개를 끄덕였다. 루인의 간절한 마음을 오롯이 이해한다는 듯이….

"네. 할머니. 제가 꼭 전해줄게요."

구슬을 건넨 루인은 밝은 빛처럼 환하게 웃으면서 마지막 길을 떠났다.

◊ ◊ ◊

이제는 내 집처럼 느껴지는 미다스 저택으로 돌아왔다. 여운이 길어서 나의 마지막 루인은 오래도록 기억에 남을 것 같다. 한참을 먹먹하게 있다가 내 손에 있는 비운의 구슬을 바라봤다.

"묘연, 이 구슬로 뭘 하면 되는 거야?

"루인의 슬픔이 사라졌으니 '비운'의 글자에서 슬플 '비'가 지워질 거다. 그럼 그건 '운의 구슬'이 되는 거지. 그 운의 구슬을 가지면 평생 오기도 힘든 하늘의 대운을 얻을 수 있어."

"그럼 이건…."

"루인에게 약속했잖아. 손주에게 전해 주기로. 이안 네가 약속 무지 좋아하는 걸 어떻게 알고."

핀잔을 주는 것처럼 말하면서도 묘연의 얼굴은 화사한 미소로 가득했다.

"그 말은 진짜로 손주에게 이 구슬을 줘도 된다는 거야?"

"그러기 위해서 받는 거니까. 죽은 자의 슬픔을 해소해 줘야 그 구슬을 얻을 수 있어. 이안 너는 그걸 해낸 거야. 누가 알려 준 것이 아닌 너 스스로."

스스로 해냈다는 말이 나를 벅차오르게 만들었다.

"그럼 이건 주군 씨에게 어떻게 전해 주지?"

그 순간, 묘연의 표정이 달라졌다.

마치 나에게 마지막을 고하듯이.

"이제 돌아가라. 이안. 네가 있던 곳으로. 가서 그 운의 구슬도 전해 주고."

"그게 무슨 말이야? 나는 돌아가지 않을 거야. 나는 여기에 남기로 굳게 마음먹었어."

"아니. 돌아가야 해! 문 집사가 퇴직금을 받아서 전부 너에게 주기로 했다는 걸 잊었어? 그 퇴직금으로 너를 온전히 살리기로 결심했다고!"

묘연의 단호한 말에도 나는 고개를 세차게 저었다.

"아니야! 나는 미다스 저택에서 이슬 집사로 남을 거야. 재계약할 거라고!"

"이안, 아버지는 자식인 너를 살리고 싶은 거야. 많은 루인들을 거치면서 너도 이제 알았겠지. 부모가 자식에 대한 마음이 어떤 건지를. 네가 이곳에 남는다면 문 집사가 백로 징벌소에서 고통을 받아 가면서까지 너를 구해 준 의미가 다 사라지는 거야."

"하지만…."

끝까지 떠나고 싶지 않아서 울먹이던 나에게 아버지가 천천히 다가왔다.

"이안아, 이게 아버지가 너에게 해 줄 수 있는 마지막이란다. 이렇게라도 너에게 지은 빚을 꼭 갚고 싶구나. 내가 못난 아버지라도 그 마음만큼은 받아 주길 바란다. 내 아들, 이안아…."

"아버지…."

나는 그제야 참고 있던 울음이 터져 나왔고, 처음으로 아버지를 끌어안고서 어린아이처럼 엉엉 소리 내어 울어 버렸다.

이렇게 누군가의 품에서 편히 울어본 적이 언제였던가. 그동안 속에 담아둔 차디찬 응어리들이 따뜻한 아버지의 품속에서 사르르 녹아내리는 것 같았다.

마음은 참 이상한 것이다. 겹겹이 쌓여 있던 힘듦이 이렇게 한순간에 사라질 수도 있으니까.

"너무 늦게 아버지를 알아봐서 죄송해요. 저를 위하는 아버지의 진심도…. 이제야 우리가 만나게 됐는데 또 헤어져야 하다니…. 저 혼자 가고 싶지 않아요… 아버지… 제발 우리 같이 있으면 안 돼요? … 다시 헤어지기 싫어요."

"이안아…. 나도 헤어지기 싫단다. 하지만 어쩔 수가 없구나. 너라도 이승으로 돌아가서 잘 살아야지. 그게 아버지의 마지막 부탁이다."

아버지도 나처럼 눈물을 왈칵 쏟아 냈다. 감정이 복받친 아버지는 점점 더 서럽게 울었고, 안타까운 울음소리가 우리 주위를 감싸 안았다. 서로를 부둥켜안고 오열하는 나와 아버지를 조금 떨어진 곳에서 묘연이 측은하게 바라보고 있었다. 재석도 우리를 보며 눈물을 훔치고 있었다. 애달픈 슬픔이 미다스 전체를 에워싸려던 그때, 어느새 표정이 달라진 묘연이 우리를 향해 성큼성큼 걸어왔다.

"문 집사, 내가 우는 소리 듣는 거 싫어한다고 했지? 애써 모른 척 해 보려고 했는데… 도저히 안 되겠군…. 문 집사! 자네도 이안과 같이 돌아가게. 이승으로!"

뜻밖의 말을 들은 아버지와 나는 귀를 의심하며 한껏 놀란 눈으로 동시에 묘연을 바라봤다.

"묘연 아가씨, 방금 뭐라고 하셨어요? 제가 잘못 들은…."

"잘못 들은 게 아니야. 문 집사도 이안과 함께 이승으로 돌아가라고 했다. 내가 아는 문 집사의 성품이라면 의미 없는 신선놀음 따윈 절대 선택할 리가 없지. 그러니 자네의 퇴직금으로 이안과 같이 환생하게. 많이 늦긴 했지만 돌아가서 이안 어머니의 장례도 꼭 제대로 치러 주고. 어머니를 따라가지 않고 아들이 다시 잘 살기로 마음먹었으니 이제는 아무 걱정 없이 하늘에서 편히 쉬라는 말도 꼭 전하게."

진심어린 묘연의 말에 그만 울컥하고 말았다. 어머니에 대한 사무친 그리움과 장례를 치러 주지 못한 죄스러움, 그리고 나의 후회와 자책까지 묘연은 처음부터 다 알고 있었다. 내가 어머니를 따라 목숨을 끊으려 했다는 것도….

"…아가씨… 제 아내의 장례까지 생각해 주셔서 감사합니다. 하지만 저는… 퇴직금을 이안이에게 주기로 해서 이승으로 갈 수가 없…."

"고양이의 보은."

"…네?"

묘연은 우리 둘을 번갈아 보며 차분하게 말을 꺼냈다.

"이안, 이준호 루인 기억하지?"

"기억해. 새끼 고양이가 루인을 살리려고 사자 앞에 나서던 모습이 정말 인상 깊었는데…. 이슬도 따뜻하게 품어 주었잖아. 그래서 생명의 씨앗이 싹터서 이준호 루인을 살릴 수 있었고."

"맞아. 그 고양이를 보며 내가 사자에게 했었던 말도 기억하고 있어?"

"그것까진…."

"고양이는 영물이라 생명의 은인에게 보은을 한다고 말했었다. 이준호 루인은 새끼 고양이를 끝까지 지켰고, 소중한 목숨을 살려 냈지. 고양이 역시 학대를 당하고 사람이 싫을 텐데도, 자신을 지켜준 루인에 대한 은혜를 잊지 않고 보답했다. 나도 그 고양이와 마찬가지다. 얼마 전, 꺼져 가던 내 목숨을 이안 네가 살려 주었지. 나를 생각하며 흘렸던 눈물의 이슬로."

"……!!!"

"둘의 표정을 보아하니 이제야 알았나 보군. 하여튼 누가 부자 아니랄까 봐 똑같이 눈치가 없는 게 꼭 닮았어."

"묘연 아가씨, 저는…."

"문 집사! 이슬 집사의 계약대로 퇴직금을 받아 이승으로 돌아가라. 그리고 이안, 생명의 은인인 너를 이번에는 내가 살리겠다. 너에게 입은 은혜를 이승으로 온전히 돌려보내 주는 것으로 갚겠다는 뜻이다. 내가 말했었지? 가족을 잃는다는 건, 세상을 잃는 것과 마찬가지라고. 너를 살려서 돌려보내 주는 것과 더불어 소중한 가족이 서로 헤어지지 않게 하는 것, 이것이 바로 진정한 고양이의 보은이다."

멈춘 줄 알았던 눈물이 손등 위로 툭 떨어졌다. 그런 나의 손을 묘연이 따스하게 잡아 주었다.

"후회 없게 어머니 장례 잘 치러드려. 그리고 앞으론 너 자신을 소중히 여겨. 이안."

나도 묘연의 손을 꼭 잡았다. 서로의 온기가 전해질 수 있게.

"…묘연… 고마워… 정말 고마워…. 너한테 내가 받은 게 너무 많아서 고맙다는 말로는 다 부족하지만 그래도 이 말밖에는 도저히 생각이 안 나서…. 진심으로 고맙다. 묘연."

묘연은 흐느끼고 있는 아버지의 손도 포근히 잡아 주었다.

"문 집사, 원래 환생을 하면 전혀 다른 가정에서 새로운 삶을 부여받는 거 알고 있지? 하지만 매일 밤 가족을 생각하며 눈물 짓는 자네를 보며 나중에 환생을 하더라도 원래의 가족으로 돌아가고 싶을 거라고 생각했다. 나처럼…. 그래서 오래전, 내 계약서를 새로 작성할 때, 문 집사의 계약서에도 특약 사항을 넣어 달라고 염라대왕에게 청했었다. 자네 역시 이승으로 돌아가는 날이 오게 되면 그땐, 새로운 가정에서 태어나는 게 아닌, 이안의 아버지로 온전히 돌아가게 해 달라고…. 그동안 서로를 애타게 그리워했으니 이제라도 온전한 부모의 자리로 돌아가게. 남은 생은 후회 없도록…. 이건 자네에게 주는 내 마지막 선물이네."

어쩌면… 묘연은 내가 생각한 것보다 훨씬 더 오래전부터 아버지를 용서했던 건지도 모른다. 늘 아니라고 했지만, 그 누구보다 따뜻한 감성과 진심을 가진 묘연이니까….

말을 다 끝낸 묘연이 그날처럼 평온한 미소를 지었다.

"…감사합니다…. 이제라도 자식과 함께할 수 있게 해 주셔서 정말 감사합니다…. 묘연 아가씨…."

몇 번이고 허리를 숙이며 감사의 인사를 하는 아버지를 묘연은 따뜻하게 토닥였다.

"마지막까지 많이 고민했다. 문 집사 자네를 보내면 꽤 적적할 것 같아서…. 그래도 남은 생을 자식과 함께하는 것이 자네가 더 행복하겠지. 그동안 이슬 집사로서 수고했다."

많이 고민했다는 말을 듣고 같이 환생하지 못하는 묘연이 걱정됐다.

"묘연 너도 이번에 같이 환생을 했어야 하는데…. 괜히 나 때문에…. 미안해. 묘연…"

"너 때문이 아니다. 아직은 내가 여기서 수집사로서 해야 할 소임이 있기 때문이지. 전에도 말했지만, 나는 내 선택에 후회하지 않는다. 훗날, 이번처럼 선택의 기로에 놓인다 해도 나는 같은 선택을 할 것이다. 내가 미다스의 수집사로 있는 한."

역시 수집사로서의 묘연은 한결같이 멋있었다.

"진짜 우리가 떠나도 괜찮겠어? 그래도 갑자기 둘씩이나 빈자리가 생기면 외로울 텐데…."

그때, 재석이 앞으로 나오며 말했다.

"걱정 마. 이안. 내가 이제 복귀했으니 묘연 아가씨를 잘 보필하겠다. 그리고 조만간 미다스에 새 집사도 오게 될 거다. 흠…. 너만큼 괜찮은 녀석이 들어와야 할 텐데…."

벌써 새 집사가 온다니 뭔가 반가우면서도 내심 아쉬웠다.

미다스의 새 집사는 어떤 사람이 올까?

"아! 이건 그동안 집사로서 잘 해낸 너에게 내가 주는 선물이다. 정직 중이던 내 몫까지 대신해서 집사 업무를 제대로 해냈으니. 나도 너를 보며 용기를 얻어서, 가면 같았던 선글라스도 벗게 되었고, 이렇게 집사로 복귀도 할 수 있게 됐다. 고맙다. 이안."

재석은 품에서 무언가를 꺼내서 나에게 건넸다. 그건 박태순 루인이 가지고 있던 것과 같은 보랏빛 구슬이었다.

"내가 오래전에 받아둔 구슬이다. 운이 되지 못한 구슬이라서 그냥 가지고만 있었는데, 태순 루인이 떠나면서 이 구슬이 비운에서 운의 구슬로 변했어. 태순 루인의 진심을 지옥에서 들은 아들이 뒤늦게 어머니의 진심을 알고서 스스로 뉘우치게 된 거지. 그래서 이 구슬을 너에게 줄게. 너의 자리로 돌아가거든, 이 구슬을 보며 다시는 스스로 목숨을 끊지 마. 이안."

그런 재석의 모습을 보면서 내가 첫 번째, 루인에게 건넸었던 느티나무 잎사귀가 떠올랐다. 그때, 나도 루인에게 비슷한 말을 건넸었다.

> 죽고 싶을 때마다 이걸 보면서 끝까지 살아내요.
> 오늘의 아픔을 잊는 것 대신 더 기억해요.
> 다시는 자신을 버리지 않기 위해서 ‥.

그건 온 마음으로 전한 진심이었다. 그리고 지금, 나에게도 재석의 진심이 고스란히 전해져 와서 마음 한편이 뭉클해졌다. 나는 눈물이 가득 고인 눈으로 재석을 바라보며 힘차게 고개를 끄덕였다.

"네. 약속할게요."

애틋하게 인사를 나누던 우리를 가만히 기다려 주던 묘연이 천천히 다가왔다.

"이제 작별 인사는 여기까지."

묘연은 잠시 동안 내 눈을 지그시 바라봤다. 나도 그런 묘연의 눈빛을 잊지 않으려고 내 눈에 고이 담았다.

"이안, 네가 약속하는 걸 좋아하니까, 나도 너에게 약속 하나는 해 두지. 언젠가… 우리가 다시 만나게 될 거다. 오랜 시간이 지나도 네 마음이 변함없다면, 그때는 다시 재계약하던지."

묘연은 햇살 같은 화사한 미소를 지으며 나에게 악수를 건넸다.

"반가웠다. 문이안."

나는 묘연의 손을 영원히 놓고 싶지 않았다.

그런 나에게 묘연은…

"인사는 짧게. 그래야 여운이 오래갈 테니. 그럼 난 이만."